鄭良樹 著

辭賦論集

臺灣學生書局印行

前言

本書所集，乃筆者來港後所寫有關辭賦之論作，包括早年於吉隆坡所撰述之〈屈賦與淮南子〉；今匯為一處，幸讀者有以教之。附錄三篇，與辭賦無關，然所論者亦皆文學作品，而賈、柳亦辭賦家，敝帚自珍，亦匯入編中。

九八年二月

鄭良樹　誌於香港中文大學

目錄

屈賦與淮南子

一

《漢書》〈淮南王傳〉說：

> 時武帝方好藝文，以安屬爲諸父。辯博，善爲文辭，甚尊重之。……初，安入朝，獻所作內篇新出，上愛秘之。使爲〈離騷〉傳，旦受詔，日食時上。

《漢書》這段文字是本諸《史記》。高誘《淮南子》〈敘〉也有類似的文字，只是「離騷傳」作「離騷賦」。

《淮南子》的作者淮南王劉安，當年奉詔所寫的是「離騷傳」呢？還是「離騷賦」？所謂「離騷傳」、「離騷賦」，又是怎麼的一篇作品呢？關於這個問題，歷來學者爭論得非常多；總結起來，大概可以分爲三派。

第一、淮南王劉安所寫作者，是〈離騷〉章句之類的文字。除了《史》、《漢》外，主張這種說法的學者，似乎可以追溯到顏師古去；《漢書》〈淮南王〉〈注〉引顏師古曰：「『傳』謂解說之，若《毛詩傳》。」後來的王逸，也主張此說；《楚辭章句》〈離騷〉〈敍〉云：「至於孝武帝，恢廓道訓，使淮南王安作〈離騷經〉章句，則大義粲然。……而班固、賈逵，復以所見，改易前疑，各作〈離騷經〉章句。」致於《隋書》〈經籍志〉云：「始漢武帝命淮南王爲之章句，旦受詔，食時而奏之；其書今亡。」也是這一派說法的主張者。

第二、淮南王劉安所寫作者，是賦體之類的文字。王念孫是這派說法的主張者，他在《讀書雜誌》卷四之九裏這麼說：

傳，當爲傅。傅與賦古字通。〈皋陶謨〉：「敷納以言。」〈文紀〉「敷」作「傅」，僖二十七年《左傳》作「賦」。「使爲〈離騷〉傳」者，使約其大旨而爲之賦也。安辯博善爲文辭，故使作〈離騷賦〉。下文云：「安又獻〈頌德〉及〈長安都國頌〉。」〈藝文志〉有〈淮南王賦〉八十二篇，事與此並相類也。若謂使解釋〈離騷〉，若《毛詩傳》，則安才雖敏，豈能旦受詔而食時成事乎？《漢紀》〈孝武紀〉云：「上使安作〈離騷賦〉，旦受詔，食時畢。」高誘《淮南鴻烈解》〈敍〉云：「詔使爲〈離騷賦〉，自旦受詔，日早食已。」此皆本於《漢書》。《太平御覽》〈皇親部〉十六引此作「離騷賦」，是所見本與師古不同。

認爲劉安當時所寫的，是約〈離騷〉大旨而寫成的一篇賦體文字。孫詒讓《札迻》卷十二「淮南崇朝而賦騷」條下說：「王逸《楚辭》〈序〉又云：『作〈離騷經章句〉。』並與淮南〈序〉不同。傳及章句，非崇朝所能成；疑高說得之。」也是這一派主張者。

第三、淮南王劉安所寫作者，是贊序之類的文字。游國恩《楚辭概論》說：「辭賦的唯一條件必須有韻。既是〈離騷賦〉，自然也與賈、馬諸人的賦無異；但自〈屈傳〉『〈國風〉好色而不淫』至『雖與日月爭光可也』❶一段看來，既沒有韻，又不像賦體，而且很像『序贊』和『通釋』的體裁；所以，從文字上也不能證明他作〈離騷賦〉。……至於王氏（王念孫）疑他旦受詔而食時成書，未免太快。其實他的所謂『傳』，不過是批評式的傳贊，而非傳註。大概也與班固的〈離騷〉贊序一樣，故不消費許多工夫。」創立新說，認爲劉安所寫的是序贊一類的文字。

劉安當年所寫的「離騷傳」、「離騷賦」，到底是怎麼樣的一篇作品？這三派的說法，誰是誰非呢？

---

❶ 劉勰《文心雕龍》〈辨騷〉曰：「昔漢武愛〈騷〉，而淮南作〈傳〉。以爲『〈國風〉好色而不淫，〈小雅〉怨誹而不亂。若〈離騷〉者，可謂兼之。蟬蛻濁穢之中，浮游塵埃之外，皭然涅而不緇，雖與日月爭光可也。』」游氏所引的，即劉安〈離騷傳〉的一段文字。

二

劉安這篇〈離騷傳〉現在已經亡佚了，不過，生在漢代的班固卻見過這篇文章。班固在〈離騷章句〉〈序〉曾清楚地說：「昔在漢武，博覽古文。淮南王安敍〈離騷傳〉……說『五子以失家巷』，謂『伍子胥』也。及至羿、澆、少康、二姚、有娀、佚女，皆各以所識，有所增損。」在討論這個爭論性的問題過程中，筆者認爲，班孟堅這段話語有無比的重要。「皆各以所識」，以，有也；謂羿、澆、少康及二姚等，皆各有所識也。那麼，劉安〈離騷傳〉不是在對屈原〈離騷〉本文作一種注解及疏證嗎？說劉安所寫的僅是一篇賦體或序贊，似乎無法圓滿解釋這個問題。

劉安當年所寫的那篇文章，的確是包括了注解〈離騷〉的傳體文字，除了班固那幾句話是強有力的證據外，筆者願意撇開光光是就「傳」的字面上的解說來看問題，從劉安的大著《淮南子》裏尋求一些證據。筆者從前讀《淮南子》時，就發現《淮南子》一書裏，隱隱約約地有一些文字是在說解〈離騷〉、〈九歌〉、〈天問〉及〈九章〉；這些文字，有些是別的書本（如《山海經》）提過的；有些是別的書本不曾提過，而非靠《淮南子》來解說是難以瞭解屈賦的原意。這裏，把昔日發現的證據臚列出來：

(一) 羲和行止

〈離騷〉說：「吾令羲和弭節兮，望崦嵫而勿迫。」〈天問〉說：「出於湯谷，次於蒙汜；自明及晦，所行幾里？」〈九章〉說：「朝濯髮於湯谷兮。」屈原在這裏提出羲和（日神）行止的地名，儘管《山海經》〈海外東經〉有「有湯谷，湯谷上有扶桑，十日所浴」、〈大荒東經〉又有「有谷曰溫源」的文字，畢竟沒有《淮南子》所說的來得清楚明白，《淮南子》〈天文〉說：「日出於暘谷，浴於咸池，拂於扶桑……至于曲阿……至于曾泉……至于桑野……衡陽……昆吾……鳥次……悲谷……女紀……淵虞……蒙谷。」筆者認爲《淮南子》此段文字多多少少是有意在解說屈賦。〈天問〉說：「出於湯谷，次於蒙汜；自明及晦……。」易而言之，羲和是晨出自湯谷，晦至於蒙汜的；《淮南子》說：「日出于暘谷……至于蒙谷，是謂定昏；日入于虞淵之汜，曙于蒙谷之浦。」《淮南子》所說的「蒙谷」，地點在「虞淵之汜」，所以，「蒙谷」也可稱爲「蒙汜」；比較〈天問〉和《淮南子》，我們能說《淮南子》不是有意在解說屈賦嗎？其次，〈天問〉問道：「自明及晦，所行幾里？」〈天文〉下文立刻說：「行九州七舍，有五萬億七千三百九里。」劉安難道不是在解說屈賦嗎？

(二) 增城

〈天問〉說：「增城九重，其高幾里？四方之門，其誰從焉？西北辟啓，何氣通焉？」這一串問題，眞叫人難以回答。《淮南子》〈地形〉清清楚楚地說：「禹乃以息土塡洪水，以爲名山，掘昆侖虛以下地，中有增城九重，其高萬一千里、百一十四步二尺六寸……旁有四百四十門，門間四里……北門開以內不周之風。」屈原三個問題，假如沒有劉安的三個解答，試問誰能瞭解屈賦的意思？劉安《淮南子》極可能就是在疏解〈天問〉的。

(三) 望舒

〈離騷〉說：「前望舒使先驅兮。」望舒是甚麼人呢？《山海經》等書沒有提及，《淮南子》卻為我們解答了：「月御曰望舒，亦曰纖阿。」（此乃《淮南子》佚文，見《初學記》一引）說劉安此文是在注解〈離騷〉似乎有點武斷，但是，劉安對〈離騷〉內文所提及的事物相當熟習，或是對〈離騷〉的訓解下過一些工夫，似乎是可以相信的。

(四) 奔月

〈天問〉說：「白蜺嬰茀，胡為此堂？安得夫良藥，不能固藏？」王叔師以為屈原此文指的是崔文子學仙於王子僑的故事（見《列仙傳》）；這是錯誤的。《淮南子》〈覽冥〉說：「羿請不死之藥於西王母，姮娥竊以奔月。」再看看高誘的〈注〉：「姮娥，羿妻。羿請不死之藥於西王母，未及服之，姮娥盜食之，得仙，奔入月中為月精。」我們就會恍然大悟，劉安所說解的才眞正是屈原所要問的！儘管其他古籍（如《山海經》）載有羿的故事，但是，都不能如此完滿地來解答屈原的問題。要不是劉安留下這幾筆文字（張衡〈靈儀〉亦載有奔月的故事，恐怕是根據劉安的發展出來），今天可能還不能為屈原這幾句作確解呢（丁儉卿〈天問箋〉即引《淮南子》

此文，可謂精審）。

(五) 后羿射日

《離騷》提過后羿這個人，說：「羿淫遊以佚畋兮，又好射夫封狐；固亂流其鮮終兮，浞又貪夫厥家。」在〈離騷〉裏，羿是一位暴虐荒淫的國君；這一點，《左》襄公四年《傳》曾詳細地記載了。天問也提及羿，說：「羿焉畢日？烏焉解羽？」畢，射也。顯然的，這是羿射日的故事。《山海經》好幾個地方都提到羿，例如〈海外南經〉、〈大荒南經〉、〈海內經〉等；《山海經》也有好幾個地方提到十日，例如〈海外西經〉、〈海外東經〉及〈大荒東經〉等，〈大荒東經〉甚至於說：「一日方至，一日方出，皆載于烏。」把「日」和「烏」扯上關係；但是，《山海經》全書就偏偏沒有羿射日的故事！顯然的，〈天問〉所載神話的后羿射日的故事是另有所據，非《山海經》及《左傳》所能解答。《淮南子》〈本經〉說：「逮至堯之時，十日並出，焦禾稼，殺草木，而民無所食……堯乃使羿……上射十日。」（今山東武梁祠石刻畫象有此圖）正好可以作爲〈天問〉此文的說解！怪不得王叔師棄《山海經》而逕引《淮南子》此文。

(六) 縣圃和閬風

〈離騷〉說：「朝發軔於蒼梧兮，夕余至乎縣圃。……朝吾將濟於白水兮，登閬風而緤馬。」王叔師〈注〉說：「縣圃，神山，在崑崙之上。閬風，山名，在崑崙之上。」顯然的，縣圃和閬風都是崑崙山上之神山。《淮南子》〈地形〉說：「傾宮、旋室、縣圃、涼風、樊桐，在崑崙閶闔之中。」涼風，即閬風；《淮南子》謂縣圃及閬風並在崑崙之上，似乎與屈賦相合。《水經》引〈崑崙說〉云：「崑崙之山三級，下曰樊桐，一名板松；二曰玄圃，一名閬風；上曰層城，一名天庭。」玄圃即縣圃；把縣圃混入閬風，顯然的，和〈離騷〉、《淮南子》不同系統。

(七) 燭龍

〈天問〉說：「日安不到，燭龍何照？」甚麼是「燭龍」？王叔師〈注〉說：「言天之西北，有幽冥無日之國，有龍銜燭而照之也。」這個說法相當中肯。我們看看《山海經》怎麼說？〈海外北經〉說：「鍾山之神，名曰燭陰（郭〈注〉：燭龍也；是燭九陰，因名云。），視爲晝，瞑爲夜，吹爲冬，呼爲夏，不飲、不食、不息……。」顯然的，《山海經》〈海外北經〉的「燭龍」是神了。我們再看〈大荒北經〉：「西北海之外，赤水之山，有章尾山，有神，人面蛇身而赤，直目正乘，其瞑乃晦，其視乃明，不食、不寢、不息，風雨是謁，是燭九陰，是謂燭龍。」這裏的「燭龍」也是神。根據〈天問〉那兩句，我們看不出「燭龍」有甚麼神的味道；實際上，如果只是根據這兩句話，我們似乎看不出「燭龍」到底爲何物。《淮南子》〈地形〉說：「燭龍在雁門北，蔽於委羽之山，不見日；其神人面龍身而無足。」值得注意的地方有二：燭龍其地在雁門之北，那是太陽所照不到的北方，所以屈原才問：「日安不到」？其次，燭龍本身並不是神，〈地形〉說「其神」，是指委羽山之神，與燭龍無關。根據這兩點來觀察，《淮南子》所說的燭龍，似乎比《山海經》所說的，更接近屈賦。

以上所提出來的七件事情，在在都說明《淮南子》本書有不少文字可以更適當地來說解屈賦；筆者不願意很武斷地說，劉安這些文字是在注解屈賦，但是，筆者卻願意指出，從《淮南子》本書的文字來看，劉安及其門人對屈賦的確下過很大的工夫，這種工夫包括了訓解。

當然，筆者在此還省略了許多證據，譬如〈九章〉提及「淩陽侯之氾濫兮」的「陽侯」，〈離騷〉「倚閶闔而望兮」的「閶闔」，〈九章〉「登崑崙兮食玉英」的「玉英」，〈離騷〉「朝吾將濟乎白水」的「白水」等等，都可以在《淮南子》本書裏找到一些適當的說解文字。最有趣的莫過於〈天問〉說：「馮翼惟像，何以識之？明明暗暗，惟時何為？」《淮南子》〈天文〉有一段文字「天地未形，馮馮翼翼，洞洞灟灟」，不但和〈天問〉的意思相同，連措辭用字也有相同之處。

筆者認為淮南王劉安「旦受詔，日食時上」地注解〈離騷〉，不是一件困難的事。劉安是一位博學的讀書人，手下門客不但很多，而且儘是戰國時代所遺留下來的南方學者，根據《漢書》的記載，淮南一地幾乎成為南方學派的重鎮，與北方河間獻王劉德的經學派相對抗❷。

---

❷ 詳拙著《淮南子通論》第二章第三十九頁。

從淮南子本書對屈賦的瞭解以及訓說，我們可以相信劉安及其門客對屈賦是相當精通的專家❸；王念孫「若謂使解釋〈離騷〉，若《毛詩傳》，則安才雖敏，豈能旦受詔而食時成書乎」的顧慮，是可以不存在的。

班孟堅說：「說『五子以失家巷』，謂『伍子胥』也。……皆各以所識，有所增損，然猶未得其近也。故博采經書傳記本文，以爲之解。」從這幾句話來看，班孟堅確確實實曾經拜讀過淮南王劉安的〈離騷傳〉；劉安〈離騷傳〉解說了「五子以失家巷」，也解說了「羿」、「澆」、「少康」及「二姚」等等，其爲訓詁著作，是不可置疑的。再從劉安的大著《淮南子》一書來看，我們發現他及其門人不但精通屈賦，甚至許多文字都是有意地在解說屈賦。因此，筆者同意第一派學者的說法。走筆及此，不禁想起朱季海在《楚辭解故》〈敍〉裏的幾句話，他說：「今摭其未備，頗據楚語以定之。」劉安及其門人正是用楚語來解屈賦。

❸《史記》〈酷吏列傳〉云：「（朱）買臣以《楚辭》與（莊）助俱幸侍中，爲太中大夫。」《漢書》〈王褒傳〉云：「宣帝時，修武帝故事……徵能爲《楚辭》。」《後漢書》〈皇后紀〉云：「明德馬皇后……能誦《易》，好讀《春秋》、《楚辭》。」桓譚《新論》云：「余少時學，好〈離騷〉。」可知屈賦在漢代是顯學。吾友翁世華兄在〈淮南王劉安所作『離騷傳』辯〉註十亦嘗論及此事；本註引文，即據彼注，謹此聲明。

三

淮南王劉安的〈離騷傳〉是不是單單在爲〈離騷〉做解說訓詁呢？筆者認爲卻又未必如此而已。親眼讀過〈離騷傳〉的班孟堅還如此地說：

> 昔在孝武，博覽古文，淮南王安，敍〈離騷傳〉，以「〈國風〉好色而不淫，〈小雅〉怨悱而不亂，若〈離騷〉者，可謂兼之。蟬蛻濁穢之中，浮遊塵埃之外，皭然泥而不滓。推此志，雖與日月爭光可也」，斯論似過其眞❹。

很明顯的，班孟堅文中所引「〈國風〉好色」一段文字，就是劉安〈離騷傳〉裏的文字❺！班孟堅對劉安這段文字的評語是：「似過其眞。」如果說劉安〈離騷傳〉光光是在訓解屈原的〈離騷〉，那又怎麼會有這段文字呢？換句話說，劉安這一段文字根本不是在解說屈原〈離騷〉裏的任何一句、任何一個名辭；那麼，我們又怎麼可以說劉安〈離騷傳〉全是訓解〈離騷〉文字而已？這是偏執第一派說法的學者所無法講得通的。王念孫所以要把「傳」講爲「傅」，

---

❹ 劉勰《文心雕龍》〈辨騷〉亦有此文。

❺ 此文又見於《史記》〈屈原列傳〉，太史公採劉安文字以入傳，蓋無可疑；歷來學者咸有此說，今不贅。

又把「傳」講爲「賦」，相信是考慮到這個問題。

筆者認爲，劉安〈離騷傳〉應當像劉歆〈七略〉、班固〈漢志〉一樣，書前有一篇敍論性質的文章。這篇敍論性質的文章，不管長短，都是劉安的創作，對屈原〈離騷〉作評論式的介紹，接下來，才是劉安對屈原〈離騷〉本文的訓解文字，而班固所引劉安「國風好色」的那一段文字，就是劉安〈離騷傳〉的敍論。筆者願意指出，似此體裁的文章，在當時是相當流行的，《莊子》〈天下〉、《淮南子》〈要略〉、太史公〈自序〉及劉歆〈七略〉等，都是類此的作品。

寫到這裏，不禁想起余嘉錫在《目錄學發微》第四章裏所寫的一段話：

> 劉安奉詔所作之〈離騷傳〉，據班固言有解五子、羿、澆、少康、二姚、有娀、佚女之語，顏師古謂解說之如《毛詩傳》，其說確不可易。以其創通大義，章解句釋，故王逸及〈隋志〉均謂之章句，非列傳之傳也。其「〈國風〉好色而不淫」云云，爲太史公所采者，當是〈離騷傳〉之敍。班固明云「淮南王安敍〈離騷傳〉」，此「敍」字即「書敍」之「敍」，不得作敍次解。觀《史記》〈屈原列傳〉多發明〈離騷〉之意，疑皆出自劉安〈敍〉中，不止班固所引數語。……安作〈離騷傳〉，既定章句，又爲之敍，而乃旦甫受詔，日食時便上，所以爲敏捷。而王念孫作《讀書雜志》，深以其太速爲疑……其說雖亦似有依據，然何以解於班固所引之語乎？又何以王逸及

〈隋志〉均謂之章句乎？是王氏作《雜志》時，於《楚辭》本書未嘗一考也！

余嘉錫綜合了班固、王逸及〈隋志〉的意見，認爲劉安〈離騷傳〉包含了敍及注解，可謂卓識。假如余氏能透過《淮南子》，了解劉安及其門人對屈賦所下的工力的深厚，一定會更堅定他自己的論點的。

我們的結論是：劉安〈離騷傳〉實際上應該包含兩個部分，第一部分是余嘉錫所說的敍論，第二部分是章句解字。王念孫曾經校證過《淮南子》，成就之卓越，無人可出其右，然而他卻沒發現劉安及其門人在屈賦訓解上所下的工夫，而有「傳」爲「傅」之訛、「傅」通「賦」之說。以王念孫讀書之淵博、用功之勤奮、見解之精審，尚有此疏漏，甚矣！治學之難也。

（一九七六年二月五日重寫於馬來亞大學中文系）

論宋玉賦的眞僞

一

《漢書》〈藝文志〉在〈詩賦略〉裏著錄有「宋玉賦十六篇」，這是宋玉賦最早見諸紀錄的文字；篇數不少，惟不著篇名。東漢王逸撰《楚辭章句》，其中有宋玉寫的〈九辯〉及〈招魂〉二篇，這是宋玉作品以篇名出現的第一次。其後，蕭統編纂《昭明文選》，除〈九辯〉及〈招魂〉外，屬於宋玉的作品有〈風賦〉、〈高唐賦〉、〈神女賦〉、〈登徒子好色賦〉及〈對楚王問〉，新出現的作品有五篇，連同舊作共七篇。《古文苑》出現後，宋玉的賦作又有〈笛賦〉、〈大言賦〉、〈小言賦〉、〈諷賦〉、〈釣賦〉及〈舞賦〉六篇；連同舊作共十三篇。最後，清嚴可均編《全上古三代秦漢三國六朝文》，卷十〈宋玉文〉下，除前述十三篇外，又有〈高唐對〉一篇；然則，迄今爲止，宋玉作品已知者共有十四篇，與《漢志》相較，只差兩篇而已。

在這十四篇作品裏，其作者及眞僞問題比較有明確的論定的是〈招魂〉、〈九辯〉及〈高唐對〉三篇。

〈招魂〉是屈原所作❶，〈九辯〉是宋玉的作品❷，大概是可以肯定的。〈高唐對〉，嚴可均從《太平御覽》三九九引《襄陽耆舊記》中錄出，又從《文選》三十一江淹〈雜體詩〉三十首中「潘岳悼亡」〈注〉引《宋玉集》另錄一篇，文與《襄陽耆舊記》有小異。二篇原皆無題，〈高唐對〉之題乃嚴氏所撰擬者。此篇〈高唐對〉，實際上和〈高唐賦〉首段的文字非常相似，極可能是後來好事者變動其文字，抄入《襄陽耆舊記》及《御覽》中，它不是宋玉一篇獨立性的文字，似乎可以肯定的❸。

扣除上述三篇，其他十一篇宋賦，其著作權及眞僞問題，迄今似乎還爭論不休。

二

最先懷疑十一篇宋賦的，應該是注解《古文苑》的章樵；他在〈笛賦〉文末註曰：「按

---

❶ 參看陳子展撰述《楚辭直解》第九卷，一九八八年江蘇古籍出版社出版；亦可參看馬茂元主編《楚辭注釋》頁四八五～五三二，一九八五年湖北人民出版社出版。

❷ 參見《楚辭直解》第八卷、《楚辭注釋》頁五七三～六二四。

❸ 姜書閣曰：「考此篇實據〈高唐賦〉「序」而略改其文以敘入《襄陽耆舊記》者，初非宋玉十六篇賦之一，應予刪除。」見姜著《先秦辭賦原論》，頁一二〇，一九八三年齊魯書社出版。

史，楚襄王立三十六年卒，後又二十餘年，方有荊卿刺秦之事；此賦果玉所作邪？」根據文內所言的史實，考訂作者之可靠性。到了清代，崔述進一步懷疑《文選》的宋賦；他說❹：

> 周庾信爲〈枯樹賦〉，稱殷仲文爲東陽太守，其篇末云「桓大司馬聞而嘆曰」云云；仲文爲東陽時，桓溫之死久矣。然則是作賦者託古人以自暢其言，固不計其年世之符否也。謝惠連之賦雪也，託之相如；謝莊之賦月也，託之曹植；是知假託成文，乃詞人之常事。然則……〈神女〉、〈登徒〉亦非宋之所自作，明矣。

崔述認爲，後代詞人騷客屢有假託古人以自暢其言的習慣，庾信、謝惠連及謝莊都是好例子，所以，〈神女〉及〈登徒子好色〉亦當是後人假託宋玉以自暢其言的作品。崔述沒論及〈風〉、〈高唐對〉及〈對楚王問〉，不過，他也將它們和〈神女〉及〈登徒子好色〉「等量齊觀」，似乎是極有可能的。

晚近懷疑《文選》這五篇宋賦的學者相當多，其中證據最強、影響最深遠的，應該是游國恩。他提出許多堅強的證據❺：

---

❹ 見崔著《考古續說》卷一〈觀書餘論〉內，見《考信錄》，一九六〇年台北世界書局初版。

❺ 見游著《楚辭概論》，頁二二六～二二九；一九七八年台北九思出版社翻印版，原爲商務出版社出版。

我們先看〈風賦〉等篇說的……他們開口說「楚襄王」，自然是襄王死後時作的。但我們應該注意這個「楚」字。大凡本國人或本朝人說到本國或本朝的君主，絕對無須說出國名或朝名來，這個通則在辭賦裏數見不鮮。……宋玉以楚人而仕於楚，只須說「襄王」就夠了，何必連「楚」字都說出來呢？我以爲這個「楚」字便是他們僞託的鐵證。而且他們的發端也篇篇相同：人物只是楚襄王、唐勒、景差、登徒子，地方只是雲夢、高唐、陽雲等處（〈笛賦〉雖不是這樣，但篇中有「南楚」一句，也已經很可疑，何況同出於可靠性極薄弱的《古文苑》？從前有人因他說到荊軻，疑他不是宋玉所作，其實荊軻刺秦王，在楚王負芻元年（前二二七），假使宋玉及見此事，亦不過七十歲，也許他此時還不曾死，故這條不能作證），這樣千篇一律的爛調，顯然是後人展轉摹仿的贋鼎。能作〈九辯〉的作者決不會做出這麼單調的東西來。又按〈高唐賦〉後段云：「……醮諸神，禮太一。」我們要知道祭太一的事始於漢武帝。……故知謬忌勸武帝祠太一是元朔六年的事，由此便可斷定〈高唐賦〉之產，必在元朔六年以後。又〈高唐賦〉中所說的神仙祈禱等話，明明與〈封禪書〉、〈郊祀志〉中的迷信氣味相同；而其中草木鳥獸之鋪陳、奇文怪字之引明，又無一不與〈子虛〉、〈上林〉兩賦同。故可斷言〈高唐〉、〈神女〉的作者必是一個摹倣司馬相如的無名氏。……又考宋玉賦高唐的話始見於傅毅的〈舞賦〉，其次則見於曹植〈洛神賦〉及孟康《漢書・司馬相如傳・注》……在東漢以前——西漢——辭賦極盛的時代，這兩篇極有名的〈高唐〉、〈神女賦〉竟不見有人說及，這不是很奇怪的嗎？及至傅毅以後，辭章家都樂道他，可見他們的出世很晚。有名的兩篇尚且如此，其餘《古文苑》裏的宋賦那更不必說了。

在這一大節文字裏，游國恩認爲：一、〈風賦〉等八篇賦作在「襄王」及「王」之前都冠上「楚」字，有違「本國本朝人絕對無須說出國名朝名」的慣例。二、祠太一乃漢武帝元朔六年以後的事，〈高唐〉有「太一」一詞，可證〈高唐〉乃晚出之作。三、從辭賦的演進史來考察，戰國時代「萬萬不能產生」這幾篇散文賦。四、東漢以前辭賦極盛的時代，竟不見有人言及〈高唐〉及〈神女〉二賦；及至傅毅以後，始見辭章家論及，可見其「出世很晚」。五、至於《古文苑》所載的〈笛賦〉，游國恩認爲篇中有「南楚」一辭，「也已經很可疑，何況同出於可靠性極薄弱的《古文苑》」？

第二位提出證據，否決《文選》五賦及《古文苑》六賦的可靠性的，應該是陸侃如，他說❻：

第一、這幾篇賦不像戰國時所能產生的。……賦的進化史可分三期：第一期代表爲荀

---

❻ 陸侃如著有〈宋玉賦考〉，完成於一九二二年八月，發表於《讀書雜志》第十七期；其後又撰〈宋玉評傳〉，在鄭振鐸編《中國文學研究》內，一九七〇年台北明倫出版社翻印本。此處引文，皆據〈宋玉評傳〉。

卿，那時尚未正式稱賦（他只把〈知〉、〈禮〉等篇合稱〈賦篇〉，而無〈知賦〉、〈禮賦〉等名稱），形式方面完全與《詩經》一樣。第二期代表爲賈誼，他已正式稱賦，但他覺得《詩經》式的荀賦不足達意，於是改用《楚辭》的格式。第三期代表爲司馬相如，他覺得《楚辭》的格式還不十分自然，於是採用〈卜居〉的格式，做成偶然有韻的散文，而同時也不廢賈誼一派的格式……這個遞變之迹是很明顯的。我們再回看宋玉的十篇賦，他的賦是怎樣的？他並不與荀卿一樣的用《詩經》式，也不與賈誼一樣的用《楚辭》式，他却與司馬相如一樣的用散文式，以時代最早的宋玉，竟用出身最晚的格式！這一點，在文學史家看來，是絕對不可能的。故我們不能不把這十篇的時代移後些……。

第二、即使我們退一步承認這十篇是戰國時人作的，他們也決非楚國的產品。這幾篇賦大都敘宋玉與楚襄王的談話，或以談話本身作賦，或由談話引出另一段文字。這些記載中說及襄王，必加一「楚」字。……本國人稱本國國君，決不在謚法上加以本國國名。……

第三、即使我們再退一步承認這十篇是楚人作的，但他們的著者也決不是一個姓宋名玉的人。我在上文說過，這幾篇大都敘宋玉與楚襄王的談話，或以談話本身作賦，或由談話引出另一段文字；這種記載，顯然是第三者作的。……

陸侃如的各項論證，第二及第三分別得到游國恩及崔述的啓發而加以發揮，並非己見；只有第一項，才是他的創獲。他認爲，辭賦的演變可以分爲三期，分別以荀卿、賈誼及司馬相如爲代表；而宋玉這幾篇賦，却「與司馬相如一樣的用散文式」，顯然的，「以時代最早的宋玉竟用出身最晚的格式」，「是絕對不可能的」。因此，再加上第二、三的理由，他的結論是：除《楚辭》所載者，其餘幾篇宋賦都是僞託的。

除了考訂它們爲後人所僞託之外，陸侃如還進一步指出它們僞作的先後次序；他說：

> 我以爲這九篇出世的時代最早不得在公元前一百年（漢武帝即位第四十一年）以前，因爲從體裁上看來，他們一定在司馬相如以後。……至於最遲的限度，便不易斷定。就我們所知道的而論，自以〈高唐賦〉爲最早，因爲傅毅在〈舞賦〉裏已說及了。次之便是〈神女賦〉，見曹植的〈洛神賦〉。再次之便是〈登徒子好色賦〉、阮籍〈詠懷〉所謂「傾城迷下蔡」，大約指此。再次之便是〈風賦〉，晉代有湛方生、陸冲、李元充及王凝之等人擬作。再次之便是〈諷賦〉，謝惠連〈雪賦〉所謂「楚謠以幽蘭儷曲」，大約指此。再次之，便是〈大言賦〉和〈小言賦〉，梁昭明太子有〈大言〉、〈細言〉二詩，沈約、王錫、王規、張纘及殷鈞都應令作此二詩，大約即仿此二詩。再次之便是〈釣賦〉，見《文心雕龍》的〈詮賦〉。最後是〈笛賦〉，《文選》卷二十九李善曾引及。

根據陸侃如的說法，除了明顯僞作〈對楚王問〉之外，其他九篇的寫作時代及與其他作品之關係可製表如下：

高唐	—八九	傅毅：舞賦
神女	一九二—二三二	曹植：洛神賦
登徒子	二一〇—二六三	阮籍：詠懷「傾城迷下蔡」
風	—三九九	王凝之等擬作
諷	三九七—四三三	謝惠連：雪賦
大言 小言	五〇一—五三一	蕭統：大言、細言
釣	四六五—	劉勰：文心雕龍
笛	—六八九	李善：文選注

《舞賦》一篇，陸侃如未論及，所以，不在表中。

和陸侃如同時的劉大白，也提出五個主證來證明這幾篇賦的僞託。他說❼：

㈠除〈笛賦〉外，其餘九篇，都稱「楚襄王」或「楚王」……。

❼ 見劉著〈宋玉賦辨僞〉，原發表於《小說月報》第十七期《號外》；後收入鄭振鐸編《中國文學研究》內，一九七〇年台北明倫出版社翻印。

(二)〈笛賦〉中有「宋意將送荊卿於易水之上，得其雌焉」的話……。

(三)〈諷賦〉跟〈登徒子好色賦〉二篇，格調詞句，頗多相同之處；我們可以決定它是前者勦襲後者的。如果這兩篇同出宋玉一個人的手筆，何至有這樣勦襲雷同的事情？

(四)周秦古韻，跟漢代以後所用的韻不同。所以要辨明現存周秦作品是否漢代以後的人所僞託，有時只消看它所用的韻，是否跟周秦古韻相合，便往往可以找出僞託的破綻來。現在這十篇賦裏面，有好些地方都不合周秦古韻……。

(五)《古文苑》所載的六篇，跟《文選》所載的四篇，風格固然不同；就是文學的手段，兩者比較起來，也是前者較劣於後者，所以我們可以斷定它們決不是一人底作品。

在五個主證裏，第一、二證有所因承，第三證頗難成立❽，第五證智仁互見，頗難主觀論斷；只有第四證藉周秦古韻與漢韻不同證明諸賦晚出值得我們注意，因爲這是作僞者經常露出的破綻，是考訂僞書的一條規律。此外，劉大白還提出五個旁證，加強主證的可靠性；它們是：

---

❽ 譬如同是屈原的作品，就有許多「勦襲」的現象，以〈九章〉爲例，類似及重複的句子就有十七組三十四句；以〈九歌〉及〈九章〉襲〈離騷〉爲例，前者襲〈離騷〉有二十四例，後者襲〈離騷〉有四十八例。似此情形，怎麼可以說「如果這兩篇同出宋玉一個人的手筆，何至有這樣勦襲雷同的事情」呢？上述諸例，詳見拙作《宋玉作九辯的論證》，見本書第三篇。

(一)……現存《楚辭》中有〈九辯〉九篇，〈招魂〉一篇，都是宋玉底作品；如果〈風賦〉等十篇眞是宋玉所作，那麼，《宋玉賦》便有二十篇，不應該只有十六篇了。

(二)當宋玉時，也許未必會有這類賦體……除〈卜居〉和〈漁父〉以外，其餘都沒有跟〈風賦〉等九篇（〈笛賦〉除外）相類的作品。就是〈卜居〉、〈漁父〉兩篇，它們底格調，也比較地古於〈風賦〉等九篇，所以可以決定〈風賦〉等九篇，它們底時代，一定在〈卜居〉和〈漁父〉兩篇以後。又荀卿〈賦篇〉中〈禮賦〉等五篇，〈佹詩〉二篇，都是兼承《毛詩》、《楚辭》兩派文學底流風而演進的作品……這正是賦體第一次的演進，還不到〈風賦〉這一類的地步……所以當宋玉時代，未必會有這類賦體。

(三)這類賦體，除〈卜居〉、〈漁父〉以外，我們現在所見，最早的就是司馬相如底〈美人賦〉。但是，〈美人賦〉也不是司馬相如所作……它底格調詞句，都跟宋玉(?)底〈登徒子好色賦〉和〈諷賦〉，有類似和鈔襲之處……。

(四)〈卜居〉、〈漁父〉、〈登徒子好色賦〉、〈美人賦〉、〈諷賦〉，這一類賦體，都用第三者底口吻，都是後人託古的作品……。

(五)《古文苑》所載宋玉〈舞賦〉，差不多是漢代傅毅〈舞賦〉底節錄。晉代傅咸有〈小語賦〉一篇。也跟〈小言賦〉一樣，是託之楚襄王和景差、唐勒、宋玉的，他底內容，正如〈小言賦〉差不多。我們可以設想〈小言賦〉是模仿傅咸〈小語賦〉而作；又因小言，連想到大言，於是更造一篇〈大言賦〉。

五個旁證裏，第二、五證也是有所因承，第三、四證仁智互見，很難成立，第一證也嫌主觀。總而言之，劉大白的十個證據，可說是匯集歷來學者眾多意見於一處，是這幾篇賦僞證的集大成。

三

五十年代以後，對宋賦❾感興趣的學者似乎越來越多，所以，論文的發表、專書的出版目不暇給，不同意見紛紛提出，成爲一個熱門的文學討論專題。在論文方面，有胡念貽的〈宋玉作品的眞僞問題〉❿、湯漳平的〈風賦是「諷諫」之作嗎〉⓫、陳仕新的〈也談宋玉作品的眞僞問題〉⓬、姜書閣的〈宋玉及其辭賦考辨〉及〈宋玉高唐、神女爲漢賦之祖說〉⓭、

❾ 以下所言「宋賦」，概指宋玉這十一篇「有問題的」賦作，不包括〈九辯〉及〈招魂〉。

❿ 見《文學遺產增刊》第一輯，一九五五年九月出版。胡另有〈宋玉和他的作品〉，發表一九五四年八月二十二日《光明日報》內。

⓫ 湯著發表於上海《復旦大學學報》一九七九年第四期內。

⓬ 陳著發表於《延邊大學學報》一九八〇第一期，佘無法覓得此文，至惜。

⓭ 姜氏前文完成於一九八〇年後，後文完成於一九八一年；二文並見於姜著《先秦辭賦原論》，一九八三年山東齊魯書社出版。

張嘯虎的〈論宋玉〉[14]、曹明綱的〈宋玉賦眞僞辨〉[15]、鄧元煊的〈高唐、神女二賦的深層意蘊〉[16]及簡宗梧的〈高唐賦撰成時代之商榷〉、〈神女賦探究〉[17]；至於專書方面，有朱碧蓮的《楚辭論稿》及她所編注的《宋玉辭賦譯解》[18]、張端彬的《楚國大詩人宋玉》[19]等。此外，馬積高的《賦史》[20]及葉幼明的《辭賦通論》[21]，也論及宋賦的眞僞問題。

有關宋賦的眞眞僞僞，實際上是圍繞著文體、押韻及稱謂等幾個課題進行爭論；這些課題，基本上都是五十年代以前的學者所提出的，他們就是根據這些不同的課題來否決宋玉的著作權。然而，五十年代以後，當學者們就這些課題來研究宋賦的眞僞時，得出的結論却幾乎完全相反了。茲就各家所提出者，試論述如次。

---

⑭ 張著發表於《江漢論壇》一九八〇年第四期。

⑮ 曹著發表於《上海師範學院學報》一九八四年第二期。

⑯ 鄧著發表於中國第二屆賦學討論會上，後編入《賦學研究論文集》中，一九九一年巴蜀書社出版。

⑰ 簡兄二文見所著《漢賦史論》內，一九九三年五月臺北東大圖書股份有限公司出版。

⑱ 《楚辭論稿》，一九九三年上海三聯書店出版；《宋玉辭賦譯解》，一九八七年中國社會科學出版社出版。朱著有〈宋玉辭賦眞僞辨〉，首見於《宋玉辭賦譯解》內，後又重刊於《楚辭論稿》中，惟略有修訂及補充。

⑲ 《楚國大詩人宋玉》，一九九〇年福建海峽文藝出版社出版。

⑳ 《賦史》，一九八七年上海古籍出版社出版；書中第二章第三、四節論宋玉及其賦。

㉑ 《辭賦通論》，一九九一年湖南教育出版社出版；書中第三章第一節論及宋賦。

(一) 文體的問題

根據文體的演進來斷定宋賦爲僞託的，是陸侃如。他將賦的演進分爲三期，首期代表是荀子的〈賦〉，句式如《詩經》；第二期的代表是賈誼，採《楚辭》形式；最後一期是司馬相如，以有韻之散文入賦；而宋賦是司馬相如的形式，所以，「以時代最早的宋玉竟用出身最晚的格式，這一點，在文學史家看來，是絕對不可能的」。

最先反駁陸侃如這一說法的，是胡念貽；他說：

> 我覺得拿荀卿的賦來代表戰國時期的賦是不恰當的。荀卿並非文學作家，荀卿是一位樸實的學者。就他所寫的論學的文章看，也是很平實的。何況荀卿是北方人，對於南方的文學素非所習，如何能寫出與屈、宋爭長的辭賦來呢？不能因爲荀卿的賦寫得簡樸而來否認宋玉的賦。……劉勰《文心雕龍》說：「賦也者，受命於詩人，拓宇於楚辭者也。於是荀況〈禮〉、〈智〉，宋玉〈風〉、〈釣〉，爰賜名號。」這樣已經能夠說明問題，不必認爲一定要到漢代才能溶合南北，創爲賦體。事實上屈、宋在當時都是接受北方影響的，也可以孕育出「賦」的形式來。……至於戰國時期能不能產生散文賦的問題，〈卜居〉、〈漁父〉已作了回答。〈卜居〉、〈漁父〉近來已公認是戰國時楚人的作品。

荀賦是不是能代表戰國時期的賦作呢？胡這一提問，眞是一針見血。當陸侃如認爲荀賦代表戰國賦時，主觀上已經否決了宋賦的地位及可靠性了。荀賦既被認爲可靠，那麼，荀賦自然被當作戰國賦的代表，而與此風格、文體迥異的，就被認爲全是僞託。試問，如此推論怎會合理呢？曹明綱批評得非常對，他說：

> 這種以現存文體的劣優來排定其產生時間先後的簡單推論，在一般情況下或許有它的一定道理，但以此來判斷宋玉賦的眞僞，實際却要比想像的複雜得多。首先，要使陸侃如的推論準確無誤，一個前提條件就是同一時期內某種體裁必須有較多的作品傳世，可以用來比較和確定它在這一時期內的優劣程度。也就是說，如果戰國末期以賦命名的作品不止目前僅存的荀、宋兩家，而有第三者可資比較，而這第三者又與荀賦的水平相仿，那麼宋玉賦之僞也許可以因此確定。但現在的情況正相反，戰國末期以賦命名的作品只有荀、宋兩家。……應該說，眞正代表戰國末期賦的發展水平的，是這些直接師承屈原的楚產作家和作品，而不是晚年才由北方來楚的學者荀卿。其次，要使陸侃如的推論準確無誤，還必須排除文體發展過程中除時間外的一切其它因素，而戰國末期的地理環境、社會狀況和作家的氣質、創作動機等，對賦體的形成和發展所產生的直接影響却是不容忽視的。……因此，如果考慮到當時楚、趙地理條件和傳統文化對宋玉和荀卿所產生的不同影響，考慮到宋玉受莊子散文、屈原辭作影響的直

> 捷便利，那麼荀、宋在賦的創作中表現出完全不同的風格和採取迥然有別的形式，就不是甚麼「絕對不可能的」事了。……可見戰國末期的楚國社會造就了宋玉賦，宋玉賦也反映了那個時代的楚國特點……。

賦予荀賦正統的地位，然後，據此而否決宋賦；顯然的，陸侃如在論證上犯了「先入爲主」的毛病，很難站得住脚。曹明綱說：「從辭賦的發展過程來看，宋玉賦產生於戰國末期也不是不可能的，而是完全可能的。」以公平合理的立場和態度來觀察宋、荀兩家的賦作，顯然的，曹明綱的結論更具說服力。

將宋賦降至司馬相如之後，也有其不合理之處；朱碧蓮一再地指出：

> 宋玉的賦篇幅短小，鋪張揚厲還是初具規模，其諷諫意義較強，正是散文賦體的初期形式；而司馬相如的賦則是長篇巨製，極盡鋪排之能事，其諷諫意義相對地減弱了，而歌功頌德的成分卻大爲加強。「勸百諷一」，正是散文賦體進一步發展的表現。宋玉的賦在前，司馬相如的賦在後，這個發展痕迹是顯而易見的。……文學樣式的發展規律，一般都經歷由簡單到複雜，由低級到高級，由短篇到巨製的過程。不能想像，司馬相如第一個創作散文賦體，就能寫出〈子虛〉、〈上林〉這樣的長篇大賦來。正是因爲有了宋玉的創作實踐，司馬相如才能在前人的基礎上進一步加以發展……。

宋賦的僞託時代如果在司馬相如之前，當時的文人如司馬相如、學者如司馬遷應該會知道的；然而，却不見他們有片言隻語的「怨言」。反過來說，從宋賦的形制及寫作技巧來觀察，「篇幅短小，鋪張揚厲初具規模」，宋賦完全有可能是司馬相如以前的眞作；朱碧蓮說：

荀子是思想家和哲學家，晚年移居楚國，受楚辭的影響而作〈賦篇〉，偶一爲之，不免粗糙。但他能用問答式吸取《詩經》的句式來寫，不能否認也是一種創造。荀子和宋玉的賦，一爲哲人之賦……而宋玉之賦則爲詩人之賦……宋玉在屈原作品已露賦迹的基礎之上既吸收了散文的句式表現手法，又採用詩歌的韵律來作賦，使之兼有詩與散文的特點，創造了散文賦體，以後又爲司馬相如所運用，演進而爲漢朝的大賦……。

一個是學者，一個是文人，其風格及技巧當然不相同，陸侃如否決宋賦的可靠性，正是站在學者賦的立場來推斷的。其實，宋賦既有可能是司馬相如以前的作品，而當時文人學者又不曾指斥其爲僞託，那麼，宋賦具備另一種可能性——眞作的條件應該是存在的。

晚近地下出土材料，更加強了我們這個說法的信心。一九七三年，山東臨沂銀山雀山漢墓出土竹簡古佚書中，有唐勒〈賦〉一篇，殘存三百三十餘字，其文曰：

唐勒與宋玉言御襄王前。唐勒先稱曰：人謂造父登車攬轡，馬協斂整齊調均，不摯步趨……馬心愈也而安勞，輕車樂進，騁若飛龍，免若歸風，反騶逆騶，夜走夕日，而入日……月行而日達，星躍而玄運，子神奔而鬼走，進退屈伸，莫見其鎮埃，均□……襲□緩，急若意，□若飛，免若絕，反趨逆□，夜起夕日，而入日蒙汜，此□……胸中，精神喻六馬，不叱啫，不撓指，步趨□……千里，今之人則不然，白笏堅，……知之，此不如望子華、大行者。不能及造父，趨步□，御者屈……□□□□駕下作千。……行雷雷輿□□□□。……□不伸發敝……慮發□□競反趨……君麗義民……入日上皇故……競久疾速……論義御……御有三，而王良、造……去銜轡，撤……覆不反□……□女所□威滑□……實大虛通道……弇脊……□若□……反趨逆……笪轂馬……自駕車，莫……。

《漢書》〈藝文志〉著錄唐勒有〈賦〉四篇，在宋玉之前，屬屈原賦之流派，惟今已亡佚。銀雀山出土的三百餘字，應該是目前惟一保存下來的唐賦了。這篇賦作，細讀之後，才知道是一篇不折不扣的散文賦㉒，正是陸侃如所說「與司馬相如一樣的用散文式」寫成的那種！而且，它還出現在戰國末年，在宋玉之前。《淮南子》〈覽冥〉有一段文字，說：

㉒ 葉幼明亦有此說，見葉著《辭賦通論》，頁六十七。

昔者王良、造父之御也，上車攝轡，馬爲整齊而斂諧，投足調均，勞逸若一，心怡氣和，體便輕畢，安勞樂進，馳騖若滅，左右若鞭，周旋若環，世皆以爲巧，然未見其貴者也。若夫鉗且、大丙之御，除轡銜，去鞭弃策，車莫動而自舉，馬莫使而自走也，日行月動，星燿而玄遠，電奔而鬼騰，進退屈伸，不見朕垠，故不招指，不咄叱，過歸雁於碣石，軼鶤雞於姑餘，馳若飛，鶩若絕，縱矢躡風，追猋歸忽，朝發扶桑，日入落棠，此假弗用而能以成其用者也，非慮思之察，手爪之巧也，嗜欲形於胸中，而精神踰於六馬，此以弗御御之者也。

試比較《淮南子》和唐賦這兩段文字，相同之處何其多！如果唐賦不殘缺的話，恐怕可以發現更多相同的文字。顯然的，是《淮南子》將唐賦「生吞活剝」地抄錄進去！作爲西漢初年著名的雜家著作，正由於唐賦是一篇散文形式的賦作，《淮南子》的作者才能夠張大口吞進去。

那麼，陸侃如的文體說，豈不是必須重新考慮了嗎？

(二) 押韻的問題

從押韻的角度來辨別宋賦的眞僞，是始於劉大白。根據他的考訂，〈風〉、〈高唐〉、〈神女〉、〈笛〉、〈小言〉及〈舞〉等賦，「有好些地方，都不合周秦古韻」，「這些都是把在周秦古韻中不同的韻參錯地用著，都足爲僞託的明證」。

劉大白以押韻爲理由來否決宋玉的著作權，並未得到一些學者的同意。胡念貽說：

> 劉大白所指出的那些不合古韻的地方，不獨與古韻不合，與漢以後的韻也不合；如……等。還有的例子，在古音學上本是沒有十分解決的問題，如……劉氏是有失深考的。我們現在引江有誥〈復王石臞書〉一段如下：「考古人『歌』『脂』二部，合用甚多。《楚辭》〈九歌〉〈東君〉以『蛇』『懷』『歸』韻；〈遠遊〉以『妃』『歌』『飛』『夷』『蛇』『徊』韻；〈高唐賦〉以『螭』『諧』『哀』『悽』『欷』韻；《荀子•成相》一章以『罷』『私』『移』韻。」如果要懷疑〈高唐〉，連〈九歌〉、〈成相〉也要懷疑了。用古音來考證，也是不能解決問題的。

朱碧蓮也不同意劉大白的說法，她說：

> 明代音韻學家陳第《屈宋古音義》早就一一指出這些賦是合乎古音的。如〈風賦〉中……劉大白認爲「灰」與「盧」不押韻，與古意不合。陳第則注「灰」，古音讀「虛」，如此則「虛」、「餘」、「盧」正是押韻的。又如〈高唐賦〉……劉大白認爲「石」韻「會」、「磕」，與古音不合，……以「螭」韻「諧」、「哀」不合古音。陳第則

注明「石」古音「試」，「會」古音「系」，「磕」古音「記」，「諧」古音「奚」，「哀」古音「噫」，所以「石」、「會」、「磕」及「蟎」、「諧」、「哀」古音分明是相押的。……於此可見，古今音韵是有變化的，不能因爲後代的讀音與古音有異，便以此爲據，來推翻古人的著作權。

胡念貽以江有誥的例子作旁證，證明劉說有欠妥之處；朱碧蓮則針鋒相對，以陳第的說法來否決劉的結論；雖然二家沒舉出自己的反證，不過，他們的質疑是值得重視的。

陳第《屈宋古音義》三卷除考訂屈原辭賦古音之外，關於宋賦，也考訂了〈九辨〉、〈招魂〉、〈高唐〉、〈神女〉、〈風〉及〈登徒子好色〉等賦；換句話說，除〈對楚王問〉一篇外，《文選》所錄者皆在他考訂範圍之內。關於這些賦是否符合古韻，陳第〈自序〉裏說：

> 夫《毛詩》、《易》象之音，若日月中天，耿然不可易矣！今考之屈、宋，其音往往與《詩》、《易》合，其《詩》、《易》所無者，又往往與周、秦、漢、魏之歌謠、詩賦合，其爲上世之音，何疑！……竊念少好《楚辭》，《楚辭》之中，尤好屈、宋……以古音讀之，音韵頗諧，故復集此一編，公之同好。噫，豈惟屈、宋是爲，將以羽翼夫《毛詩》，使天下後世篤信古音而不疑，是區區論著之夙心也已。

根據他的考訂，這幾篇賦不但「以古音讀之，聲韵頗諧」，而且「其爲上世之音，何疑」！張海鵬在陳第的〈跋〉後附識說：

……分〈九辯〉、〈招魂〉及〈高唐〉、〈神女〉、〈風賦〉、〈登徒子好色賦〉共十四篇，皆宋玉所作，編爲一卷，合成三卷……名曰：古音義。援稽賅博，曲暢旁通，洵足以見上古之音，依詠諧聲，自然合於律度，而無可疑云。

張海鵬所謂「足以見上古之音，依詠諧聲，自然合於律度」，正和陳第「以古音讀之，聲韵頗諧」相合拍。根據二家的意見，至少《文選》所錄的宋賦是符合古韻的，劉說恐怕必須重新考慮。

簡宗梧曾經重考〈高唐〉及〈神女〉二賦的韻脚，藉以推測其作成時代；關於〈高唐〉，其結論是：

雖然我們發現了兩則不合先秦叶韻的韻例……可能是闕文或作者疏誤所造成的……我們從兩用「下」字，都是與「魚」部字押韻，而不與「歌」部押韻，可以研判它不會是東漢的作品。再從全賦九用「魚」部字爲韻脚，竟沒有出現「魚侯」兩部合用的兩漢特色，可見它爲先秦作品的可能性要比兩漢大得多……都在在顯示〈高唐賦〉應該是先秦的作品。

關於〈神女〉，其結論是：

先前以爲〈神女賦〉非宋玉作品的論證，皆非確證。〈神女賦〉的用韻完全合乎先秦的用韻律則，後人不應該以似是而非的論證輕易剝奪宋玉的著作權。〈神女賦〉和〈高唐賦〉的用韻習慣差別太大，其寫作動機和寫作時間可能不同，我們不必強行牽合等同看待。

根據簡宗梧的考訂，〈高唐〉及〈神女〉完全符合先秦押韻的韻律，劉大白對二賦的指斥恐怕必須重新考慮。

(三) 稱謂的問題

以稱謂問題作爲僞託論據的，應該是始於游國恩。他認爲〈風〉、〈高唐〉、〈神女〉、〈大言〉、〈小言〉、〈諷〉及〈釣〉等賦，開口閉口就「楚襄王」，可見「自然是襄王死後時作的」。「宋玉以楚人而仕於楚，只須說『襄王』就夠了，何必連『楚』字都說出來呢」？其後，劉大白也贊同游國恩的見解，他甚至進一步認爲：「襄是死後的謚法，賦如果眞作於楚襄王時的宋玉，何能於熊橫（即襄王）生前，預稱他底謚法？」陸侃如在他的大著裏，也附和游說。

本國人寫本國事，當時人寫當時事，是不是一定不稱本國名呢？謚號是不是可以作爲古籍著成時代的絕對標準呢？古時是否有這種撰述體例呢？很多學者都不以爲然。胡念貽說：

陸侃如……認爲楚人稱襄王，按體例不應加「楚」字。但是，戰國時人行文，並不一定有這個「體例」的，如《韓非子》……韓非是韓國的公子……他稱韓國的君主都冠以「韓」字。有時他也去掉「韓」字，如……可見戰國時稱本國君主時，冠國名與否，完全是自由的，並沒有一定的體例。

韓非行文有「自稱本國名」的，也有「不稱本國名」的；可見游氏「本國人必定不自稱本國名」的說法很有問題。朱碧蓮在轉述胡念貽的說法後，自己也舉例反駁：

《荀子》〈議兵篇〉開頭就說：「臨武君與孫卿子議兵於趙孝成王前。」荀子是趙國人，與臨武君在自己的國君前議兵，也是直書「趙孝成王」。

根據二家的看法，游說顯然的並不能成立了。

其實，游說恐怕還有站不住脚的地方。

古籍在流傳的過程中，增删改移是頗爲正常的現象，尤其是當傳鈔者自以爲是的時候，不是在句旁加附小注，就是乾脆動筆修改，這是校勘學上常有的事。就以宋玉這幾篇賦來說，《太平御覽》六三三引〈小言賦〉首句作「楚王既登雲陽之台」，將原本的「楚襄王」引作「楚王」，就應該是引書者有意的省略。反過來說，宋玉原本如果只作「楚王」，傳鈔者也可以增寫作「楚襄王」。後人如果以省略過的「楚王」、或以增寫後的「楚襄王」來推斷古籍的作成時代，豈不是「差以毫釐，繆以千里」嗎？馬積高也討論過這個問題，他說：

> 在先秦，文字的流傳是不容易的，後人對前人著作的態度也不嚴肅，加字減字的情況都有，如諸子書多稱「子曰」或「某子曰」，而《墨子》書謂「子墨子曰」，這「墨子」二字早有人指出是墨子後學所加，以示區別；又如孟子與梁惠王同時，著書時惠王之子襄王尚未死，而《孟子》中稱「孟子謂梁襄王曰」，這「襄」字自然也應是後人所加……我們焉知《荀子》中的「趙孝成王」、《墨子》中的「宋康」、宋玉賦中的「楚襄王」，不是經過後人的改竄呢？

諡號既可增添，國名當然也可增補；可見據諡號及國名來考訂古籍的眞僞及作成時代，是頗不可靠的。馬氏又引駱紹賓云：

> 宋玉諸賦，皆稱楚襄王，獨《新序》〈雜事第一〉作楚威王（〈雜事第一〉有「楚威王問於宋玉曰」一段），竊意賦爲玉作，原文不應稱楚襄王，「襄」又誤爲「威」……。

宋賦原本有可能只作「楚王」，後人傳鈔時，一本增作「楚襄王」，即今所流傳者；一本增作「楚威王」，即《新序》所錄者；無論「襄」或「威」，皆後人所增，非宋賦所原有。今根據流傳本而作出推論，顯然有不妥之處。這個說法若成立的話，游說就完全站不住脚了。

再以前文所錄唐勒〈賦〉而言，文章一開首就說：「唐勒與宋玉言御襄王前……」；若如游氏所言，這篇出土文章豈不是後人所僞？可見游說有不周全之處。

(四) 仿託的問題

仿託問題最早由崔述提出，他認爲宋賦乃後人所仿託，就如庾信作〈枯樹賦〉，託諸殷仲文；謝惠連作〈雪賦〉，託諸相如；謝莊作〈月賦〉，託諸曹植一樣。

崔述這個說法其實相當脆弱。古籍裏將作者自己的名字寫進作品，多不枚舉；何以宋賦將自己的名字寫進去，就被認爲後人仿託的呢？胡念貽就舉《莊子》爲例，反駁這種論調，他說：

> 在戰國時代，各家著作中，就有把自己的名字寫進文章裏去的事實，我們且翻開《莊子》……在這兩條中，莊子都是站在第三者的地位，把自己當作故事的主人公敍述，

和〈風賦〉、〈高唐〉等賦基本上沒有甚麼不同，所不同者莊子稱子，宋玉稱名而已。但莊子並不只是稱子，有時也自稱姓名……。可見戰國時人寫文章，有時是喜歡立在第三者的地位把自己寫進去的。

朱碧蓮也附和胡念貽的說法；她說：

在先秦的作品中，作者把自己作爲描寫的對象是很平常的，如《莊子》在〈逍遙游〉、〈至樂〉、〈山木〉篇中，都寫了自己的言行，可是並無人懷疑它們是後人的僞託，爲甚麼宋玉在賦中寫了自己的言行就被認爲是後人的僞作呢？

有主名的作品而被確認爲眞著的，先秦古籍中爲例甚多，胡、朱所舉者不過其中的一部分而已。即以前引出土的唐勒〈賦〉而言，唐勒就把自己的名字寫進去，可見崔說並非絕對的。

(五) 流傳的問題

游國恩認爲，在西漢辭賦極盛的時代，竟沒人提及〈高唐〉及〈神女〉二賦，一直要到傅毅以後，二賦才出現在文人的作品裏；宋賦既然出現得很晚，所以，應當是後人所依託。

這個說法表面上看起來頗有理由，實際上却存在著一些問題。

最先對游說加以反思的，應該是朱碧蓮；她說：

> 一篇作品有沒有人提及，在甚麼樣的情況下得以流傳，是相當複雜的問題。試以屈原作品爲例，司馬遷在《史記》中只提到〈離騷〉、〈天問〉、〈招魂〉、〈哀郢〉四篇，其餘作品均未涉及。司馬遷爲甚麼不提呢，可能當時他只看到這幾篇，其餘的一時沒有搜集，或只舉四篇爲例，或者別有甚麼原因，今天不可能知道。但我們決不能據此就說屈原只有四篇作品，司馬遷沒有提到的都是僞作。

時人沒有提到的作品，是不是當時就已失傳了呢？是不是合該是後人僞作的呢？應該如朱碧蓮所說的：「是相當複雜的問題。」默證法是古籍辨僞學的一個忌諱，我們不能因爲文獻沒有著錄或古人未曾提及，就一概否認某種作品的存在㉓。誠如馬積高說：

> 至於說這些賦在漢代少有人提及，這更不足爲否定其存在的依據。因爲一則西漢之賦今存者已不及什一，未可臆斷其中是否有人提及；二則現存西漢賦的題材多與這些賦

㉓ 梁任公在《古書眞僞及其年代》中曾討論古籍辨僞之各種方法，第一條即是「從舊志不著錄，而定其僞或可疑」。此方法並非絕對可靠，說詳拙著《古籍辨僞學》第六章〈方法的檢討〉，臺北學生書局一九八六年出版。

不相因襲，東漢賦亦然。傅毅〈舞賦〉若非有意模擬〈高唐〉、〈神女〉的某些寫法，恐亦未必提及宋玉賦高唐之事。司馬相如〈美人賦〉明明模擬〈好色賦〉，而論者却偏偏顛而倒之。推其意，大概是認爲司馬相如是大賦家，不應寫得比宋玉差，殊不知擬作往往不及原作，大作家更可有不成熟的作品。

如果傅毅〈舞賦〉無意模擬〈高唐〉及〈神女〉，恐怕未必提到宋賦；如果傅毅未提及宋賦，我們又將如何看待宋賦呢？顯然的，游說表面上看起來有理由，實際上却有其勉強之處。

其次，西漢時是不是沒有人見過宋玉這幾篇賦呢？朱碧蓮說：

司馬遷在〈屈原本傳〉中就已提到宋玉「好辭而以賦見稱」，只是未曾提具體篇名，可能是略寫之故，所以三言兩語一帶而過，但宋玉有辭賦之作且以賦著稱是確定無疑的。班固在《漢書•藝文志》中稱「宋玉賦十六篇」，這就證明了宋玉的辭賦早已得到流傳，故班固予以著錄。

司馬遷所見宋賦，未必就是今日的宋賦；班固乃至劉向㉔所見「宋玉賦十六篇」，也未必就

㉔ 班固〈漢志〉乃本於劉向、歆的〈別錄〉、〈七略〉。

是今日的宋賦；這是人盡皆知的事；朱碧蓮據《史記》及《漢志》來論證今日宋賦的眞僞，恐怕未能一箭中的，將游說推翻。

在涉及流傳的問題時，這十一篇賦可以分成兩類來看待。

第一類是《文選》所錄的五篇。

〈風〉入卷十三，是〈賦•物色〉類之首篇；〈高唐〉、〈神女〉及〈登徒子好色〉入卷十九，爲〈賦•情〉類之首三篇；〈對楚王問〉入卷四十五，是〈對問〉類惟一的一篇。這五篇賦，在蕭梁之前恐怕已流傳很久，而且被確認爲宋賦無疑，《文選》之所以會採錄，蓋已認同其代表性，以昭明太子之謹愼和博洽，後人頗難加以質疑的。

在李唐以前，五賦中的一些賦作恐怕不止一種傳本。比如〈高唐〉，《文選》卷十九既已採錄，卷三十一江淹〈雜體擬潘岳述哀詩〉李善〈注〉引《宋玉集》曰：

> 楚襄王與宋玉游於雲夢之野，望朝雲之館有氣焉，須臾之間，變化無窮。王問：「此是何氣也？」玉對曰：「昔先王游於高唐，怠而晝寢，夢見一婦人，自云：『我帝之季女，名瑤姬，未行而亡，封於巫山之台，聞王來游，願薦枕席。』王因幸之。去，乃言：『妾在巫山之陽，高丘之阻，旦爲朝雲，暮爲行雨，朝朝暮暮，陽台之下。』旦而視之，果如其言，爲之立館，名曰朝雲。」

這篇賦作，又見於《太平御覽》三九九所轉載的《襄陽耆舊記》之中，顯然的，當時已廣爲流傳，所以才一再被徵引。這篇賦作，無論在情節上及文字上，和《文選》所載者有相當大的差別，應該是本賦的另一個傳本。《文選》卷十六江淹〈別賦〉李善〈注〉曰：

宋玉〈高唐賦〉：「我帝之季女，名曰瑤姬，未行而亡，封於巫山之臺，精神爲草，寔曰靈芝。」

李善在這裏明言是宋玉的〈高唐賦〉，可證卷三十一所引《宋玉集》，正是《集》中之〈高唐賦〉了。這篇〈高唐賦〉，和《文選》所錄者有相當大的差異，李善不應該不知道的。卷二張衡〈西京賦〉李善〈注〉、卷十四鮑照〈舞鶴賦〉李善〈注〉並引〈高唐賦〉有「遷延引身」一句，爲《文選》本所無；卷八揚雄〈羽獵賦〉李善〈注〉曰：「〈高唐賦〉曰：曾不可殫形。」亦爲《文選》本所無；此二句皆《文選》本所無，大概是李善〈注〉所見另一本的佚文。

李善所見另一本〈高唐〉既在《宋玉集》之內，可見當時宋玉的集子還保存得相當完整。《隋書》〈經籍志〉集部別集類著錄有《楚大夫宋玉集》三卷，李善所看到的極可能就是這個傳本。值得注意的是，《文選》卷三十四枚乘〈七發〉最後一首李善〈注〉曰：

> 《宋玉集》：宋玉與登徒子，偕受釣於玄淵。

此乃〈釣賦〉的文字，可見當時《宋玉集》包含有〈釣賦〉，爲《昭明文選》所未曾錄；今此賦見於晚出之《古文苑》，其著作權爲後來學者所否認。《文選》卷五十五陸機〈演連珠五十首〉李善〈注〉曰：

> 《宋玉集》：楚襄王問於宋玉曰：「先生有遺行與？」宋玉對曰：「唯。然有之。客有歌於郢中者，其始曰下俚巴人，國中屬而和者數千人；既而陽春白雪，含商吐角，絕節赴曲，國中唱而和之者彌寡。」

此乃〈對楚王問〉的文字，可見〈對楚王問〉也在當時的《宋玉集》之中。與〈高唐〉相同的，《宋玉集》中的〈對楚王問〉也和《文選》所錄者有差異；如「下俚」，《文選》作「下里」；「陽春白雪」前，《文選》無「既而」二字；「含商吐角，絕節赴曲」，《文選》作「引商刻羽，雜以流徵」，皆其例；可見〈對楚王問〉當時亦有不同傳本。此外，《文選》卷十八嵇康〈琴賦〉下，李善〈注〉曰：

> 宋玉〈對問〉：陵陽白雪，國中唱而和之者彌寡。然，《集》中所載，與《文選》不

同，各隨所用而引之。宋玉〈對問〉曰：各有歌於郢中者，其始曰下里巴人。

李善所云「《集》」，即《宋玉集》無疑；李善所見《宋玉集》，「與《文選》」正是有所「不同」，此李善所明言者；即以李善本節所引者，其文字與《文選》亦頗有出入，可見宋賦在當時流傳頗廣，以致有不同傳本。

〈對楚王問〉及〈釣賦〉既都在《宋玉集》之中，可見隋唐時三卷本的《宋玉集》應該保存得相當完整。〈對楚王問〉乃《文選》所錄最後之一篇（在卷四十五之中），於《宋玉集》中當在卷二；〈釣賦〉乃《古文苑》所錄最後第二篇，於《宋玉集》中應在卷三；似此推論如果恰當的話，那麼，隋唐時代的《宋玉集》當是相當可觀，而且相當完整的；而此《宋玉集》之淵源，恐怕可以上溯一段可觀的時間了。

第二類是《古文苑》所錄的六篇，皆在卷二。這六篇賦，隋唐時代也廣爲流傳；以《文選》李善〈注〉來說，就引過〈笛〉㉕及〈大言〉㉖兩賦；六臣〈注〉也引過〈大言〉；再加上前文所論李〈注〉引過〈釣賦〉，那麼，宋賦在隋唐時代不但流傳很廣，而且普遍被承

㉕ 見《文選》卷二、四、五、八、十、十一、十五（二次）、十七（三次）、十八、二十五、二十七、二十九（二次）、三十及三十四。

㉖ 見《文選》卷八及三十一。

認和接受。即使遲至宋代，情形還是如此，比如《太平御覽》就引過〈大言〉㉗、〈諷〉㉘及〈釣〉㉙，可知宋賦之流行和普遍接受了。這些賦作，以甚麼形式流行著呢？竊以爲基本上還是以《宋玉集》的形式流傳開來。

從古注類書所徵引者來考察，《古文苑》所錄者恐怕和李善〈注〉及《御覽》所引者爲不同的傳本，這是值得注意的地方。比如：

1.《文選》卷四李〈注〉謂「宋玉〈笛賦〉『篺』」，今本〈笛賦〉無此字。竊疑今本「見奇筱異幹」，李善所見者「筱」作「篺」。卷十七李〈注〉謂「宋玉〈笛賦〉『奇條異幹，罕節簡支』」，卷二十五李〈注〉引作「倚篠異幹，罕節簡枝」，與今本又皆有頗大之差異。

2.卷三十四李善〈注〉曰：「〈笛賦〉：麥秀漸兮鳥垂翼。」《古文苑》本「垂翼」作「革翼」。

3.卷八、三十一李善〈注〉引〈大言〉曰：「長劍耿介倚天外。」《古文苑》本作「長劍耿耿倚天外」，一本作「耿介」，李善所見者與一本合。

㉗ 見《御覽》卷三四四及七〇二（二次）。

㉘ 見《御覽》卷五七九、六九四、七一五、八〇三、八一六（二次）、八五〇及九九九。

㉙ 見《御覽》卷八一四、八三四及九三七。

4.《御覽》五七九引〈風〉曰：「乃更爲蘭房奧室。」《古文苑》本作「乃更爲蘭房之室」。

5.《御覽》八一六引〈風〉曰：「更被丹縠之單衫。」《古文苑》本作「更被白縠之單衣」。

6.〈大言〉曰：「方地爲車。」《文選》卷三十一、《御覽》七〇二（兩次）引「車」皆作「輿」。

有些學者謂《古文苑》乃宋人所僞託，書中所載宋賦全不可靠；果眞如此的話，《古文苑》所載者應該是李善以後好事者所僞託，其內容及文字應該和李善所見者有很大的差別才符合情理。今《古文苑》所載者，與李善所見者於內容上無差別、於文字上僅小異，其爲同一祖本蓋無可疑，然則《古文苑》所錄宋賦蓋亦淵源有自矣。

其實，在劉勰的時代，《宋玉集》已經被承認和接受了。《文心雕龍》提及宋賦的篇章爲數不少。〈銓賦〉謂「宋玉〈風〉、〈釣〉」，〈雜文〉謂「宋玉含才……始造〈對問〉」，〈諧隱〉謂「宋玉賦〈好色〉」；都提及《宋玉集》的內容有〈風〉、〈登徒子好色〉、〈對楚王問〉及〈釣〉，與《文選》及《古文苑》所錄者沒有差別。劉勰還說：

1.宋玉〈高唐〉云：纖條悲鳴，聲似竽籟；此比聲之類也。（〈比興〉）

2.宋玉〈神女賦〉云：毛嬙鄣袂，不足程式；西施掩面，比之無色；此事對之類也。

（〈麗辭〉）

3.此莊周所以笑「折楊」，宋玉所以傷「白雪」也。（〈知音〉）

「纖條悲鳴」二句，見《文選》所錄〈高唐〉中；「毛嬙」、「西施」二句，亦見《文選》所錄〈神女〉中；可見劉勰所見《宋玉集》的賦作，正是前昭明太子所見者。至於〈知音〉所提及的「白雪」，正是《文選》所錄〈對楚王問〉中「陽春白雪」的故實，二人所見爲同一賦作，蓋亦無可疑。

曹明綱根據古籍徵引的材料，對游、陸及劉等人的看法提出質疑性的批評；茲引錄其中四條材料以及他的批評如下：

> ……4.王逸編《楚辭章句》，收了宋玉的〈九辯〉，當取之於〈漢志〉所錄《宋玉賦》；未收〈風賦〉等作，是限於體例關係。5.曹植去王逸不遠，他的〈洛神賦序〉說：「感宋玉對楚王神女之事，遂作斯賦。」可見他見過〈神女賦〉。既然〈九辯〉爲宋玉所作，〈神女賦〉也不應是僞作。6.三國時魏人孟康在注司馬相如〈子虛賦〉「於是楚王乃登陽雲之台」時指出：「雲夢中高唐之台，宋玉所賦者，言其高出雲之陽也。」認爲司馬相如的賦已用了宋玉賦高唐的典實。7.晉人徐廣在注司馬相如這句話時，也說：「宋玉曰：『楚王游於陽雲之台。』」證明孟康的看法不孤。

雖然沒有更直接的材料來證明宋玉是《文選》所收五賦的作者，但綜合以上這些記載來看，南北朝之前宋玉至少有〈高唐〉、〈神女〉兩賦傳世，並爲當時文人所熟習和引用，乃是不可淹沒的史實。如果按照陸侃如等人的看法，這些賦是「司馬相如時代」的作品，那麼就很難解釋爲甚麼這些看來是出自一人手筆的賦，記的都是楚襄王與宋玉的問對？這個假想中的佚名作者爲甚麼要獨出心裁，假托歷史人物，而且不厭其煩一連作了五篇？這些作品在爲《文選》所收之前和之後一個很長的歷史時期中，爲甚麼一直被公認是宋玉的作品屢加引用而無一人提出異議，甚至連魏晉時爲司馬相如賦作注的人也不例外？

曹明綱所根據的材料以及所提出的質疑，是很值得注意的。如果和筆者所提出的證據相配合的話，就更顯出問題的複雜性，並非如游、陸及劉諸人所論，可以輕易否決宋玉的著作權的。因此，撇開游國恩「西漢人不曾言及」的論點不談，《文選》及《古文苑》所錄的宋賦，恐怕可以追溯得非常久遠。而且，從魏晉以迄隋唐時代，宋賦一直以《宋玉集》三卷的形式流傳開來，爲士林所公認和接受。崔述、游國恩、陸侃如及劉大白等人輕易非之，恐怕得重新考慮。

㈥ 其他的問題

除上文所論五項外，學者們還零星地提出一些問題來否決宋玉的著作權。首先，陸侃如認爲〈高唐〉以「延年益壽千萬歲」的句子結尾，是漢代樂府的調子，因而懷疑〈高唐〉乃漢代的作品。關於這一點，胡念貽已提出反證；他說：

「延年益壽千萬歲」這樣的成語，也沒有理由說它不是戰國時流傳下來的。一句成語活一兩百年是常見的事，尤其是這種吉祥語。《戰國策•齊策》有「犀首跪行爲（張）儀千秋之祝」，可見「千秋之祝」是戰國時的風習。

其說甚值得參考。至於姜書閣，也曾提出意見：

至於說〈高唐賦〉末句「延年益壽千萬歲」不像是「戰國時代人的話」，却也不見得。就語言說，《荀子•成相》中「天下爲一海內賓」、「大其園囿高其台」、「國家既治四海平」……諸如此類的句子不都是的的確確道地的「戰國時人的話」嗎？……宋玉本是楚襄王的「小臣」，「爲主上所戲弄」，賦末寫上幾句諷諫尾巴原爲附贅，多此一語，也不過顯示作者「弄臣」的阿諛面目而已。

所言似乎尚未中的。

其實，〈高唐〉在結尾處加上一句「延年益壽千萬歲」，恐怕淵源甚遠。考兩周青銅器銘文在篇末或段末處，就經常有類似的話語；如

史公毀：頌其萬年無疆……頌其萬年眉壽。

牧毀：牧其萬年壽考。

蔡毀：蔡其萬年眉壽。

不嬰毀：用匄多福，眉壽無疆，永純令終。

伯克壺：克用匄眉壽無疆。

大克鼎：丕顯天子，天子其萬年無疆。

克盨：降克多福，眉壽永令，俊臣天子。

楚公逆鎛：逆其萬年又壽。

黃大子白克盤：用祈眉壽萬年。

文末所謂「萬年無疆」、「萬年又壽」及「眉壽無疆」，恐怕就是〈高唐〉結尾「延年益壽千萬歲」的源頭了；而漢樂府的「濫調」，恐怕又是淵源自〈高唐〉等處了。

其次是「太一」的問題。〈高唐〉有「醮鬼神，禮太一」，游國恩根據《史記》〈封禪書〉及《漢書》〈郊祀志〉謂漢朝於武帝元朔五年或六年才開始祀太一，所以，〈高唐〉等

賦當作於漢代。其實，〈九歌〉中已有東皇太一，爲楚國眾神之一，宋賦中有「太一」，不是很自然的事嗎？馬積高說：「〈九歌〉中本有東皇太一，爲楚人所祀之神，爲甚麼一定要與漢武帝始祀太一聯繫起來呢？」所云甚塙，可見游說之不恰當了。

最後是〈笛〉中有關宋意送荊軻的事了。〈笛〉曰：「宋意將送荊卿於易水之上，得其雌焉。」章樵文末〈注〉曰：「按史：楚襄王立三十六年卒，後又二十餘年，方有荊卿刺秦之事；此賦果玉所作邪？」考荊軻刺秦王在秦王政二十年，此時楚王負芻已即位，宋玉已不在世，無法親見荊軻事，所以章樵懷疑此賦乃後人所依託。游國恩說：「其實荊軻刺秦王，在楚王負芻元年（前二二七），假使宋玉及見此事，亦不過七十歲，也許他此時還不曾死，故這條不能作證。」今從其說。

四

自從崔述、游國恩、陸侃如及劉大白發表高見以後，宋玉傳世的作品就只存〈九辯〉一篇，其他全都是僞作。接受此說法而受影響的學者，幾乎到了「無一倖免」的地步㉚。然而，

㉚ 如劉大杰《中國文學發展史》、游國恩等《中國文學史》，皆附同此說。

五十年代以後，隨著古籍辨僞學朝向謹愼及健康的路子以後㉛，對崔、游等人的說法一次又一次地重新反思和檢討，於是，不同的結論紛紛提出；試讀下列「成果」表：

出處	篇名＼成果＼諸家	游、陸、劉	胡念貽	姜書閣	曹明綱	馬積高	張端彬	朱碧蓮
《文選》	風	僞	眞	眞	不僞	眞	眞	眞
	高唐	僞	眞	眞	不僞	眞	眞	眞
	神女	僞	眞	眞	不僞	眞	眞	眞
	登徒子好色	僞	眞	僞	不僞	眞	眞	眞
	對楚王問	僞	僞	非宋玉作	不僞	—	眞	眞
《古文苑》	笛	僞	馬融以後僞作	僞無疑	—	—	—	眞
	大言	僞	六朝後仿作	僞	—	—	—	眞
	小言	僞	六朝後仿作	僞	—	—	—	眞
	諷	僞	仿〈莫人賦	文鄙俗，僞	—	—	—	眞
	釣	僞	漢人所僞	文鄙俗，僞	—	—	—	眞
	舞	僞	傅毅〈舞〉之摘錄	僞不足辨	—	—	—㉜	—

㉛ 詳拙編《續僞書通考》卷首〈論古籍辨僞學的新趨勢〉，臺北學生書局一九八九年出版。

㉜ 張著論宋賦重在賞析，考訂非所擅場。

從游、陸及劉的「全僞」到朱碧蓮的「全眞」（〈舞〉仍僞），不過數十年；在這短短的時間內，學術風氣轉變，所得的學術成果也就很不相同。我們不敢說「全僞」是正確的，也不敢說「全眞」是錯誤的，但是，我們相信，宋賦的眞僞一定要在心平氣和、實事求是的客觀研究之下，才能「眞理愈辨愈明」。

崔、游、陸及劉等提出來否決宋玉著作權的各種證據，經過五十年代以後學者們的審議和研究，的確存在著許多問題；比如據文體及稱謂以判宋賦之僞，顯然就含有過多的主觀成份；比如押韻及仿託，似乎就有考慮欠周之嫌；總而言之，經過我們的檢討後，他們所提出來的許多證據似乎無法令我們完全信服，因此，以今天的治學態度而言，若干宋賦的僞還是必須保留的，至於是不是全眞，那就有待深入考慮了。

宋玉作〈九辯〉的論證

一

《漢書》〈藝文志〉著錄宋玉有賦十六篇，到了《隋書》〈經籍志〉，改題作「楚大夫宋玉集三卷」；二者之間有何差異，實在很難明說。《唐書》〈經籍志〉及《新唐書》〈藝文志〉都說宋玉有《集》二卷，比〈隋志〉少一卷；到底少了甚麼篇章，實在也很難明說。

東漢王逸在《楚辭章句》裏，錄入宋玉作品〈九辯〉一篇，應該是所知宋玉作品中最早的一篇了。蕭統《文選》錄有〈風賦〉、〈高唐賦〉、〈神女賦〉、〈登徒子好色賦〉及〈對楚王問〉五篇；南宋章樵注《古文苑》有〈笛賦〉、〈大言賦〉、〈小言賦〉、〈諷賦〉、〈釣賦〉、〈舞賦〉六篇；時代愈晚，所見作品愈多。到了明代的劉節，在他的《廣文選》裏，又有〈高唐對〉、〈征咏對〉、〈郢中對〉三篇；至此，〈漢志〉謂宋玉作品十六篇，已完全湊足其數了。如果〈隋志〉曾說出三卷的具體內容的話，相信到明末也會完全「重見天日」。

在這十六篇作品裏，時代最早的〈九辯〉應該是比較可靠的一篇。最早注解本篇的王逸，在〈題辭〉裏說：

〈九辯〉者，楚大夫宋玉之所作也。……宋玉者，屈原弟子也。閔惜其師，忠而放逐，故作〈九辯〉以述其志。

王逸上距宋玉不過四百年，而且和宋玉又是「同土共國」的小同鄉，所以，他認定本篇是宋玉「閔惜其師，忠而放逐」之辭，自有其可靠性。

自此以後，將本篇訂爲宋玉所作，歷代學者率無異議。到了明代的焦竑，在所著的《焦氏筆乘》卷三裏，提出另一種看法；他說：

《離騷經》「啓〈九辯〉與〈九歌〉兮」，即後之〈九歌〉、〈九辯〉，皆原自作無疑。王逸因「夏康娛以自縱」之句，遂解〈九歌〉爲禹。不知時事難於顯言，乃托之古人，此詩人依倣形式之語耳。不然，則上所謂「就重華而陳詞」，豈眞有重華可就耶？舍原所自言不之信而別解之，不知何謂？〈九辯敍〉謂宋玉哀其師而作，熟讀之，皆原自爲悲憤之言，絕不類哀悼他人之意。蓋自作與爲他人作，旨趣故當霄壤。乃千百年讀者無一人覺其誤，何耶？

他認爲今傳〈九歌〉既是屈原依仿古樂而作，被判爲屈原的作品；那麼，本篇〈九辯〉也當是屈原依仿古樂而作；〈離騷〉「啓〈九辯〉與〈九歌〉兮」，不正是屈原作〈九歌〉及〈九辯〉的自供之辭嗎？改題爲宋玉作，「舍原所自言不之信而別解之，不知何謂」？另一方面，經他「熟讀」之後，發覺本篇皆屈原「自爲悲憤之言」，絕對「不類哀悼他人之意」。其後，他又在《筆乘續集》卷四裏說：

> 近覽《直齋書錄解題》，載《離騷釋文》一卷，其篇次與今本不同。首〈離騷〉，次〈九辯〉，而後〈九歌〉、〈天問〉、〈九章〉、〈遠遊〉、〈卜居〉、〈漁父〉、〈招隱士〉、〈招魂〉、〈九懷〉、〈七諫〉、〈九歎〉、〈哀時命〉、〈惜誓〉、〈大招〉、〈九思〉。按王逸〈九章注〉云：「皆解於〈九辯〉中。」則《釋文》篇第蓋舊本也。以此觀之，決無宋玉所作攙入原文之理。天聖十年陳（晁）說之序，反以舊本篇第混亂，乃考其人之先後重定之。不知於人之先後，正自舛謬，而後人反沿襲之，可怪也！

他又根據陳振孫所看到的《離騷釋文》載〈九辯〉篇次緊跟在〈離騷〉之後，與今本在〈九歌〉、〈天問〉等之後不同，從而判定本篇當是屈原之作。如果將本篇當作宋玉的作品，那麼，〈離騷〉是屈原的作品，〈九歌〉及〈天問〉等也是屈原的作品，怎麼會在屈原作品中

「攙入」一篇宋玉的作品呢？焦竑認爲，這是「決無攙入之理」的。焦竑的說法，很得他的朋友陳第的支持。他在《屈宋古音義》〈九辯〉的題辭裏說：

愚讀〈九辯〉久，竊怪其過於含蓄，意謂其懼不密之禍也。近弱侯謂余曰：〈九辯〉非宋玉作也。反復九首之中，並無哀師之一言，可見矣。夫自悲與悲人，語意迥別，不可誣也。愚於是熟復之，內云「有美一人兮心不繹」，預似指其師。然〈離騷〉、〈九章〉中，原所自負者不少。以是而信弱侯之見卓絕於今古也。

他認爲〈九辯〉內並沒有「哀師」之言詞，不像「悲人」之作；作者語言「過於含蓄」，深慶「不密」而召來禍害，應該是「自悲」的作品。後來，張京元的《刪注楚辭》即根據他們兩人的意見，謂「必爲原作無疑」了。

到了清代末年，吳汝綸在《評點古文辭類纂》裏，提出另一個證據來支持焦竑的說法。他說：

吾疑〈九辯〉舊次，即在第二，則固屈子之文。王（逸）謂宋玉作者，殆未然也。……後讀曹子建〈陳審舉表〉引屈平曰：「國有驥而不知乘兮，焉皇皇而更索。」洪《補注》亦載子建此語。「國有驥」二句，〈九辯〉之詞也；而引以爲屈平，則子建固以

> 〈九辯〉爲屈平作，不用王氏閔師之說。〈九辯〉、〈九歌〉，兩見〈離騷〉、〈天問〉。《楚辭》此二篇皆取古樂章爲篇題，明明是一人之作。今〈九歌〉既屈子所爲，獨〈九辯〉定爲宋玉，不知何所據而云然。……宜用子建說，定爲屈子之詞。

曹植《陳審舉表》❶引「國有驥」二句以爲屈原語，宋洪興祖《補注》於此二語下亦云：「曹子建以爲屈子語。」二語在〈九辯〉內，可知曹植以爲〈九辯〉的作者是屈原，而非宋玉。另一方面，他又認爲〈離騷〉及〈天問〉兩見〈九辯〉、〈九歌〉，〈九歌〉既然是屈原所作，〈九辯〉當然也不能例外了。

民國以後，贊同此說的學者頗有人在。梁任公《要籍解題及其讀法》，認爲屈原作品包括了本篇。劉永濟《屈賦通箋》將本篇與屈原南遷時序相印證，謂「其抒情慮思之辭，與〈離騷〉、〈九章〉亦表裏相宜」，以爲屈原作於〈離騷〉之後、〈九章〉之前。後來，他在《屈賦音注詳解》❷的題辭裏也說：「〈九辯〉，舊以爲宋玉作，今校定爲屈子所作，依古本《釋文》列於〈離騷〉之次。」譚介甫《屈賦新編》及蔣天樞《楚辭論文集》也都附和此說，不

---

❶ 曹文在嚴可均《全三國文》內。

❷ 劉永濟校釋《屈賦音注詳解》，一九八三年上海古籍出版社出版。

過，都無法提出新的證據。❸

二

晚近學者對「屈作說」提出有力反證的，要以游國恩最為傑出。他在《楚辭論文集》裏有《楚辭九辯的作者問題》❹，對焦竑以下的說法作「全面的反擊」。

首先，游國恩對焦、吳兩家的說法進行四點反駁；它們是：

第一、〈九辯〉「皆原自為悲憤之言，絕不類哀悼他人之意」，不知王逸謂宋玉〈九辯〉為閔師之作，自是他沒有細看本文，一時疏忽，不為定論。〈九辯〉固不像哀屈，難道宋玉自己就不可以自為悱憤之言嗎？《韓詩外傳》和《新序》等書都說宋玉事楚襄王，很不得意，所以〈九辯〉中也就有「坎廩兮，貧士失職而志不平」及「無衣裘以御冬兮，恐溘死不得見乎陽春」等語。這不分明是宋玉寫自己的牢騷憤懣嗎？焦氏知其一，不知其二。

❸ 蔣著《楚辭論文集》，一九八二年陝西人民出版社出版。

❹ 〈楚辭九辯的作者問題〉，又見游著《游國恩學術論文集》上編內，一九八九年北京中華書局出版；該文在頁一八九至一九七。游國恩早年著有《楚辭概論》，商務印書館一九三九年出版，亦論及宋玉鈔襲屈賦的問題，見該書第四篇第二章。

第二、無論《楚辭釋文》一書怎樣古，即使古到劉向所編的《楚辭》原本一樣，也只能證明《釋文》本或舊本是把〈九辯〉的次序排在第二，而無法證明〈九辯〉的作者不是宋玉而是屈原。

第三、古人的文章，因誤記而錯引的話太多了。曹子建那裏會料到後人竟會拿他這篇信手拈來的文章作考據呢？退一步說，即使曹子建並非誤記，而眞以爲〈九辯〉應該是屈原所作，那至多也只能代表他本人的意見，哪能證明〈九辯〉的作者必是屈原而非宋玉？何況他的時代還遠在王逸之後將近一百年，他有甚麼憑據而推翻舊說？

第四、〈九歌〉是屈子所作，何以〈九辯〉也一定非屈子所作不可？同屬古樂，大家都可以用作題目，正如後世樂府詩中的〈陌上桑〉、〈隴西行〉之類，你可以擬，我也可以擬。所以，吳氏這個意見更不能成立。

游氏的四點反駁都相當堅強有力，所以，迄今皆爲學術界所樂於引述；例如在馬茂元主編的《楚辭注釋》❺裏，王從仁對〈九辯〉的解題及說明，即完全根據游說；又比如陳子展的《楚辭直解》❻，在〈九辯解題〉底下，也幾乎完全引用了游氏的說法；又比如胡念貽《楚

❺《楚辭注釋》，馬茂元主編，編撰者爲楊金鼎、王從仁、劉德重及殷光熹。一九八五年湖北人民出版社出版。

❻陳著《楚辭直解》，一九八八年江蘇古籍出版社出版。

辭選注及考證》❼，在考證〈九辯〉時，列出四點理由說明焦、吳說「未必可信」，即完全襲自游說；可見游氏影響甚大。

除了反駁之外，游氏也提出正面的證據，來證明本篇是宋玉鈔襲屈賦之作。他認爲本篇作者對屈賦讀得很熟，所以，鈔襲屈賦的地方特別多。他分三類來論證：

(一)整句鈔襲有五例

1. 如：「何時俗之工巧兮，背繩墨而改錯？」又如：「何時俗之工巧兮，滅規榘而改鑿？」四句全出於〈離騷〉「何時俗之工巧兮，偭規矩而改錯」。

2. 如：「堯舜之抗行兮，瞭冥冥而薄天；何險巇之嫉妬兮，被以不慈之僞名？」四句全出於〈哀郢〉「彼堯舜之抗行兮，瞭杳杳而薄天；眾讒人之嫉妒兮，被以不慈之僞名」。

3. 如：「憎慍惀之修美兮，好夫人之慷慨。眾踥蹀而日進兮，美超遠而逾邁。」四句全鈔自〈哀郢〉，一字不差。

4. 如：「莽洋洋而無極兮，忽翱翔之焉薄。」下句亦鈔自〈哀郢〉，一字不改。

5. 如：「紛純純之願忠兮，妒被離而鄣之。」上句〈哀郢〉作「忠湛湛而願進兮」，鈔襲之跡甚明；下句全鈔自〈哀郢〉。

(二)詞意鈔襲有十二例

❼ 胡著《楚辭選注及考證》，一九八四年長沙岳麓書社出版。

1. 如：「去家離鄉兮來遠客，超逍遙兮今焉薄。」這是化用自〈哀郢〉「去故鄉而就遠兮」、「去終古之所居兮，今逍遙而來東」、「焉洋洋而爲客」及「忽翱翔之焉薄」。

2. 如：「專思君兮不可化。」這是化用自〈惜誦〉「專惟君而無他」、「君可思而不可恃」。

3. 如：「去白日之昭昭兮，襲長夜之悠悠。」化自〈思美人〉「自日出之悠悠」。

4. 如：「秋既先戒以白露兮，冬又申之以嚴霜。」化自〈惜往日〉「何芳草之早殀兮，微霜降而下戒」。

5. 如：「圜鑿而方枘兮，固知其鉏鋙而難入。」化自〈離騷〉「不量鑿而正枘兮」及「何方圜之能周兮」。

6. 如：「處濁世而顯榮兮，非余心之所樂。」這是〈離騷〉「非余心之所急」及「亦余心之所善」等句的語調。

7. 如：「靚抄秋之遙夜兮，心繚悷而有哀。」二句改寫自〈悲回風〉「悲回風之搖蕙兮，心冤結而內傷」及「終長夜之曼曼兮，掩此哀而不去」。

8. 如：「歲忽忽而遒盡兮，老冉冉而愈弛。」撮鈔自〈悲回風〉「歲曶曶其若頹兮，時亦冉冉而將至」及〈離騷〉「老冉冉其將至」。

9. 如：「忠昭昭而願見兮，然霿曀而不達。」乃合〈哀郢〉「忠湛湛而願進兮」及〈思美人〉「志沈菀而莫達」而成。

10. 如：「願寄言夫流星兮，羌倏忽而難當。」襲自〈思美人〉「願寄言於浮雲兮，遇豐隆而不將；因歸鳥而致辭兮，羌宿高而難當」。

11. 如：「雖重介之何益。」改寫自〈悲回風〉「重任石之何益」。

12. 最後一章「左朱雀」、「右蒼龍」、「屬雷師」、「通飛廉」、「前軒輬」及「後輜乘」，全鈔自〈離騷〉及〈遠遊〉，文詞尤近後者。

(三)字面鈔襲有二十例

1. 如：「獨申旦而不寐。」「申旦」見〈思美人〉「申旦以舒中情兮」。

2. 如：「蹇淹留而無成。」「淹留」兩見，取自〈離騷〉「又何可以淹留」。

3. 如：「倚結軨兮長太息。」又如：「長太息而增欷。」「長太息」及「增欷」並見〈離騷〉「長太息以掩涕兮」、「曾歔欷余鬱悒兮」。

4. 如：「忼慨絕兮不得。」「忼慨」見〈哀郢〉「好夫人之忼慨」。

5. 如：「皇天平分四時兮。」「皇天」屢見，〈哀郢〉有「皇天之不純命兮」。

6. 如：「中瞀亂而迷惑。」〈惜誦〉有「中悶瞀」。

7. 如：「離芳藹之方壯兮。」「方壯」見〈離騷〉「及余飾之方壯兮」。

8. 如：「收恢台之孟夏。」「孟夏」見〈抽思〉「望孟夏之短夜兮」，又見〈懷沙〉「滔滔孟夏兮」。

9. 如：「羌無以異於眾芳。」「眾芳」見〈離騷〉「苟得列乎眾芳」。

10. 如：「中結軫而增傷。」又如：「仰浮雲而永歎。」「結軫」、「增傷」並見〈懷沙〉「鬱結紆軫兮」、「增傷爰哀」。「永歎」、「增傷」並見〈抽思〉「獨永歎乎增傷」。

11. 如：「誠未遇其匹合。」「匹合」見〈天問〉「閔妃匹合」。

12. 如：「欲寂寞而絕端兮。」「寂寞」見〈遠遊〉「野寂寞其無人」。

13. 如：「馮鬱鬱其何極。」「鬱鬱」見〈抽思〉「心鬱鬱之抽思兮」及〈悲回風〉「愁鬱鬱之無快」。

14. 如：「霰雪紛糅其增加兮。」本〈涉江〉「霰雪紛其無垠」。

15. 如：「信未達乎從容。」「從容」見〈懷沙〉「孰知余之從容」。

16. 如：「聊逍遙以相佯。」「逍遙」兩見。「逍遙」、「相佯」並見〈悲回風〉「聊逍遙以自恃」、「憐浮雲之相羊」及〈哀郢〉「今逍遙而來東」。

17. 如：「獨耿介而不隨兮。」「耿介」兩見，見〈離騷〉「彼堯舜之耿介兮」。

18. 如：「老寥廓而無處。」「寥廓」見〈遠遊〉「上寥廓而無天」。

19. 如：「雲蒙蒙而蔽之。」「而蔽之」見〈離騷〉「眾薆然而蔽之」。

20. 如：「恐田野之蕪穢。」「蕪穢」見〈離騷〉「哀眾芳之蕪穢」及〈招魂〉「牽於俗而蕪穢」。

三類鈔襲共得三十七例，至於專有名詞如「騏驥」、「鳳皇」等之鈔襲，若一概計入的話，「實際上不止於此」。接著，游國恩說：「〈九辯〉的鈔襲方法，或直鈔其詞句，或暗襲其意義，或模仿其語調，或承用其文法。分合變化，顛倒割裂，上下牽扯，前後連搭，或一句而化爲幾句，或數語而併爲一詞。很巧，也又很笨，眞是一種集句式的『百衲體』。這些鈔襲都是極其顯然的有意剽竊，而不能認爲無意的偶合。固然在屈子作品中不免有些句法或詞彙偶然的重複或類似，但這是極少數，斷乎不像〈九辯〉這樣大鈔而特鈔。」

游國恩的說法影響非常大，一直到今天，學術界在接受「宋作說」時，大家都樂意採納游氏的意見，甚至於徵引這三十幾條證據。

姜書閣著有《先秦辭賦原論》，書內有〈宋玉及其辭賦考辨〉一文❽，討論到〈九辯〉時，作者節用了游氏「有整句的鈔襲」、「有鈔襲原句而略改一、二字者」、「有鈔襲屈作詞意而稍加變化者」及「有襲用屈子詞匯者」的說法後，說：「〈九辯〉雖多襲用屈子作品的語句、辭意、詞語，但宋玉所表達的思想和情緒卻與屈子迥異。」很明顯的，姜氏不但接納游氏的說法，連證據也來自游氏。

馬茂元主編《楚辭注釋》，在〈九辯〉的〈說明〉❾裏，王從仁說：「宋玉的創作受到屈原的直接影響，他有意識地學習屈原，甚至有模擬的痕迹。本篇中直接襲用屈原作品或接近屈原作品的句子，計有〈離騷〉十例，〈哀郢〉四例，〈惜誦〉、〈惜往日〉、〈思美人〉

❽ 姜著《先秦辭賦原論》，一九八三年山東齊魯書社出版。

❾ 同註五。

各一例。至於復述屈原論調，模仿屈原語氣的地方，爲數更多。」王從仁雖然沒明說其論斷的資料出處，不過，他暗引暗用游氏的說法卻非常明顯的。

董楚平譯注的《楚辭譯注》，在〈九辯〉的前言裏，他說：「如果把〈九辯〉比作一部樂章，它的樂匯是不夠協諧的。裏面有不少低沉、幽怨的哀音，也有很多高亢、激昂的調子。後者大多是從屈原作品、主要是〈離騷〉裏改裝過來的。」❿所謂「大多是從屈原作品改裝過來」，就是指本篇作者鈔襲屈賦一事；很明顯的，董氏也受了游說的影響。

張端彬著有《楚國大詩人宋玉》⓫，在論及本篇時說：「〈九辯〉深受屈原作品的影響頗大，有不少地方是模仿屈原的，有的甚至是一字不漏地整句照搬，如……粗略統計，凡七處，十八句。至於運用屈詩的詞匯、語句，那就更多了。……根據游國恩先生統計……共有三十多條。……哪有一個詩人在一首二百五十三行詩中與自己先前的作品存在三十多處相同的地方？這就足表明：〈九辯〉不是屈原所作。這人是誰呢？當然只有宋玉了。……關於〈九辯〉的論爭，暫告一段落，因爲經過歷代學者們的辛勤考證，這段公案基本已成定論。」作者完全附同游說，似乎更加清楚了。

從上述四部書對本篇作者的解說及所提的證據來考察，即知游說影響之大了。王逸「宋

❿《楚辭譯注》，董楚平譯注，一九八六年上海古籍出版社出版。

⓫張著《楚國大詩人宋玉》，一九九〇年海峽文藝出版社出版。

作說」只不過一段題辭而已，沒有任何實在的證據，游國恩卻能夠在反駁焦、吳說之後，舉出三類三十七例的證據來充實王逸的題辭，可謂貢獻良多了。學術界自此以後幾乎都沿用游氏的證據，來支持「宋作說」，使之「基本已成定論」，似乎也就成爲一件很自然的事了。

然而，游說的論證法是不是可靠呢？他所舉的例證，是不是足以使「宋作說」成爲定論呢？這裏，筆者擬作個檢討。

首先，游氏認爲本篇有三十幾處鈔襲屈賦，這證明作者「對於屈原的文章讀得眞熟，所以，鈔襲屈賦的地方也就特別多」。游氏這個說法基本上是建立在一個假定上：屈原寫文章不會「鈔襲」自己過去的作品，現在有人寫文章鈔襲屈原的作品，所以，這個人當然不會是屈原，而應該是宋玉了。

這個假設是不是可靠呢？屈原寫文章不會「鈔襲」自己過去的作品嗎？游國恩說：「固然在屈子作品中也不免有些句法或詞彙偶然的重複或類似，但這是極少數，斷乎不像〈九辯〉這樣大鈔而特鈔。」所謂「類似」、「重複」，其實就是鈔襲；可見屈原寫文章會「鈔襲」自己過去的作品，這是游國恩所承認的。

其實，屈原寫文章不但會「鈔襲」自己過去的作品，也經常在同一篇章內「類似」及「重複」自己的文句，而且數量並不是「極少數」，更不是「偶然」而已。茲以〈九章〉爲例，舉出其類似及重複的句組：

1.〈惜誦〉：「專惟君無他兮。」又曰：「疾親君而無他兮。」

2.〈惜誦〉：「又眾兆之所讎：」又曰：「又眾兆之所咍。」
3.〈惜誦〉：「心鬱結而紆軫。」〈懷沙〉：「鬱結紆軫兮。」
4.〈惜誦〉：「固煩言不可結詒兮。」〈思美人〉：「言不可結而詒。」
5.〈涉江〉：「固將愁苦而終窮。」又曰：「固將重昏而終身。」
6.〈涉江〉：「世溷濁而莫余知兮。」〈懷沙〉：「世溷濁莫吾知。」
7.〈哀郢〉：「心絓結而不解兮。」又見〈悲回風〉。
8.〈哀郢〉：「遵江夏以流亡。」〈思美人〉：「遵江夏以娛憂。」
9.〈哀郢〉：「思蹇產而不釋。」〈悲回風〉亦有此句，〈抽思〉：「思蹇產之不釋兮。」
10.〈哀郢〉：「惟郢路之遼遠兮。」〈抽思〉同。
11.〈哀郢〉；「登大墳以遠望兮。」〈悲回風〉：「登石巒以遠望兮。」
12.〈哀郢〉：「心絓結而不解兮。」〈悲回風〉同。
13.〈抽思〉：「尚不知余之從容。」〈懷沙〉：「孰知余之從容。」
14.〈抽思〉：「憍吾以其美好兮。」此句二見。
15.〈懷沙〉：「陷滯而不濟。」〈思美人〉：「陷滯而不發。」
16.〈思美人〉：「未改此度。」又曰：「未改此度也。」
17.〈惜往日〉：「惜壅君之不昭。」又曰：「惜壅君之不識。」

這些類似、重複的文句，一共有十七組三十四句，數量不可謂少；它們有的完全相同，甚至在同一篇內完全相同；有的只更易或減省一、二個詞匯；有的卻是詞略異而義甚合。至於篇內相同的詞匯，這裏就不必細舉了。其他〈離騷〉、〈九歌〉，也有相同的情形，只是多寡不一而已。總之，屈原在同一篇章內，其類似、重複之處實在不是「極少數」，更不是「偶然」而已，而是經常出現，幾乎「成爲習慣」了。

其次，屈原其他的作品也時常彼此「類似和重複」，換句話說，即彼此「互相鈔襲」了。茲以〈九歌〉鈔襲〈離騷〉詞匯、〈九章〉鈔襲〈離騷〉文句爲例，以見屈賦「互相鈔襲」的情形：

1.〈東皇太一〉：「吉日兮辰良。」「吉日」襲自〈離騷〉「歷吉日乎吾將行」。

2.〈東皇太一〉：「靈偃蹇兮姣服。」「偃蹇」襲自〈離騷〉「望瑤臺之偃蹇兮」、「何瓊佩之偃蹇兮」，爲〈離騷〉之習詞。

3.〈湘君〉：「將以遺兮下女。」「下女」襲自〈離騷〉「相下女之可詒」。

4.〈湘君〉：「遺余佩兮醴浦。」「余佩」襲自〈離騷〉「長余佩之陸離」。

5.〈湘君〉：「斯不信兮告余以不聞。」「告余」襲自〈離騷〉「雷師告余以未具」、「鴆告余以不好」、「告余以吉故」、「靈氛既告余以吉占兮」，爲〈離騷〉之習詞。

6.〈湘君〉：「女嬋媛兮爲余太息。」「爲余」襲自〈離騷〉「鸞皇爲余先戒兮」、「命靈氛爲余占之」、「爲余駕飛龍兮」，乃〈離騷〉習詞。

7.〈湘君〉：「夕弭節兮北渚。」「弭節」襲自〈離騷〉「吾令羲和弭節兮」、「抑志而弭節兮」，爲〈離騷〉習詞。

8. 〈湘君〉：「聊逍遙兮容與。」（〈湘夫人〉同）〈禮魂〉：「姱女倡兮容與。」諸「容與」皆襲自〈離騷〉「遵赤水而容與」。

9. 〈湘君〉及〈湘夫人〉並曰：「聊逍遙兮容與。」「聊逍遙」皆襲自〈離騷〉「聊逍遙以相羊」。

10. 〈湘君〉：「邅吾道兮洞庭。」「邅吾道」襲自〈離騷〉「邅吾道夫崑崙兮」。

11. 〈湘夫人〉：「百合草兮實庭。」「百草」襲自〈離騷〉「使夫百草爲之不芳」。

12. 〈大司命〉：「令飄風兮先驅。」「先驅」襲自〈離騷〉「前望舒使先驅兮」。

13. 〈大司命〉：「孰離合兮可爲。」「離合」襲自〈離騷〉「紛總總其離合兮」。

14. 〈大司命〉：「老冉冉兮既極。」「老冉冉」襲自〈離騷〉「老冉冉其將至兮」。

15. 〈大司命〉：「令飄風兮先驅。」「飄風」襲自〈離騷〉「飄風屯其相離兮」。

16. 〈大司命〉：「紛總總兮九州。」「紛總總」襲自〈離騷〉「紛總總其離合兮」。

17. 〈少司命〉：「登九天兮撫彗星。」「九天」襲自〈離騷〉「指九天以爲正兮」。

18. 〈少司命〉：「與女沐兮咸池。」「咸池」襲自〈離騷〉「飲余馬於咸池兮」。

19. 〈少司命〉：「芳菲菲兮襲予。」「芳菲菲」襲自〈離騷〉「芳菲菲其彌章」、「芳菲菲而難虧兮」，乃〈離騷〉習詞。

20. 〈河伯〉：「心飛揚兮浩蕩。」「浩蕩」襲自〈離騷〉「怨靈脩之浩蕩兮」。

21.〈山鬼〉：「留靈脩兮憺忘歸。」「靈脩」數見於〈離騷〉，乃〈離騷〉習詞。

22.〈國殤〉：「出不入兮往不反。」「不入」襲自〈離騷〉「進不入以離尤兮」。

23.〈禮魂〉：「長無絕兮終古。」「終古」襲自《離騷》「余焉能忍與此終古」。

24.〈大司命〉：「結桂枝兮延佇。」「延佇」襲自〈離騷〉「延佇乎吾將反」、「結幽蘭而延佇」，乃〈離騷〉之習詞。

上舉二十四例，都是〈九歌〉鈔襲〈離騷〉的詞匯；根據筆者的統計，〈九章〉鈔襲〈離騷〉詞匯有四十八例，比〈九歌〉多一倍；至於〈遠遊〉，也有十餘例；據此，可知屈原經常鈔襲自己過去的作品，其類似、重複之處實在不是「極少數」，更不是「偶而」了。至於〈九章〉鈔襲〈離騷〉的文句，有：

1.〈惜誦〉：「又莫察余之中情。」〈離騷〉：「荃不察余之中情兮。」

2.〈惜誦〉：「亦非余心之所志。」〈離騷〉：「非余心之所慾。」

3.〈惜誦〉：「指蒼天爲正。」〈離騷〉：「指九天以爲正兮。」

4.〈惜誦〉：「播江離與滋菊兮。」〈離騷〉：「扈江離與辟芷兮。」

5.〈惜誦〉：「心鬱邑余侘傺兮。」〈離騷〉：「忳鬱邑余侘傺兮。」

6.〈涉江〉：「與前世而皆然兮。」〈離騷〉：「自前世而固然。」

7.〈涉江〉：「步余馬兮山皋。」〈離騷〉：「步余馬於蘭皋兮。」

8.〈抽思〉：「羌中道而回畔兮。」〈離騷〉：「羌中道而改路。」

9.〈抽思〉：「日黃昏以爲期。」〈離騷〉「期」下有「兮」字。

10.〈抽思〉：「理弱而媒不通兮。」〈離騷〉：「理弱而媒拙兮。」

11.〈思美人〉及〈惜往日〉皆曰：「芳與澤其雜糅兮。」〈離騷〉同。

12.〈思美人〉：「搴長洲之宿莽。」〈離騷〉：「夕攬洲之宿莽。」

13.〈惜往日〉：「寧溘死而流亡兮。」〈悲回風〉：「寧逝死而流亡兮。」〈離騷〉：「寧溘死以流亡兮。」

14.〈惜往日〉：「乘騏驥而馳騁兮。」〈離騷〉：「乘騏驥以馳騁兮。」

15.〈懷沙〉：「日昧昧其將暮。」〈離騷〉：「日忽忽其將暮。」

16.〈惜往日〉：「謂蕙若其不可佩。」〈離騷〉：「謂幽蘭其不可佩。」

17.〈哀郢〉：「堯舜之抗行兮。」〈離騷〉：「彼堯舜之耿介兮。」

18.〈悲回風〉：「折若木以蔽光兮。」〈離騷〉：「蔽光」作「拂日」

19.〈悲回風〉：「託彭咸之所居。」〈離騷〉：「吾將從彭咸之所居。」

上列十九條，都是〈九章〉鈔襲〈離騷〉的例子；其他〈遠遊〉鈔〈離騷〉，這裏就省下來了。從上文的敘述，可知屈原經常鈔襲自己過去的作品，暗用明用過去的文句，數量相當多，絕不是「偶然」的現象。如果套用游氏的邏輯的話，〈九歌〉、〈九章〉及〈遠遊〉的作者「對屈原的文章〈離騷〉讀得眞熟，所以鈔襲〈離騷〉的地方也就特別多」，所以，它們都不是屈原的作品。顯然的，這樣的推論我們無法接受，因爲現時學術界大部分都肯定〈九歌〉、

〈九章〉及〈遠遊〉是屈原寫的。既然通過這樣的證據以及這樣的論證方式所得結論不被接受，那麼，通過同樣的證據以及同樣的論證方式得到「〈九辯〉不是屈原所作」的結論，怎麼又可以被接受呢？我們又怎麼能夠用這樣的結論來反證本篇是宋玉所作的呢？宋玉「讀得眞熟」，可以鈔襲屈原的作品；屈原在〈九歌〉、〈九章〉及〈遠遊〉裏，不也經常「鈔襲」自己的〈離騷〉嗎？可見游氏的證據及論證方法是無效的。

三

瞭解了游國恩的證據及論據法的缺憾之後，並不表示焦、吳「屈作說」就可以成立；因爲游氏的「四點反駁」依然有其可靠性。另一方面，只要我們覓得其他證據補充游氏的缺憾的話，他的這些證據反而有助於證成「宋作說」的作用。

這裏，我們提出另一類證據。

任何作家都會有他自己的習慣用詞，大部分用詞也會有他自己習慣的用義。本篇固然有不少詞滙、詞義和屈賦相同，卻也有一些詞滙、詞義和屈賦不相同；這些，最足以證明本篇和屈賦不是相同的一位作者。茲舉十例論之。

㈠「悶瞀」與「瞀亂」

〈九章〉〈惜誦〉曰：「中悶瞀之忳忳。」王〈注〉：「悶，煩也；瞀，亂也。言己憂心煩悶。」中悶瞀，即內心憂悶煩亂的意思。〈九辯二〉曰：「中瞀亂兮迷惑。」王〈注〉：「思念煩惑，忘南北也。」五臣〈注〉：「使中昏亂、迷惑也。」中瞀亂、迷惑，即內心煩亂而且又昏惑的意思。屈賦用「悶瞀」，本篇用「瞀亂」，義同而詞異。

(二)「弭節」與「下節」

屈賦好用「弭節」，〈離騷〉曰：「吾令羲和弭節兮。」又曰：「抑志而弭節兮。」〈九歌〉〈湘君〉曰：「夕弭節兮北渚。」〈遠遊〉曰：「徐弭節而高厲。」皆其比。〈離騷〉王〈注〉：「弭，按也。按節，徐步也。」弭節，即放低信節，以示馬車放慢徐行的意思。〈九辯三〉曰：「擥騑轡而下節兮。」五臣〈注〉：「爲此擥轡按節徐行，游涉草澤也。下節，按節也。」洪〈補〉：「擥，持也。」弭節、下節，義同。屈賦率用「弭節」，全無例外；本篇用「下節」。其用詞差異若此。

(三)「中道」與「中路」

屈賦用「中道」，〈離騷〉曰：「羌中道而改路。」〈九章〉〈惜誦〉曰：「魂中道而無枕。」〈九章〉〈抽思〉曰：「羌中道而回畔兮。」用詞統一，完全無例外。〈九辯六〉曰：「然中路而迷惑兮。」中路，即中道。本篇用「中路」，與屈賦用「中道」不同。

(四)「迷」與「迷惑」

屈原於迷亂、迷失，皆單言「迷」，如〈離騷〉：「及行迷之未遠。」〈九章〉〈惜誦〉：「迷不知寵之門。」〈九章〉〈涉江〉：「迷不知吾所如。」皆其例。〈九章〉〈惜誦〉有

「申佗傺之煩惑兮」；煩惑，即惑亂也。〈九章〉〈惜往日〉有「虛惑誤又以欺」，虛、惑、誤，三字疊義詞，猶〈離騷〉之「覽相觀」。煩惑、虛惑誤，皆與「迷」義不相同。本篇有「迷惑」一詞，〈九辯二〉曰：「中瞀亂兮迷惑。」〈九辯六〉曰：「然中路而迷惑兮。」迷惑，即迷亂、迷失的意思。屈原單言「迷」，本篇複言「迷惑」，用詞不同。

㈤「翼翼」

〈離騷〉曰：「高翺翔之翼翼。」王〈注〉：「翼翼，和貌。高飛翺翔，翼翼而和。」翼翼，蓋有整齊和諧、安祥有節奏的意思。〈九辯九〉亦有此詞，云：「邅翼翼而無終兮。」王〈注〉：「竭身恭敬，何有極也。」此蓋云路途艱險，曲折多端，故小心翼翼，無有終極也。〈離騷〉與〈九辯〉用詞相同，然其義則異。

㈥「寥廓」與「泬寥」

〈遠遊〉曰：「上寥廓而無天。」王〈注〉：「空無形也。」洪興祖引師古曰：「寥廓，廣遠也。」此蓋謂上空曠廣深如無天之貌；寥廓，屈原狀蒼穹空曠之詞也。〈九辯七〉有「嵺廓」一詞，云：「老嵺廓而無處。」謂人老空蕩蕩無棲身之所；嵺廓，即寥廓，本篇作者用以狀人老空蕩蕩，屈原用以狀蒼穹廣遠，詞同而義異。〈九辯一〉曰：「泬寥兮天高而氣清。」王〈注〉：「泬寥，曠蕩空虛也。」本篇「泬寥」，即〈遠遊〉之「寥廓」，皆狀蒼穹空曠之詞；用詞不同，於此可見。

㈦「窮困」、「戚戚」與「窮戚」

〈離騷〉曰：「吾獨窮困乎此時也。」王〈注〉：「獨爲時人所窮困。」謂與時人不合，故困阨獨居也。〈九章〉〈悲回風〉曰：「居戚戚而不可解。」⓬王〈注〉：「思念憔悴，相連接也。」洪〈補〉：「解，除也。」戚戚，即蹙蹙；謂居於室內，憂愁悲蹙之情不可排譴也。窮困、戚戚，皆狀受困獨居時之窘情。〈九辯二〉曰：「悲憂、窮戚兮獨處廓。」有「窮戚」一詞，蓋合「窮困」及「戚戚」二詞爲一，形容獨居空處時窮困悲蹙之窘情也。五臣〈注〉：「謂己窮蹙處於空澤。」未釋「窮蹙」二字之含義，亦未明二字之來源。屈賦出「窮困」及「戚戚」二詞，本篇合而爲一，用詞不同若此。

(八)「鬱結」、「紆軫」與「結軫」

〈九章〉〈惜誦〉曰：「心鬱結而紆軫。」王〈注〉：「紆，曲也。軫，隱也。言己不忍變心易行，則憂思鬱結，胸背分裂，心中交引而隱痛也。」洪〈補〉：「紆，縈也。軫，痛也。」謂憂愁煩悶積結於胸中，使內心感覺無限委屈與隱痛也。〈九章〉〈懷沙〉亦有此語，云：「鬱結紆軫兮。」王〈注〉：「紆，屈也；軫，痛也。」語義與〈惜誦〉全合。〈九辯四〉曰：「中結軫而增傷。」結軫，即「鬱結」、「紆軫」之合語；王〈注〉：「肝膽破裂，心剖膈也。」蓋僅概括釋之，不言二字之來源；五臣〈注〉：「心中結怨，軫憂而增悲傷。」分釋爲結怨與軫憂，是也。本篇合屈賦二詞爲一，用詞不同可知矣。

⓬ 聞一多謂「居」當作「思」，郭沫若謂當作「慮」，疑皆不可從。

㈨「壅」、「蔽壅」與「壅蔽」

〈九章〉〈惜往日〉曰：「惜壅君之不昭。」又曰：「惜壅君之不識。」二「壅」皆單獨使用，作「壅蔽」解。〈惜往日〉又曰：「諒聰不明而蔽壅兮。」單言則「壅」，複言則「蔽壅」，義同。〈九辯八〉曰：「猋壅蔽此明月。」又曰：「卒壅蔽此浮雲兮。」習作「壅蔽」，與屈賦作「蔽壅」者顛倒，其不同至明矣。〈惜往日〉上文又曰：「獨鄣壅而蔽隱兮。」此云小人於明君之前造成障礙，隱蔽賢者；彰壅、蔽隱，乃含義不同之複語詞。本篇「壅蔽」，或合屈賦「鄣壅」、「蔽隱」二詞而為之。

㈩「鬱邑」與「鬱陶」

「鬱邑」乃屈賦習詞，〈離騷〉曰：「忳鬱邑余侘傺兮。」又曰：「曾歔欷余鬱邑兮。」〈九章〉〈惜誦〉曰：「心鬱邑侘傺兮。」皆其比。字亦作「鬱結」，〈九章〉〈惜誦〉曰：「心鬱結而紆軫。」〈懷沙〉曰：「鬱結紆軫兮。」字又作「鬱鬱」，〈九章〉〈哀郢〉曰：「慘鬱鬱而不通兮。」〈抽思〉曰：「心鬱鬱之憂思兮。」〈悲回風〉曰：「愁鬱鬱之無快兮。」皆其例。惟〈九辯四〉曰：「豈不鬱陶而思君兮。」王〈注〉：「憤念蓄積，盈胸臆也。」洪〈補〉引《書》曰：「鬱陶乎予心。」鬱陶，即憂思積結，與「鬱邑」、「鬱結」及「鬱鬱」同義。屈賦用「鬱邑」、「鬱結」及「鬱鬱」，本篇用「鬱陶」，習慣不同，造語自然不同耳。

上文所舉十個證據，在在都證明：〈九辯〉在用詞、詞義方面和〈離騷〉、〈九章〉等有許多不同；這些不同，只有在不同作家的手筆下才會產生的。換句話說，〈九辯〉和〈離騷〉、〈九章〉等不應該是相同一位作家所寫的。〈離騷〉及〈九章〉等既然是屈原所作，那麼，〈九辯〉當然就是另一個人所寫的了。以目前的情況來說，自非宋玉莫屬了。

既然已證明〈九辯〉在用詞、詞義方面和屈賦不同，而且推斷是宋玉所寫的，那麼，回過頭來看看游國恩所舉的三十幾條證據，我們發現，這三十幾條整句、詞意、字面的「鈔襲」，就可以作爲旁證——證明宋玉鈔襲屈賦的僞劣痕跡。由於屈原寫文章也經常「鈔襲」自己的文句、詞匯，所以，〈九辯〉鈔襲〈離騷〉等作品就無法作爲依據，讓我們來判斷：究竟是屈原寫〈九辯〉鈔襲自己過去的文句，還是他人寫〈九辯〉鈔襲屈原的賦作。現在，我們既然擁有證據證明〈九辯〉和屈賦在用詞、詞義上有許多不同，從而推斷出〈九辯〉是屈原以外的另一個人所寫的，那麼，〈九辯〉和屈賦雷同的句子、詞意、用詞，當然就是這個人鈔襲屈賦時留下的痕跡了。

其實，〈九辯〉鈔襲屈賦豈止於游氏所舉的三十幾例而已。試讀下列的新例：

1. 〈九辯一〉：「燕翩翩其辭歸兮。」「翩翩」見〈九歌〉〈湘君〉「飛龍兮翩翩」。
2. 〈九辯二〉：「涕潺湲兮下沾軾。」「潺湲」見〈九歌〉〈湘君〉「橫流涕兮潺湲」、〈湘夫人〉「觀流水兮潺湲」。
3. 〈九辯三〉：「去白日之昭昭兮。」〈九辯八〉：「忠昭昭而願見兮。」「昭昭」見〈九歌〉〈雲中君〉「爛昭昭兮未央」。

4.〈九辯三〉：「形銷鑠而瘀傷。」〈九辯七〉：「明月銷鑠而減毀。」「銷鑠」見〈遠遊〉「質銷鑠以汋汐兮」。

5.〈九辯三〉：「澹容與而獨倚兮。」〈九辯八〉：「農夫耕耕而容與兮。」「容與」乃屈賦習詞，屢見於〈離騷〉、〈九歌〉及〈九章〉。

6.〈九辯五〉：「騏驥伏匿而不見兮。」「伏匿」見〈天問〉「伏匿穴處」。

7.〈九辯八〉：「何氾濫之浮雲兮。」「氾濫」見〈九章〉〈哀郢〉「凌陽侯之氾濫兮」。

8.〈九辯八〉：「瞭冥冥而薄天。」「冥冥」爲屈賦習詞，屢見於〈九歌〉及〈九章〉。

9.〈九辯八〉：「何險巇之嫉妬兮。」「嫉妬」亦屈賦習詞，屢見於〈離騷〉及〈九章〉。

10.〈九辯八〉：「何毀譽之昧昧。」「昧昧」見〈九章〉〈懷沙〉「日昧昧其將暮」。

11.〈九辯八〉：「羌儵忽而難當。」「儵忽」亦屈賦習詞，屢見於〈天問〉、〈九章〉及〈遠遊〉。

12.〈九辯九〉：「焉皇皇而更索。」「皇皇」又見〈九歌〉〈雲中君〉「靈皇皇兮既降」。

13.〈九辯八〉：「妬被離而鄣之。」〈九章〉〈哀郢〉亦有此句。

14.〈九辯八〉：「願沈滯而不見兮。」此句蓋襲自〈九章〉〈惜誦〉「情沈抑而不達兮。」

上述十四個新例，再加上游國恩三十七例，我們一共有五十一例——它們都是旁證。在證明〈九辯〉和屈賦是不同作者之後，我們就可以放膽地說：這些例子，都是宋玉鈔襲屈賦的證據。

論《宋玉集》

戰國時代，以辭賦名於世的，除屈原之外，就是宋玉、唐勒及景差了。景差賦已亡，唐勒賦殘存三百數十字❶；最幸運的是宋玉，竟保存了十幾篇。這十幾篇賦，見於《文選》者有七篇，即〈招魂〉❷、〈九辯〉、〈風賦〉、〈高唐賦〉、〈神女賦〉、〈登徒子好色賦〉及〈對楚王問〉；見於《古文苑》者有六篇，即〈笛賦〉、〈大言賦〉、〈小言賦〉、〈諷賦〉、〈釣賦〉及〈舞賦〉；清季嚴可均編《全上古三代秦漢三國六朝文》，又錄〈高唐對〉一篇；共計十四篇，爲四人之中保存得最多的一位了。

《漢書》〈藝文志〉格於體例，僅著錄宋賦之篇數，無明言其篇名；因此，宋賦就在「不明不白」的情況下流傳開來。兩漢時代，宋賦到底有那些篇章；魏晉時代，文人學者到底看

❶ 一九七三年，山東臨沂銀雀山漢墓出土竹簡古佚書中，有唐勒〈賦〉一篇，殘存三百三十餘字。見文物出版社出版之《銀雀山漢簡釋文》。又羅福頤〈臨沂漢簡所見古籍概略〉亦論及此事，羅文刊於《古文字研究》第十一輯，中華書局出版。

❷ 〈招魂〉爲屈原之作品，參看陳子展撰《楚辭直解》第九卷，一九八八年江蘇古籍出版社；亦可參看馬茂元主編《楚辭注釋》頁四八五至五三二，一九八五年湖北人民出版社。本文以下所論宋賦，一概不包括此篇。

到此甚麼宋賦？今傳宋賦，到底何時形成？《隋書》〈經籍志〉著錄有《宋玉集》，其內容爲何？都是一些有趣的問題。茲略論如次，幸學者匡而正之。

一、兩漢

宋玉之名，始見於太史公《史記》〈屈原列傳〉；太史公敘述屈原生平及作品後，曾附帶提上幾筆，云：

> 屈原既死之後，楚有宋玉、唐勒、景差之徒者，皆好辭，而以賦見稱，然皆祖屈原之從容辭令，終莫敢直諫。

根據太史公的敘述，宋玉時代在屈原之後，並且「好辭」、「以賦見稱」，看來宋玉是個辭賦家。宋玉有些甚麼作品，太史公並未言其篇名；不過，《史記》既然能評隲其內容「皆祖屈原之從容辭令，終莫敢直諫」，可見太史公應該見過宋賦，並且仔細讀過宋賦，只是未言及其篇名而已。

與太史公時代相仿佛的李延年，極可能也讀過宋賦。《漢書》〈外戚傳〉曰：

> 延年性知音，善歌舞，武帝愛之，每爲新聲變曲，聞者莫不感動。延年侍上，起舞歌曰：「北方有佳人，絕世而獨立。一顧傾人城，再顧傾人國！寧不知傾城與傾國，佳人難再得！」上嘆息曰：「善。世豈有此人乎！」

歌中「傾城」、「傾國」，其出典有二：

㈠《詩》〈大雅〉〈瞻卬〉曰：「哲夫成城，哲婦傾城。懿厥哲婦，爲梟爲鴟。婦有長舌，維厲之階。亂匪降自天，生自婦人。匪教匪誨，時維婦寺。」鄭〈箋〉曰：「城，猶國也。丈夫，陽也；陽動，故多謀慮，則成國。婦人，陰也；陰靜，故多謀，乃亂國。」詩中此陰靜之婦女，乃一長舌婆，如梟如鴟，無教無誨，以動亂國家爲能事。

㈡宋玉〈登徒子好色賦〉曰：「玉曰：『天下之佳人，莫若楚國；楚國之麗者，莫若臣里；臣里之美者，莫若臣東家之子。東家之子，增之一分則太長，減之一分則太短，著粉則太白，施朱則太赤，眉如翠羽，肌如白雪，腰如束素，齒如含貝，嫣然一笑，惑陽城，迷下蔡……。』」文中的佳麗，乃楚國第一大美女，無論容貌或風姿，皆天下無雙。

比較上述二典，筆者認爲，李延年之「傾城」、「傾國」，與其說典出〈大雅〉「成國」、「亂國」，不如說典出宋賦更適當。〈瞻卬〉之女爲一長舌婆，絲毫沒有美的形象，與李延年所歌頌者大相庭逕；宋玉〈登徒子〉之婦人乃「增一分太長，減一分太短」之大美人，與李延年所頌者正相符合，可見李延年詩當出自宋賦，較合情理。此說若可信的話，則漢武帝時代宋賦中已有此〈登徒子好色賦〉一篇，而為漢武帝及李延年所共見共曉；而今傳之〈登徒子好色賦〉，恐不可輕易非之矣。

三國阮籍〈詠懷〉第二首曰：「傾城迷下蔡，容好結中陽。」將「惑陽城，迷下蔡」化寫為「傾城迷下蔡」，用典亦來自宋賦；所見之宋賦，也和李延年、漢武帝所見者為同一篇。然則，此賦由來甚久，蓋可斷言。

到西漢末年，劉向曾經搜集及整理前朝全部的詩賦作品，將它們分五種，並將宋賦列於屈原、唐勒之後；今據班固《漢書》〈藝文志〉，猶可考見劉向整理及分類之梗概❸，可見劉向肯定讀過宋賦。實際上，劉向不但讀過宋賦，恐怕也提過宋賦的〈九辯〉。《楚辭》為劉向所纂集，王逸《楚辭章句》篇首目錄首行曰：「漢護左都水使者光祿大夫臣劉向集，後漢校書郎臣王逸章句。」即知《楚辭》之纂集成書，劉向居首功。王逸在〈九辯〉篇首題辭下說：

> 宋玉者，屈原弟子也。閔惜其師，忠而放逐，故作〈九辯〉以述其志。至於漢興，劉向、王褒之徒，咸悲其文，依而作詞，故號「楚詞」。

---

❸ 班固《漢書》〈藝文志〉曰：「刪其要以備篇籍。」據此，可知班固〈漢志〉之分類等，皆來自劉向。易重廉著《中國楚辭學史》頁四十五亦有此說，（湖南出版社，一九九一）可參。

根據王叔師這幾句話來推測，劉向似乎也認爲〈九辯〉爲宋玉作品；因爲有感文章寫得悽楚動人，所以倣傚自作，並把此類作品歸類爲「楚詞」。蓋劉向編纂《楚辭》時，將宋玉此篇文體風格類同之〈九辯〉編入書中，又附入自己之仿作，然後總其書名爲《楚辭》耳。劉向曾整理詩賦，並將宋賦列於屈、唐之後，則劉向拔擢宋作〈九辯〉於《楚辭》內，當是極可能之事。此說若成立，則劉向當是提及宋賦篇名之另一漢人。

班固《漢書》〈藝文志〉列宋賦於屈、唐之後，云：「宋玉賦十六篇。」〈注〉曰：「楚人，與唐勒並時，在屈原後也。」《漢志》乃因承劉氏父子《七略》而作，班固知宋賦有十六篇之多，恐怕也是因承自劉氏父子；所以，應該這麼說，自劉向父子以後，宋賦有十六篇之多，乃當時學者所共知共曉者。

劉向及班固所提宋賦，到底是那十六篇？除〈九辯〉及〈登徒子好色賦〉外，其他恐已難考。

東漢傅毅撰有〈舞賦〉，其文曰：

> 楚襄王既游雲夢，使宋玉賦高唐之事，……謂宋玉曰：「……。」玉曰：「……。」王曰：「試爲寡人賦之。」玉曰：「唯唯。」……

這是歷代文人學者最早提到宋玉爲楚王作賦之作品。根據傅毅之文字，可知宋賦十六篇之內，必定有以宋玉與楚王問對為體裁之賦作。傳賦又曰：「使宋玉賦高唐之事。」考今傳〈高唐賦〉開首即云：

昔者，楚襄王與宋玉游於雲夢之台，望高唐之觀，其上獨有雲氣……王曰：「試為寡人賦之。」

既云宋玉為楚王賦高唐，又載楚王與宋玉問對而作賦，可知傅毅當日所讀所仿之宋賦，當為此〈高唐賦〉，恐無可疑。據此亦可知，當東漢之際，宋賦十六篇除〈九辯〉及〈登徒子好色賦〉之外，恐怕亦包含〈高唐賦〉了。

傳賦又曰：

楚襄王既游雲夢……將置酒宴飲，謂宋玉曰：「寡人欲觴群臣，何以娛之？」玉曰：「臣聞……激楚、結風、陽阿之舞，材人之窮觀，天下之至妙。噫，可以進乎？……」王曰：「試為寡人賦之。」玉曰：「唯唯。」

這段文字，與今傳宋玉〈舞賦〉完全相同。

總而言之，終兩漢之世，所謂宋玉作品，計有十六篇之多；就中所可知者，有〈九辯〉、

〈登徒子好色賦〉及〈高唐賦〉三篇；至於〈舞賦〉，亦可能在此十六篇內。

二、魏晉

到了三國魏，曹植寫了〈洛神賦〉；其〈序〉曰：

> 黃初三年，余朝京師，還濟洛水，古人有言斯水之神，名曰宓妃。感宋玉對楚王說神女之事，遂作斯賦。

據此〈序〉，曹子建蓋讀過宋玉一篇有關神女之賦作，其文亦採「對楚王問」之方式作成，蓋無可疑。今傳宋賦有〈神女賦〉一篇，是否當年曹子建所見者，頗難論斷；不過，在曹植之時代，宋賦十六篇中有〈神女賦〉一篇，而為曹植所曾披閱者，則可斷言。

到了晉代，傅玄撰有〈大言〉，據《北堂書鈔》卷十六引存「駕五行」三字；雖僅存三字，惟傅氏此作之標題有可能仿自宋賦。此說若成立，則〈大言賦〉時代甚早矣。與此同時，湛方生、陸冲、李充及王凝之皆有〈風賦〉之作❹；諸人之作，皆與今傳宋

---

❹ 湛〈風賦〉，見《類聚》、《初學記》一引；陸、李及王三人之〈風賦〉，見《類聚》一引；嚴可均《全晉文》皆輯錄四人之作，分別見於頁二二六八、一九五九、一七六五及一六一二中。

玉〈風賦〉同題。如果諸人之作皆模仿宋賦，那麼，宋賦十六篇作品，晉代又知有〈風賦〉一篇矣。

三、南北朝

南朝宋代之時，謝惠連撰有〈雪賦〉，曰：「楚謠以幽蘭儷曲。」此處所謂「幽蘭」之楚國歌謠，李善〈注〉謂乃典出宋玉〈諷賦〉；〈諷賦〉曰：

臣嘗出行……獨有主人女在，置臣蘭房之室……臣援而鼓之，為〈幽蘭〉、〈白雪〉之曲。

謝惠連「幽蘭」之「楚謠」，即宋賦中之〈幽蘭〉曲；謝惠連篇題「雪」字，或與宋賦中〈白雪〉之曲有關；然則李說恐信而有徵。據此，當南朝宋時，宋賦十六篇中有〈諷賦〉一篇，與今傳者相合，而為謝惠連所披閱者，蓋可信矣。

南朝齊代，王融撰有〈擬風賦〉，謝朓撰有〈風賦〉❺；梁代之沈約，亦撰有〈擬風賦〉

❺ 王〈擬風賦〉，見《初學記》一引；謝〈風賦〉，見本集內，亦見《類聚》一引。

❻。諸人之作，或者與今傳宋玉〈風賦〉同題，或者標明模擬前人之作；如果他們是模倣宋賦，或者以宋賦爲擬作之對象，那麼，在南朝之齊、梁兩代，宋賦十六篇作品中，依然流傳有〈風賦〉一篇，與晉代相同。

梁代昭明太子蕭統編《文選》，採錄宋玉〈招魂〉、〈九辯〉、〈風賦〉、〈高唐賦〉、〈神女賦〉、〈登徒子好色賦〉及〈對楚王問〉，共有七篇之多。是梁代宋賦十六篇，此七篇自在其中，殆無可疑。

尤有進者，梁代流傳之十六篇宋賦，除上述七篇，今所傳之〈大言賦〉及〈小言賦〉，恐怕亦在其中。其證有四：

㈠考昭明太子撰有〈大言〉及〈細言〉二詩，梁臣沈約、王錫、王規、張纘及殷鈞等，亦都應令而作此二詩，詩存《藝文類聚》及《初學記》中❼。宋玉有〈大言賦〉，蕭統及諸臣有〈大言詩〉；宋玉有〈小言賦〉，蕭統及諸臣有〈細言詩〉；蕭統及諸臣詩題恐怕仿自宋賦。

㈡宋玉〈大言賦〉曰：「跋越九州，無所容止……據地盼天，迫不得仰。」沈約〈大言

---

❻ 沈〈擬風賦〉，見《類聚》一引。

❼ 逯欽立輯校《先秦漢魏晉南北朝詩》，亦輯存此諸家之詩作，見書內〈梁詩〉部分；一九八三年北京中華書局出版。

應令詩〉曰：「隘此大汎庭，方知九垓局。窮天豈彌指，盡地不容足。」考沈約「不容足」，即宋玉「無所容止」；沈約「窮天，盡地」，即宋玉「據地跲天」；沈約「隘此大汎庭，方知九垓局」，即宋玉「據地跲天，迫不得仰」之意。竊疑沈約作此應令詩時，已見宋玉〈大言賦〉矣。

㈢宋玉〈大言賦〉曰：「據地跲天，迫不得仰。」蕭統〈大言〉曰：「經二儀而跼蹐。」考蕭統「二儀」，即宋玉之天與地；蕭統「跼蹐」，即宋玉「迫不得仰」之意。然則，蕭統作此詩時，蓋亦已見宋玉此賦矣。

㈣宋玉〈小言賦〉曰：「經由針孔……視之則眇眇，望之則冥冥。離朱爲之嘆悶，神明不能察其情。」王錫〈細言應令詩〉曰：「冥冥藹藹，離朱不辨其實……經針孔而千日。」考王錫「經針孔」、「離朱不辨其實」二典，恐怕來自宋玉；王錫「冥冥藹藹」，恐怕亦本於宋玉「眇眇、冥冥」。然則王錫作此詩時，恐亦讀過宋玉此賦矣。

根據上述四證來考察，蕭統及梁諸臣在共作此同題詩時，宋賦十六篇除上述七篇外，尚有〈大言賦〉及〈小言賦〉二篇，而爲蕭統及群臣所共知共讀者，似可斷言。

與蕭統時代相前後的劉勰，在所撰《文心雕龍》中，提及宋賦，其篇數更多矣。試讀下列諸條：

〈詮賦〉曰：宋玉〈風〉、〈釣〉，爰錫名號……。

〈雜文〉曰：宋玉含才，頗亦負俗，始造〈對問〉，以申其志……。

〈諧隱〉曰：楚襄讌集，而宋玉賦好色……。

〈麗辭〉曰：宋玉〈神女賦〉云：「毛嬙鄣袂，不足程式；西施掩面，比之無色。」此事對之類也。

〈比興〉曰：宋玉〈高唐〉云：「纖條悲鳴，聲似竽籟。」此比聲之類也。

〈知音〉曰：此莊周所以笑「折楊」，宋玉所以傷「白雪」也。

根據上述諸條，可知劉勰當年所披閱之宋賦，至少有〈風〉、〈高唐〉、〈神女〉、〈登徒子好色〉、〈對楚王問〉及〈釣〉等六篇；然則，劉勰所見宋賦又視前人多〈釣賦〉一篇矣。

※　※　※　※

宋賦十六篇到底何所指？其篇目爲何？〈漢志〉所謂宋賦十六篇，在南北朝結束之前，大致上已全部爲文人學者所獲見及徵引——若〈招魂〉劃歸屈原所作，則加四篇乃足十六篇之數矣。

歷代文人學者在獲見宋賦時，除襲典、仿作之外，亦曾經明言宋賦之內容，甚至於抄引宋賦部分之文字；此最值得我們注意者。如：

(一)傅毅〈舞賦〉曰：「楚襄王既游雲夢，使宋玉賦高唐之事……王曰：『試爲寡人賦之。』玉曰：『唯唯。』」考今傳宋玉〈高唐賦〉曰：「昔者楚襄王與宋玉游於雲夢之台，望高唐之觀……王曰：『試爲寡人賦之。』玉曰：『唯唯。』」兩相比較，即知傅毅不但獲見宋玉

〈高唐賦〉，亦概括抄引宋賦之文字。

㈡傅毅〈舞賦〉又曰：「楚襄王既游雲夢……將置酒宴飲，謂宋玉曰：『寡人欲觴群臣，何以娛之？』玉曰：『臣聞……激楚、結風、陽阿之舞，材人之窮觀，天下之至妙。噫，可以進乎？……』王曰：『試爲寡人賦之。』玉曰：『唯唯。』」此段文字，與宋玉〈舞賦〉全同。

㈢曹植〈洛神賦〉〈序〉曰：「感宋玉對楚王說神女之事，遂作斯賦。」今傳宋玉〈神女賦〉，乃採用「對楚王問」之寫作方式，與曹植所見者全合。

㈣劉勰《文心雕龍》〈麗辭〉曰：「宋玉〈神女賦〉云：毛嬙鄣袂，不足程式；西施掩面，比之無色。」今考宋玉〈神女賦〉正有此四句。〈比興〉又曰：「宋玉〈高唐〉云：纖條悲鳴，聲似竽籟。」今考宋玉〈高唐賦〉，正有此二句。

上述四條，乃南北朝以前學者文人明白言及宋賦，或明言其內容，或明抄其部分文字者。似此情形，有三種可能性。第一、宋玉本無此賦，淺人根據後人賦作僞造今本之宋賦；第二、後人賦作乃根據今本宋賦排比製成，而今本宋賦確爲宋玉眞著；第三、後人賦作乃依據宋賦而製作，惟宋賦原著已佚，今傳者乃後人所僞托。如果是第一及第三種，則今本宋賦當然爲僞作；如果是第二種，則情形完全相反矣。

就宋玉此三賦而論，第二種情形可能性較高，第一種情形最不可能，而第三種情形比較困難。無論其爲第二或第三種情形，當時宋玉確有此等賦作，則可以肯定。

四、隋唐

隋唐之季，宋賦之情況又是若何？《隋書》〈經籍志〉卷四著錄楚大夫宋玉集三卷，宋賦由篇被改為卷。《宋玉集》有些甚麼作品？其篇卷之分法若何？我們無法從《隋志》得知。

李善注解《文選》時，徵引不少宋賦；爬梳李〈注〉，當可窺見隋唐時宋賦之梗概。據李〈注〉，宋賦可考者有下列諸篇：

㈠〈九辯〉

卷十三潘岳〈秋興〉曰：「宋玉之言曰：悲哉！秋之為氣也！蕭瑟兮草木搖落而變衰，憀慄兮若在遠行，登山臨水送將歸。」李〈注〉曰：「已上，皆宋玉〈九辯〉辭。」

㈡〈高唐賦〉

卷一班固〈東都賦〉、卷二張衡〈西京賦〉（四次）、卷三〈東京賦〉（二次）、卷四〈南都賦〉、卷七揚雄〈甘泉賦〉（二次）、司馬相如〈子虛賦〉、卷八〈上林賦〉（二次）、揚雄〈羽獵賦〉（三次）、卷九班彪〈北征賦〉、卷十一王逸〈魯靈光殿〉（二次）、卷十二郭璞〈江賦〉（三次）、卷十四鮑昭〈舞鶴賦〉、巷十五張衡〈思玄賦〉、卷十六潘岳〈閑居賦〉、江淹〈恨賦〉、〈別賦〉、卷十七陸機〈文賦〉、傅毅〈舞賦〉、卷十八嵇康〈琴賦〉（三次）、卷二十一應璩〈百一詩〉、卷二十三阮籍〈詠懷〉、卷二十四潘尼〈贈陸機出為吳王郎中令〉、卷二十六謝靈運〈道路憶山中〉、卷二十七謝朓〈休沐重還道中〉、卷二十九棗據〈雜詩〉、卷三十一江淹〈雜體詩〉（二次）、卷三十四枚叔〈七發〉（三次）、曹植〈七啓〉（二次）、卷三十五張協〈七命〉、卷三十九枚乘〈上書重諫吳王〉、卷四十三孫楚〈爲石仲容與孫皓書〉、卷四十四陳琳〈爲袁紹檄豫州〉、卷五十七謝莊〈宋孝宣貴妃誄〉；上述諸篇李善〈注〉皆引本篇。

㈢〈風賦〉（或作〈諷賦〉）

卷七揚雄〈甘泉賦〉、卷十一王粲〈登樓賦〉、卷十三謝惠運〈雪賦〉、謝莊〈月賦〉、卷十六司馬相如〈長門賦〉、卷十八馬融〈長笛賦〉、成公綏〈嘯賦〉、卷二十曹植〈上責躬應詔詩表〉、卷二十一王粲〈詠史詩〉、顏延年〈秋胡詩〉、卷二十七魏文帝〈燕歌行〉、卷二十八〈樂府詩〉（二次）、卷二十九〈古詩十九首〉、卷三十四枚乘〈七發〉、曹植〈七啓〉（二次）、卷三十五張協〈七命〉、卷四十陳琳〈答東阿王牋〉、卷四十七王褒〈聖主得賢臣頌〉、卷五十九王中〈頭陀寺碑文〉；上述諸篇李〈注〉皆引本賦。

㈣〈登徒子好色賦〉

卷十一鮑昭〈蕪城賦〉、卷十五張衡〈思玄賦〉、卷十六司馬相如〈長門賦〉、卷十九曹植〈洛神賦〉、卷二十〈責躬詩〉、卷二十二謝靈運〈游赤石進帆海〉、卷二十三阮籍〈詠懷〉、卷二十四陸機〈贈馮文羆〉、卷二十八〈日出東南隅〉、卷三十謝眺〈和伏武昌登孫權故城〉、卷五十七顏延年〈陶徵士誄〉；上述諸篇李〈注〉皆引本賦。

㈤〈對問〉

卷十八嵇康〈琴賦〉（二次）、卷二十九張純〈雜詩〉、卷三十鮑昭〈翫月城西門廨中〉、卷四十陳琳〈答東阿王牋〉、卷五十七潘岳〈夏侯常侍誄〉；上述諸篇李〈注〉皆引本賦。

㈥〈笛賦〉

卷二張衡〈西京賦〉、卷四〈南都賦〉、卷五左思〈吳都賦〉，卷十潘岳〈西征賦〉、卷十一鮑昭〈蕪城賦〉、卷十五張衡〈思玄賦〉（二次）、卷十六司馬相如〈長門賦〉、卷十七陸機〈文賦〉、王褒〈洞簫賦〉（二次）、卷十八馬融〈長笛賦〉、嵇康〈琴賦〉、成公綏〈嘯賦〉、卷二十三潘岳〈悼亡詩〉、卷二十九〈古詩〉、曹植〈雜詩〉、張純〈雜詩〉、卷三十鮑照〈翫月城西門廨中〉、卷三十一劉鑠〈擬古〉、卷三十四枚乘〈七發〉、曹植〈七啓〉；以上諸篇李〈注〉皆引本賦。

㈦〈大言〉

卷八揚雄〈羽獵賦〉、卷十五張衡〈思玄賦〉、卷三十一江淹〈雜體詩〉；以上諸篇李〈注〉皆引本賦。

上述七篇的部分文字皆見引於李善《文選》〈注〉，然則，此七篇乃當日李善所獲見而爲《宋玉集》之部分篇章，蓋可斷言矣。若與前人相較，李善所見者又多〈笛賦〉一篇；此蓋爲〈漢志〉所謂「宋賦十六篇」中之一篇，亦爲〈隋志〉所載《宋玉集三卷》中之一篇，惜南北朝以前文人學者不曾提及耳。

除上述七篇外，李善〈注〉亦引《宋玉集》之文字；如：

㈠卷三十四枚乘〈七發〉李〈注〉曰：「《宋玉集》：『宋玉與登徒子偕受釣於玄淵。』」

㈡卷五十五陸機〈演連珠〉李〈注〉曰：「《宋玉集》：『楚襄王問於宋玉曰：先生有遺行與？宋玉對曰：唯。然有之。客有國中屬而和者數千人……。』」

第一條李〈注〉所引《宋玉集》，乃今本〈釣賦〉之文字；第二條，乃今本〈對楚王問〉；然則，隋唐之際，今傳的所有宋賦❽——《文選》所選之七篇，《古文苑》所錄之六篇，已全部為時人所獲睹矣！

〈對楚王問〉及〈釣賦〉既都在《宋玉集》之中，可見隋唐時三卷本《宋玉集》應該保存得相當完整。〈對楚王問〉乃《文選》所錄宋賦最後一篇（在卷四十五），於《宋玉集》中當在卷二；〈釣賦〉乃《古文苑》所錄最後第二篇，於《宋玉集》中應在卷三；似此推論若恰當，則隋唐時《宋玉集》份量相當可觀，而且亦相當完整。而此《宋玉集》之淵源，恐可上溯頗遠古矣。

※　※　※　※

在李唐以前，《文選》所錄宋賦恐怕不止一種傳本。比如〈高唐〉，《文選》卷十九既已採錄，卷三十一江淹〈雜體擬潘岳述哀詩〉李〈注〉引《宋玉集》曰：

❽ 嚴可均於《全上古三代秦漢三國六朝文》中所輯〈高唐對〉，乃後人所偽，不在本文討論範圍之內。

> 楚襄王與宋玉游於雲夢之野，望朝雲之館有氣焉，須臾之間，變化無窮。王問：「此是何氣也？」玉對曰：「昔先王游於高唐，怠而晝寢，夢見一婦人，自云：『我帝之季女，名瑤姬，未行而亡，封於巫山之台，聞王來游，願薦枕席。』王因幸之。去，乃言：『妾在巫山之陽，高丘之阻，旦爲朝雲，暮爲行雨，朝朝暮暮，陽台之下。』旦而視之，果如其言，爲之立館，名曰朝雲。」

這篇賦作，又見於《太平御覽》三九九所轉載的《襄陽耆舊記》之中，顯然的，當時已廣爲流傳，所以才一再被徵引。此賦無論情節或文字，與《文選》所載者有頗大之差別，應是該賦之另一傳本。《文選》卷十六江淹〈別賦〉李〈注〉曰：

> 宋玉〈高唐賦〉：我帝之季女，名曰瑤姬，未行而亡，封於巫山之臺，精神爲草，寔曰靈芝。

李善明言爲宋玉〈高唐賦〉，可證卷三十一所引《宋玉集》，正是《集》中之〈高唐賦〉矣。此〈高唐賦〉與《文選》所選者有相當大之差異，李善不應不知。卷二張衡〈西京賦〉及卷十四鮑昭〈舞鶴賦〉李〈注〉並引〈高唐賦〉有「遷延引身」一句，爲《文選》本所無；卷八揚雄〈羽獵賦〉李〈注〉曰：「〈高唐賦〉曰：曾不可殫形。」亦爲《文選》本所無；此二句皆《文選》本所無，蓋李善所見另一本之佚文耳。

與〈高唐賦〉情形相同，李善所見《宋玉集》中之〈對楚王問〉亦與《文選》所錄者有差異。《文選》卷五十五陸機〈演連珠〉李〈注〉曰：

> 《宋玉集》：楚襄王問於宋玉曰：「先生有遺行與？」宋玉對曰：「唯。然有之。客有歌於郢中者，其始曰下俚巴人，國中屬而和者數千人；既而陽春白雪，含商吐角，絕節赴曲，國中唱而和之者彌寡。」

《文選》「下里」，李〈注〉本作「下俚」；《文選》「陽春」前無「既而」二字；《文選》「引商刻羽，雜以流徵」，李〈注〉本作「含商吐角，絕節赴曲」，皆其例。據此，可見當時〈對楚王問〉亦有不同傳本。

此外，《文選》卷十八嵇康〈琴賦〉下，李善〈注〉曰：

> 宋玉〈對問〉：陵陽白雪，國中唱而和之者彌寡。然，《集》中所載，與《文選》不同，各隨所用而引之。宋玉〈對問〉曰：客有歌於郢中者，其始曰下里巴人。

李善所云「《集》」，即《宋玉集》無疑；李善所見《宋玉集》，「與《文選》」正是有所

「不同」，此李善所明言者；即以李善本節所引者，其文字與《文選》亦頗有出入，可見宋賦在當時流傳頗廣，以致有不同傳本。

※　※　※　※

隋唐之際，《宋玉集》不但完整可觀，而且尚有序文，此爲後人所未考見者。《北堂書鈔》卷三十三「薑桂因地」條下曰：

《宋玉集序》云：宋玉事楚懷王，友人言之宋玉，玉以爲小臣。王議友人，友曰：「薑桂因地而生，不因地而辛；女因媒而嫁，不因媒而親也。」

此文「友曰」以上恐有誤奪，孔廣陶校注謂《漢魏七十二家》本作「玉事楚懷王，玉言友人於王，王以爲小臣，友人讓玉，玉報友人書云云」。此文又見《新序》〈雜事五〉之內，原文亦與楚襄王、宋玉有關：

宋玉因其友以見於襄王，襄王待之無以異。宋玉讓其友，其友曰：「夫薑桂因地而生，不因地而辛；婦人因媒而嫁，不因媒而親。子之事王未耳，何怨於我！」宋玉曰：「不然。昔者齊有良兔曰東郭㕙，蓋一旦而走五百里，於是齊有良狗曰韓盧，亦一旦而走五百里。使之遙見而指屬，則雖韓盧不及眾兔之塵，若躡跡而縱緤，則雖東郭㕙亦不能離。今子之屬臣也，躡跡而縱緤與？遙見而指屬與？《詩》曰：『將安將樂，棄我如遺。』此之謂也。」其友人曰：「僕人有過，僕人有過。」❾

《新序》與《書鈔》所載者，恐怕是內容近似而源流略異的故事。根據《新序》，宋玉因其友見楚襄王，楚王待之如常人，宋玉不滿，乃責讓友人；根據《漢魏七十二家》本《書鈔》，友人因宋玉見楚懷王，楚王以為小臣，友人乃責讓宋玉。據此以觀之，《新序》所載者與《書鈔》所引者蓋內容相近而源流不同之故事。然則，《宋玉集序》「薑桂不因地而辛」、「婦人不因媒而親」下，當有東郭㕙、韓盧等百餘字，如《新序》所載者；《書鈔》引《宋玉集序》僅數十字，蓋節錄而已。

東郭㕙及韓盧故事，不始見於《宋玉集序》。《戰國策》〈齊策三〉〈齊欲伐魏〉章載淳于髡游說齊王曰：

> 韓子盧者，天下之疾犬也。東郭逡者，海內之狡兔也。韓子盧逐東郭逡，環山者三，騰山者五，兔極於前，犬廢於後，犬兔俱罷，各死其處。田父見之，無勞倦之苦，而擅其功。

---

❾ 事又見《韓詩外傳》卷七，文字及情節大致相同。

《國策》東郭逡，謂東郭之兔名逡也；韓子盧，謂韓國、韓子之犬名盧也；皆天下、海內之狡兔、疾犬。《宋玉集序》則謂「齊有良兔，曰東郭逡」、「齊有良狗，曰韓盧」，皆爲齊產；與《國策》不同若此。蓋淳于髡齊人而仕於齊，又以此故事游說齊王，故宋玉乃並謂齊國之產，非宋玉有意致誤也。同文故事傳遞之痕跡，斑斑可尋。

《新序》〈雜事五〉又有一則與楚襄王及宋玉有關的文字，曰：

> 宋玉事楚襄王而不見察，意氣不得形於顏色。或謂曰：「先生何談說之不揚，計畫之疑也？」宋玉曰：「不然。子獨不見夫玄蝯乎？當其居桂林之中，峻葉之上，從容游戲，超騰往來，龍興而鳥集，悲嘯長吟。當此之時，雖羿、逢蒙不得正目而視也。及其在枳棘之中也，恐懼而悼慄，危視而蹟行，眾人皆得意焉，此皮筋非加急而體益短也，處勢不便故也。夫處勢不便，豈可以量功校能哉？《詩》不云：『駕彼四牡，四牡項領。』夫久駕而長不得行項領，不亦宜乎？《易》曰：『臀無膚，其行趑趄。』此之謂也。」

此則文字，筆者懷疑亦當在《宋玉集序》之內。《莊子》〈逍遙遊〉說：「子獨不見狸狌乎？卑身而伏，以候敖者，東西跳梁，不辟高下，中於機辟，死於罔罟。」宋玉所論者，與莊子所言甚近。莊周，宋之蒙人，其地近楚，楚威王有意聘之，故其書流傳於楚國，宋玉受其影響，故造爲此說。由狸狌化而爲玄蝯，亦故事流播之痕跡。

《新序》〈雜事一〉亦載楚王與宋玉之故事；文曰：

楚威王問於宋玉曰：「先生其有遺行耶？何士民眾庶不譽之甚也？」宋玉對曰：「唯。然，有之。願大王寬其罪，使得畢其辭。客有歌於郢中者，其始曰〈下里〉、〈巴人〉，國中屬而和者數千人；其爲〈陽陵〉、〈采薇〉，國中屬而和者數百人；其爲〈陽春〉、〈白雪〉，國中屬而和者，數十人而已也；引商刻角，雜以流徵，國中屬而和者，不過數人。是其曲彌高者，和彌寡。故鳥有鳳而魚有鯨，鳳鳥上擊於九千里，絕浮雲，負蒼天，翱翔乎窈冥之上，夫糞田之鷃，豈能與之斷天地之高哉！鯨魚朝發昆侖之墟，暴鬐於碣石，暮宿於孟諸。夫尺澤之鯢，豈能與之量江海之大哉？故非獨鳥有鳳而魚有鯨也，士亦有之。夫聖人之瑰意奇行，超然獨處；世俗之民，又安知臣之所爲哉！」

此則故事，實際上就是《文選》所錄〈對楚王問〉之文字；細讀其文，即知受莊子影響之深，其情形與前一則相同。筆者認爲，《新序》〈雜事〉所錄三則文字，都和《宋玉集》有關。

首先，第二則〈玄蝯〉與第三則〈下里巴人〉皆有莊周思想，應該是有牽連的一組文字，竊疑當是劉向整理宋玉賦時，自《宋玉賦十六篇》卷前有關之資料中採入《新序》者；至於第一則〈東郭㕙〉，亦當在此時採入，其來源恐怕亦與前二則相同。晉代習鑿齒編《襄陽耆舊傳》⑩卷一曰：

宋玉者，楚之鄢人也。故宜城有宋玉塚。始事屈原，原既放逐，求事楚友景差。景差懼其勝己，言之於王，王以爲小臣。玉讓其友。友曰：「夫姜桂因地而生……。玉識音而善屬文，襄王好樂愛賦，既美其才，而憎之似屈原也。曰：「子盍從俗，使楚人貴子之德乎？」對曰：「昔楚有善歌者……其和彌寡也。」

合〈東郭鵔〉及〈下里巴人〉於一則，並冠以「宋玉者……求事楚友景差」有關宋玉里籍、生平及葬處簡單文字，其結構形式極類序文。

《隋志》所著錄之《宋玉集三卷》，其卷首當有〈序〉一則，竊疑其序即以習鑿齒此文當之耳。《書鈔》引《宋玉集序》僅及「薑桂因地而生」等數語，蓋一則因標題體例所限，無法多引；一則《耆舊傳》底下另一則故事〈下里巴人〉即〈對楚王問〉，《宋玉集》中已有，不煩再錄耳。

⑩ 見《太平御覽》三九九引。

五、宋

三卷的《宋玉集》大概亡於唐代中葉或末葉。在亡佚之前，首先是殘缺。《舊唐書》〈經籍志〉及《新唐書》〈藝文志〉著錄《宋玉集》皆謂「二卷」，與《隋志》相較，獨缺一卷，蓋唐時已有所殘缺矣。促成《宋玉集》亡佚的主要原因恐怕是：《文選》選宋賦七篇，《古文苑》轉錄六篇；所謂宋賦，絕大部分已被二書「瓜分」選刊，其未選刊者，爲數甚少，所以，《宋玉集》遂失光彩。

《太平御覽》引宋賦頗多，包括〈九辯〉（一次）、〈風〉（八次）、〈高唐〉（九次）、〈神女〉（三次）、〈登徒子〉（七次）、〈對問〉（四次）、〈小言〉（二次）、〈釣〉（三次）；篇名、篇數沒有溢出《文選》及《古文苑》者。另一方面，所引〈小言〉及〈釣〉，其文字均與《古文苑》全合，不像前文所論李善注《文選》引宋賦，偶有徵引別本宋賦之痕跡，可知宋時所見宋賦，不是《文選》所選錄者，就是《古文苑》所保存者，別無他本宋賦可言。

據此二端以覘之，《宋玉集》在入宋之前蓋已亡佚矣。

明劉節《廣文選》中，又有〈高唐對〉、〈征咏對〉及〈郢中對〉，則又好事者所編造，與《宋玉集》兩不相涉。

司馬相如〈子虛〉、〈上林〉二賦的分合問題

一

〈子虛〉及〈上林〉二賦，不但是司馬相如的傑作，也是兩漢辭賦的代表作；然而，它們的分合問題卻成爲議論的焦點，千餘年來眾說紛紜，難以解決。而「製造」這個問題的人，歷來學者們都認爲是編纂《昭明文選》的蕭統。

司馬遷最早記載了司馬相如撰述此二賦的經過；《史記》〈司馬相如列傳〉說：

> 居久之，蜀人楊得意爲狗監，侍上，上讀〈子虛賦〉而善之，曰：「朕獨不得與此人同時哉！」得意曰：「臣邑人司馬相如自言爲此賦。」上驚，乃召問相如，相如曰：「有是。然乃諸侯之事，未足觀也。請爲〈天子游獵賦〉，賦成，奏之。」……其辭曰……。

「其辭曰」底下，即過錄二賦的全文。根據司馬遷行文來考察，底下長篇賦作應該就是〈天子游獵賦〉了。

班固在《漢書》〈司馬相如傳〉裏有關此賦的記載，基本上都採錄了司馬遷的文字，沒有甚麼特別的地方。到了梁代的昭明太子蕭統，在他所編纂的《文選》裏，將司馬相如此賦析分爲二，自首句至「何爲無以應哉」止爲一篇，題名爲〈子虛賦〉；自「亡是公听然而笑」至篇末爲另一篇，題名爲〈上林賦〉。自此以後，頗有成爲兩篇獨立的賦作的趨勢，甚至於單獨流傳。❶

二

這兩篇賦到底是一分爲二，或者原本就是一篇呢？若是一篇，其篇題又是甚麼呢？歷來學者，眾說紛紜，頗見爭論。王觀國《學林》卷七說：

司馬相如〈子虛賦〉中，雖言上林之事，然首尾貫通一意，皆〈子虛賦〉也；未嘗有

❶ 例如裴晉南等選註的《漢魏六朝賦選註》，一九八三年上海古籍出版社出版，即單獨選註〈子虛賦〉。又例如劉禎祥等選註的《歷代辭賦選》，一九八四年湖南人民出版社出版，也只單獨選注〈子虛賦〉。

> 〈上林賦〉。而昭明太子編《文選》，乃析其半，自「亡是公听然而笑」爲始，以爲〈上林賦〉，誤矣。

王氏認爲司馬相如根本就沒有〈上林賦〉之作，《文選》中的〈上林賦〉實際上就是〈子虛賦〉的一部分，「首尾貫通一意」；蕭統將它割裂爲二，完全是錯誤。王若虛《滹南集》卷三十四〈文辨〉說：

> 相如〈上林賦〉設子虛使者、烏有先生以相難，至亡是公而意終，蓋一賦耳。豈相如賦〈子虛〉自有首尾，而其賦〈上林〉，強合爲一耶？

王若虛的意見和王觀國不同，他認爲子虛使者至亡是公，首尾一貫，是司馬相如先賦〈子虛〉，再賦〈上林〉，後「復合爲一」的「一賦耳」。焦竑《筆乘》卷三說：

> 相如游梁時，嘗著〈子虛賦〉，爲武帝所善。尋著〈天子游獵賦〉，復借子虛三人之詞，以明天子之意，故亦名〈子虛賦〉。賦中敘上林，故亦名〈上林賦〉。其實一也。《文選》截爲二篇，以前敘齊、楚者爲〈子虛賦〉，「亡是公听然而笑」以下爲〈上林賦〉，何其謬哉！

焦竑應該是第一位爲本賦「正名」的學者，他認爲《史記》及《漢書》所載的其實是〈天子游獵賦〉，賦中借前所塑造的人物子虛等「以明天子之意」，所以也叫〈子虛賦〉；賦中也敘上林，故亦稱〈上林賦〉。很明顯的，焦竑認爲本賦正式名稱是〈天子游獵賦〉，別名是〈子虛賦〉、〈上林賦〉，一賦有三名；所以，他批評蕭統將前半部題作〈子虛賦〉，後半部題作〈上林賦〉，「何其謬哉」！顧炎武《日知錄》卷二十七說：

〈子虛〉之賦，乃游梁時作。當是侈梁王田獵之事而爲言耳。後更爲楚稱齊難而歸之天子，則非當日之本文矣。若但如今所載子虛之言，不成一篇結構。

顧炎武認爲今題〈子虛賦〉的是不能獨立成文，「不成一篇結構」；下半部「爲楚稱齊難而歸之天子」，卻是後來追寫的；顧氏顯然只討論〈子虛賦〉，不願觸及問題的核心。閻若璩《潛邱劄記》卷五說：

眞〈子虛賦〉久不傳，《文選》所載，乃〈天子游獵賦〉，昭明誤分之而標名耳。

閻氏的立場非常鮮明；蕭統誤分〈天子游獵賦〉爲二，游梁之作〈子虛賦〉久已失傳。孫志祖《讀書脞錄》卷七說：

> 此賦以子虛發端，實非〈子虛賦〉本文。〈子虛賦〉帝已讀之矣，何庸復奏乎？蓋此賦但當名〈上林賦〉，不當名〈子虛賦〉。昭明誤分，而以舊題加之爾。《學林》以爲首尾貫通一意，是也。其云皆〈子虛賦〉，未嘗有〈上林賦〉，則誤。《文選》〈西都賦〉注引張揖〈上林賦〉注……，皆〈子虛賦〉語，而總名〈上林〉，可證唐初別本標題猶不誤也。

孫志祖認爲此賦正確的題名是〈上林賦〉，《文選》〈注〉載張揖〈注〉就是一個最好的證據；〈子虛賦〉武帝已讀過，司馬相如何必重奏呢？蕭統分爲二，已是一誤；又加題〈子虛〉於前半部，尤誤。吳汝綸說：

> 〈子虛〉、〈上林〉，一篇耳。下言故空籍此三人爲詞，則亦以爲一篇矣。而前文〈子虛賦〉乃游梁時作，及見天子，乃爲〈天子游獵賦〉。疑皆相如自爲賦序，設此寓言，非實事也。楊得意爲狗監，及天子讀賦，恨不同時，皆假設之詞也。

認爲今傳〈子虛〉、〈上林〉是一篇完整的作品；所謂「游梁時作」及「及見天子，乃爲〈天子游獵賦〉」，都是相如自設的寓言。

綜合歷代學者的說法，可知有關二賦分合的問題，有下列各種不同的意見：司馬相如當年呈奏給武帝的，是〈天子游獵賦〉，焦竑及閻若璩即作此主張；這篇賦，假借了前已塑造的人物子虛爲起筆，全篇首尾一貫，所以，題名也叫〈子虛賦〉，王觀國持此看法，王若虛則認爲是先後作，再「復合爲一」；有的學者恰好相反，認爲全文應標題爲〈上林賦〉，沒有〈天子游獵賦〉這稱呼，〈子虛賦〉也已失傳，孫志祖就堅持這種意見了。有的學者比較開通，認爲全名叫〈天子游獵賦〉，別名是〈子虛賦〉，也可稱爲〈上林賦〉，一正名二副名，焦竑即有此主張。至於吳汝綸，則認爲「游梁時作」及「爲〈天子游獵賦〉」等語都是司馬相如自作的賦序，一片空語，原本就是一篇首尾一貫的賦作。

儘管各家對本賦的名稱、起訖及存佚有不同的意見，但是，他們幾乎異口同聲地說：蕭統離析爲二，並安以不同標題，是完全錯誤的。

高步瀛在《文選李注義疏》裏，對上述諸家有個總結性的評隲❷；其言曰：

> 諸家謂兩篇爲一篇，是也。非獨〈子虛〉、〈上林〉，即〈兩都〉、〈二京〉、〈三都〉皆然。然王觀國、閻百詩疑別有〈子虛賦〉，則非是。《史記》、《漢書》所謂諸侯之事，指〈子虛篇〉，爲〈天子游獵賦〉，指〈上林篇〉。又曰：空藉此三人爲辭，以推天子、諸侯之苑囿，其卒章歸之於節儉，因以風諫，則總括〈子虛〉、〈上

❷ 見高著《文選李注義疏》，頁一六二三—四；曹道衡、沈玉成點校本，北京中華書局出版。

> 林〉，其卒章正指上林之末節。若別有〈子虛賦〉賦諸侯游獵，而〈上林賦〉前半仍賦諸侯游戲，不嫌相複乎？知是王、閻之說非也。焦弱侯之說，與王、閻所見略同。謂〈上林〉即〈子虛〉，則武帝所善之〈子虛〉，非此〈子虛〉也。其失亦與王、閻同。孫氏據〈西都賦〉注引〈子虛賦〉注稱爲〈上林〉，疑唐初二賦猶作一篇，亦非是。《隋書》〈經籍志〉謂梁有郭璞注〈子虛上林賦〉一卷，不單稱〈上林〉。考之記載，無一可證所引〈上林賦〉注實見〈子虛賦〉，或係誤記。……不得謂〈子虛〉、〈上林〉唐時猶爲一篇也。至王從之、顧亭林說較爲切實，然亦不免爲長卿所欺。

高氏的批評，大約可以概括爲下列數端：第一、兩賦原爲一篇，與〈兩都〉、〈二京〉的情況相同。第二、司馬相如早期寫的〈子虛賦〉並沒有亡佚，今題〈子虛賦〉者即是其原文；史傳所稱〈天子游獵賦〉者，即今題的〈上林賦〉。第三、唐時此賦已分爲二篇，注疏家引〈子虛賦〉文爲〈上林賦〉，不是誤記，就是稱引互通，情形與注疏家引〈二都〉及〈二京〉相同，不可作爲根據。高氏既然認爲二賦爲一篇，那麼，他自然認爲蕭統離析爲二也是不確當的了。

日人瀧川龜太郎也贊同此說，他在《史記會注考證》裏說：

> 愚按〈子虛〉、〈上林〉，原是一時作。合則一，分則二。而「楚使子虛使於齊」、

「獨不聞天子之上林乎」，賦名之所由設也。相如使鄉人奏其上篇，以求召見耳。

瀧川龜太郎認為二賦乃一時之作，分合自足；他更認為，司馬相如曾託請鄉人（即楊得意）奏〈子虛賦〉，以求召見。根據他的說法，司馬相如前此游梁所寫的〈子虛賦〉，似乎另有一篇，與此處的〈子虛賦〉無關。

三

關於二賦的分合問題，晚近學者也曾發表他們的高見，也曾掀起一番討論。田倩君在〈司馬相如及其賦〉裏❸，曾經說：

司馬相如在遊梁的時候，作了一篇〈子虛賦〉，決沒有想到後來再作〈天子游獵賦〉，自然裏面只說齊、楚兩國的事，不會有亡是公這個虛設，後來因為〈子虛賦〉被漢武帝賞識，要在舊作上重新翻新，故不能不刪削增補，所以在賦序上要加上一個亡是公，

---

❸ 田文原發表於台北《大陸雜誌》第十五卷第二、三及四期內，後被編入《大陸雜誌語文叢書》第一輯第五冊內。

> 準備後說天子上林遊獵的盛況，同時爲的使上林壓倒雲夢，便要把原來〈子虛賦〉中過份誇張的地方減少，所以才說：「子虛言楚雲夢，所有甚眾，侈靡過其實。」其實是使全篇勻稱，甚麼「非義理所向」等話，只是故弄狡獪罷了……。

田氏認爲〈天子游獵賦〉是不同時代完成的兩篇作品的「複合體」，〈子虛賦〉還經過「刪削」的手術；至於「非義理所向」云云，全是虛言。

到了八十年代，沈伯俊撰寫了〈司馬相如的代表作是天子游獵賦〉❹；他說：

> 事情本來是一目了然的：司馬相如的代表作就是〈天子游獵賦〉。那麼，爲甚麼長期以來卻說成是〈子虛賦〉和〈上林賦〉呢？一般人都認爲〈子虛〉〈上林〉的說法始於南朝梁昭明太子蕭統。其實，蕭統又是受了東晉葛洪的影響。葛洪在託名西漢劉歆著的《西京雜記》裏寫道……而蕭統對此未加仔細分辨，便不顧《史記》、《漢書》的明確記載，在編《昭明文選》時把〈天子游獵賦〉分爲兩半，分別名之〈子虛賦〉和〈上林賦〉。由於《文選》在過去是知識份子必讀之書，於是以訛傳訛，一直錯了一千多年。……由此看來，有兩篇〈子虛賦〉：一篇是司馬相如游梁時所寫，武帝在

❹ 沈文發表於《四川師院學報》一九八二年第二期內。

召見他以前讀到的〈子虛賦〉，這是眞正的〈子虛賦〉，但其辭早已不傳。另一篇是蕭統命名的〈子虛賦〉，實即〈天子游獵賦〉的前半部分。這個〈子虛賦〉的篇名是冒用的，應該取消，以免與眞正的〈子虛賦〉混淆。至於〈上林賦〉，在《史記》和《漢書》中都完全沒有提到；而《文選》所載的〈上林賦〉，就是〈天子游獵賦〉的後半部分，它根本不能獨立成篇。所以，〈上林賦〉這個篇名也應該取消。

他認爲，今傳的〈子虛〉及〈上林〉實際上是一篇，應當正名爲〈天子游獵賦〉，而〈子虛〉及〈上林〉二名應當取消，以免混淆視聽；他又認爲，將一分作二的始作俑者是葛洪，蕭統只不過是受其影響而已。至於原本的〈子虛賦〉，則「其辭既已不傳」了。

第二年，山東大學的龔克昌發表了〈天子游獵賦辨〉❺；他認爲，〈天子游獵賦〉並非蕭統所說的〈子虛賦〉和〈上林賦〉，它是此二賦以外的另一篇，也就是目前載於《史記》〈司馬相如列傳〉而被蕭統誤分爲二的那一篇；至於原本的〈子虛賦〉及〈上林賦〉，則早已失傳了。他的理由是：

第一、《史記》載司馬相如作〈子虛賦〉在游梁之時，作〈天子游獵賦〉在奉詔之後，「〈子虛賦〉和〈天子游獵賦〉是在不同時間、不同地點寫作的不可混淆的兩篇：一個是在

---

❺ 龔文見《文學遺產》一九八三年第三期。

梁孝王的門下寫的，一個是在漢武帝的朝廷上寫的」。

第二、今傳〈子虛賦〉作於公元前一四五年前後，〈上林賦〉作於公元前一三五年左右，「按寫作的一般規律，如果〈子虛賦〉和〈上林賦〉兩篇的原來面目眞如《文選》所收的那樣，那麼它們本來就是不可分割的一篇完整的文章，它們的寫作構思當是一起進行，一次（大體上）完成……又有誰能相信，公元前一四五年構思成熟的文章，拖到公元前一三五年才動手寫」？

第三、〈天子游獵賦〉結構完整，是一篇「經過作者苦心經營」的賦作。

第四、〈子虛賦〉寫於公元前一四五年前後，是景帝在位期間，景帝以儉約自持、清靜息民的政風聞名於世；如果〈天子游獵賦〉就是蕭統所稱的〈子虛賦〉、〈上林賦〉，那麼，與在位的天子相比較，「賦中的好色嗜游的天子是多麼地不相稱」❻。

兩年後，徐宗文撰有〈也談天子游獵賦〉❼，對龔氏的看法表示不同的異議；他說：

其實相如這一句話說得很清楚，如果不是有意歪曲，我們應該作這樣的理解，即是說：

---

❻ 龔又著有《漢賦研究》，一九八四年濟南山東文藝出版社出版；第四章〈漢賦奠基者司馬相如〉，所論者亦與此詳略大致相同。

❼ 徐文發表於《徐州師範學院學報（哲社版）》一九八五年第一期內。

〈子虛賦〉寫的是諸侯游獵之事，未足觀也，請求再寫一篇天子游獵之賦。倘若將相如在這時奉詔而作的賦直接稱之爲〈天子游獵賦〉的話，那麼按相如的意思，〈子虛賦〉似也可以相對地稱之爲〈諸侯游獵賦〉。……所謂〈天子游獵賦〉，原來就是後來眾多文學家、文學批評家所共稱的〈上林賦〉，也就是我們現在可以在《史記》相如本傳中見到的那篇賦的後半部……而不包括〈子虛賦〉……。

徐宗文不但有力地反駁了龔克昌的論點，而且還堅持維持傳說的說法：司馬相如游梁時寫的〈子虛賦〉依然存在，就是《史記》所載的那一篇；所謂〈天子游獵賦〉，就是《史記》所載的〈上林賦〉。

其後，討論此問題者亦頗有人在。高光復在《賦史述略》❽裏說：

事實上，它們是各自獨立而又互相聯繫的兩篇。……〈子虛賦〉原來可能是作於梁園，寫的是「諸侯之事」，乃獨立的一篇。……所謂「天子游獵」，很可能是他所要寫的題材，未必是甚麼題目，更很難說是統攝兩篇的題目。……以〈子虛賦〉爲基礎，沿著武帝喜好的路數，進一步作統一的構思，並加以發揮，從而寫成了第二篇，即〈上

❽《賦史述略》，東北師範大學出版社出版，一九八七年；引文見頁四七—四八。

林賦〉。

很顯然的，高光復維持着舊有的說法。萬光治撰有《漢賦通論》❾，他說：

> 有論者認爲現存〈子虛〉、〈上林〉本爲一賦，即所謂〈天子游獵賦〉，而別有一篇作於梁孝王時的〈子虛賦〉在。這樣的推測，並無確證。……筆者又頗疑司馬相如作〈子虛賦〉時，只極言諸侯之事，並未虛擬无是公這樣一個人物。到了他作〈上林賦〉，才補入无是公，令他作爲天子的代言人，兩賦才因此相合無隙，唯〈子虛賦〉有所增改。蕭統《文選》把它還原爲兩篇，應該說是有根據的。

萬光治認爲〈天子游獵賦〉實際上就是〈子虛〉及〈上林〉二賦的合篇；蕭統分爲二，是還原，是有根據的。姜書閣說❿：「相如又爲帝賦『天子游獵』之事，上之，即今所傳〈子虛〉下半篇，《文選》卷八析之而題爲〈上林賦〉者是也。……加上續作的後半篇〈上林〉，仍應稱爲〈子虛〉。」不但認爲二賦原爲一篇，更認爲二賦可統稱爲〈子虛賦〉。

---

❾ 《漢賦通論》，一九八九年四川巴蜀書社出版，引文見頁一二三—四。

❿ 見姜著《漢賦通義》，頁一〇二—三；一九八九年濟南齊魯書社出版。

至友何沛雄博士在所著〈上林賦作於建元初年考〉⓫中，對此問題亦有所論述，云：

現讀〈子虛〉、〈上林賦〉，首尾貫通一意，合爲一篇，確有道理。不過，分爲兩篇，亦無錯誤。……從賦文觀之，〈子虛〉言諸侯事，〈上林〉述天子事，各有重點，猶如班固〈兩都賦〉，可分爲兩篇……何嘗不是文意一貫?至於張衡的〈二京〉，左思的〈三都〉，亦是如此。……我以爲不妨以它爲〈子虛〉、〈上林〉的總名，稱爲〈天子游獵賦〉，合則爲一，分則爲二，如此，可折衷各家的爭辯。

認爲合則總名爲〈天子游獵賦〉，分則稱作〈子虛〉、〈上林〉，情形與〈兩都〉、〈二京〉及〈三都〉相同；可謂善於折衷了。

四

首先要討論的問題是，蕭統爲甚麼要將所謂〈天子游獵賦〉離析爲二?以致招來諸多學者的評議。蕭統難道不知道二篇是「首尾貫通一意」(王觀國語)嗎?難道不知道篇中「借

⓫ 見何著《漢魏六朝賦論集》內，一九九〇年台北聯經出版事業有限公司出版；引文見頁一七—一八。

子虛三人之詞，以明天子之意」，內容「其實一也」（焦竑語）嗎？將它離析爲二，蕭統難道不知道「〈子虛賦〉到了『先生又見客，是以王辭不復，何爲無以應哉』，便突然中止，成了『斷尾巴蜻蜓』。而〈上林賦〉一開頭就是『无是公听然而笑』，顯得『突頭突腦，莫名其妙』」（沈伯俊語）嗎？以蕭統的才學，恐當不致於如此的。然則，蕭統爲甚麼竟然這樣做呢？

在討論問題之前，請先讀下列《文選前十九卷各篇卷字數統計表》：

《文選前十九卷各篇卷字數統計表》

卷數	類別	作者及篇名	字數	總字數
一	京都上	班固西都賦（序）	二、六九八	四、六八六
		——東都賦	一、九八八	
二		張衡西京賦	三、九〇七	三、九〇七
三	京都中	——東京賦	三、七九九	三、七九九
四		——南都賦	一、五八九	三、九一六
		左思三都賦序	三一一	
		——蜀都賦	一、九九六	

五	京都下	——吳都賦	三、七九二	三、七九二
六	京都下	——魏都賦	三、九五九	三、九五九
七	郊祀	揚雄甘泉賦	一、三七一	三、五八五
	耕藉	潘岳藉田賦	九二一	
	畋獵上	司馬相如子虛賦	一、二九三	
八	畋獵中	——上林賦	二、二八〇	四、〇〇九
	畋獵中	揚雄羽獵賦	一、七二九	
九	畋獵下	——長楊賦	一、二六七	三、一一三
	畋獵下	潘岳射雉賦	七七二	
	紀行上	班彪北征賦	五七三	
	紀行上	曹大家東征賦	五一一	
十	紀行下	潘岳西征賦	四、三六六	四、三六六
十一	遊覽	王粲登樓賦	三二九	四、九二四
	遊覽	孫綽遊天臺山賦	八五〇	
	遊覽	鮑昭蕪城賦	四〇五	
	宮殿	王逸魯靈光殿賦	一、三四六	
	宮殿	何晏景福殿賦	一、九九四	

卷	類	篇名	字數	合計
十二	江海	木華海賦	一、〇七六	二、七五四
		郭璞江賦	一、六七八	
十三	物色	宋玉風賦	四五四	四、三四七
		潘岳秋興賦	六一五	
		謝惠連雪賦	七三〇	
		謝莊月賦	九三五	
	鳥獸上	賈誼鵩鳥賦	四五二	
		禰衡鸚鵡賦	六三八	
		張華鷦鷯賦	五二三	
十四	鳥獸下	顏延之赭白馬賦	八八二	二、三九九
		鮑昭舞鶴賦	四四六	
	志上	班固幽通賦	一、〇七一	
十五	志中	張衡思玄賦	二、八〇〇	三、〇一一
		——歸田賦	二一一	
十六	志下	潘岳閑居賦	九一五	四、七八七
	哀	司馬相如長門賦	七〇六	
		向秀思舊賦	二六〇	

卷	類	篇名	字數	合計
	傷	陸機歎逝賦	六二五	
		潘岳懷舊賦	三〇八	
		——寡婦賦	八四一	
		江淹恨賦	四一六	
		——別賦	七一六	
十七	論文	陸機文賦	一、六七〇	三、五八九
	音樂上	王褒洞簫賦	九八八	
		傅毅舞賦	九三一	
十八	音樂下	馬融長笛賦	一、五一三	四、九八六
		嵇康琴賦	一、九一七	
		潘岳笙賦	七七一	
		成立綏嘯賦	七八五	
十九	情	宋玉高唐賦	九五〇	三、一四〇
		——神女賦	七六七	
		——登徒子好色賦	五一三	
		曹植洛神賦	九一〇	

根據這個統計表，有幾點值得討論：

第一、《文選》賦作部分的編排是非常有次序的；從寫作內容來說，可分爲京都、郊祀、耕藉、畋獵、紀行、遊覽、宮殿、江海、物色、鳥獸、志、哀傷、論文、音樂及情十五類，先國家京城重典，然後是一般的行覽物獸，最後是個人的情志藝文，條理非常清楚。從撰著作者來說，每類都按作者時代的先後爲序，例如作者最多的〈哀傷〉類，司馬相如是西漢人，故排第一；向秀、陸機、潘岳是晉代人，故排第二；江淹是梁朝人，故排最後。在向秀、陸機及潘岳三人之中，向秀時代最早（二二七—二八〇），故排第一；陸機（二六一—三〇三）及潘岳（二四七—三〇〇）時代略晚，故次之⑫；次序非常有條理。據此，可知賦作方面的編排，蕭統是有相當嚴格的規定的。

第二、在此十九卷賦作當中，字數最少的是二、三九九字的十四卷，字數最多的是四、九八六字的十八卷。此外，卷十二也只有二七五四字，是繼卷十四後文字比較少的另一卷；卷十一也有四九二四字，是文字較多的另一卷。至於其他十五卷，文字都在三一〇〇字至四八〇〇字之間，其中尤以三七〇〇字至四一〇〇字之間的卷數爲最多，共計六卷，佔三分之

⑫ 嚴格來說，潘岳時代比陸機早，應排在陸機之前。卷二十四〈贈答二〉類，蕭統將陸機的十首詩列在潘岳之前，情形與此相同。卷二十六〈贈答四〉類，他卻將潘岳的兩首詩排在陸機的前面，符合了時代先後的次序。可知時代相差不遠的人物，其排列的先後，蕭統可能沒有太嚴格的規定。

一強。因此，我們可以如此論斷；《文選》賦作每卷的字數以三七〇〇字至四一〇〇字為標準份量，份量大的絕不超過五千字，份量小的也很少在三千字以下。

字數上下限	卷數(卷次)
三〇〇〇以下	二(一二、一四)
三〇〇〇—三一〇〇	一(一五)
三一〇〇—三二〇〇	二(九、一九)
三二〇〇—三三〇〇	
三三〇〇—三四〇〇	
三四〇〇—三五〇〇	
三五〇〇—三六〇〇	二(七、一七)
三六〇〇—三七〇〇	
三七〇〇—三八〇〇	二(三、五)
三八〇〇—三九〇〇	
三九〇〇—四〇〇〇	三(二、四、六)
四〇〇〇—四一〇〇	一(八)
四一〇〇—四二〇〇	
四二〇〇—四三〇〇	
四三〇〇—四四〇〇	二(一〇、一三)
四四〇〇—四五〇〇	
四五〇〇—四六〇〇	
四六〇〇—四七〇〇	一(一)
四七〇〇—四八〇〇	一(一六)
四八〇〇—四九〇〇	
四九〇〇—五〇〇〇	二(一一、一八)

第三、當蕭統編至司馬相如的賦作時，他應該怎麼處理呢？〈天子游獵賦〉很明顯的應該跟在〈耕藉〉類潘岳〈藉田賦〉之後的；然而，〈天子游獵賦〉全篇有三、五七三字，如果全篇排在卷七之內，與揚雄〈甘泉賦〉及潘岳〈藉田賦〉合加起來的話，全卷就有五八六

五字；不但打破五千字的最高字數限量，而且進逼六千字的大關。對於在編輯上具有嚴格規定和安排的《文選》來說，這是很不平衡的。因此，他將上半部的〈子虛〉擺入卷七，將下半部〈上林〉編入卷八；使前者三五八五字，後者四〇〇九字，前後份量相當適中，是最適當的處理方式了。

第四、如果將〈天子游獵賦〉一併歸入卷八呢？那麼，卷七只存〈甘泉賦〉及〈藉田賦〉兩賦，合計只得二二九二字，是字數最少的一卷；而卷八將達五三〇二字，打破五千字的最高數字了。當然，蕭統可以將揚雄〈羽獵賦〉移往第九卷，再把第九卷班彪〈北征賦〉及班昭〈東征賦〉移往第十卷；但是，我們不要忘記，《文選》賦作每卷字數的標準數量是三一〇〇字至四八〇〇字，若是如此「大搬家」的話，卷八將只有二二八〇字，卷九也可能會降低，再加上卷七的二二九二字，那麼，和前面幾卷相較，各卷的字數豈不是相差太遠了嗎？前後不是太不平衡了嗎？

如果上述的論證可以成立的話，根據筆者個人的淺見，司馬相如這篇三千五百餘言的賦作被離析爲兩篇，一篇置於卷七，一篇列入卷八，只是編輯上的處理方式而已，並非蕭統「有意」割裂，分離上下文氣。後人對蕭統種種批評和非議，恐怕皆因不明瞭問題關鍵所在，而有「厚誣」前賢之嫌。

五

司馬相如〈天子游獵賦〉是不是蕭統才「離析」爲二呢？蕭統以前的學者，都將它當作一賦來看待嗎？答案恐怕都是反面的。吾友何沛雄博士說：

《西京雜記》載：「司馬相如爲〈上林、子虛賦〉，意思蕭散……。」《隋書》〈經籍志〉載：「梁有郭璞注〈子虛、上林賦〉一卷。」《西京雜記》或不足爲據，但依《隋書》所載，則晉代（郭璞生於晉武帝咸寧二年，卒於明帝太寧二年）已有〈子虛〉、〈上林〉賦的名稱。然則蕭統之取名，其來有自。⑬

周勳初在〈司馬相如賦論質疑〉裏⑭說：

《隋志》卷四總集類中錄有郭璞注〈子虛、上林賦〉一卷，可見〈子虛〉、〈上林〉分列，並不是蕭統的首創或誤分。

⑬ 同⑪，頁一七—一八。

⑭ 周文發表於《文史哲》雙月刊一九九〇年第五期內，山東大學《文史哲》編輯部。

何、周所言極是，可見將此賦視爲二篇，其來有自；蕭統不過因爲編輯上的方便，沿用「傳統」的做法分置上下卷而已。

實際上，在蕭統之前，許多學者對司馬相如此賦已有一賦是二賦之合體的共識，所以，當他們在提及此賦時，不是稱其前半部爲〈子虛賦〉，就是稱其後半截爲〈上林賦〉，從不稱全篇爲〈天子游獵賦〉。《西京雜記》說：「司馬相如爲〈上林〉、〈子虛賦〉，意思蕭散……。」這條材料恐怕不可盡信，友人何沛雄兄已言之矣。除此之外，時代比較早而可考見者，據個人所知，尚有下列數家：

㈠**薛綜**（？—二三七）

薛綜乃三國時吳人，與孫權同時，史稱「所著詩、賦、難、論，數萬言，皆傳於世」。此外，他還注過一些賦，包括張衡的〈兩京賦〉。《文選》張衡〈東京賦〉「祗以昭其愆尤」下，六臣〈注〉本出「（薛）綜曰：司馬相如〈上林賦〉其卒曰：乃命有司隤牆填塹，使山澤之人得至焉」二十餘字。考「乃命有司」底下兩句十六字，即在所謂蕭統離析爲二的〈上林賦〉之中；據此，可知薛綜在注〈東京賦〉時，已稱它爲〈上林賦〉，比蕭統（五〇一—五〇三）早二百餘年了。

㈡**司馬彪**（二四二？—三〇四？）

司馬彪，晉武帝時代人，《晉書》本傳說他卒於惠帝末年，時年六十餘；著有《續漢書》、《九州春秋》等書，又注《莊子》，甚名於世。

實際上，司馬彪也注解過司馬相如的作品；《文選》班固〈兩都賦〉「上觚稜而棲金爵」句下，李善〈注〉曰：「司馬彪〈上林賦〉〈注〉曰：除樓陛也。」可見司馬彪不但注解過司馬相如的〈上林賦〉，而且也稱司馬相如的作品爲〈上林賦〉。試再讀下列三條資料：

1.《文選》揚雄〈甘泉賦〉「其寥廓兮似紫宮之崢嶸」下，李善〈注〉曰：「〈上林賦〉曰：『刻削崢嶸。』司馬彪曰：『崢嶸，深貌也。』」

2.《文選》傅毅〈舞賦〉「飛髾而雜纖羅」句下，李善〈注〉曰：「〈上林賦〉曰：『飛纖垂髾。』司馬彪曰：『髾，燕尾也。』」

3.同上條，李善〈注〉曰：「〈子虛賦〉曰：『雜纖羅。』司馬彪曰：『纖，細也。』」

根據這三條資料來觀察，司馬彪不但注解了〈子虛賦〉及〈上林賦〉，同時，也極可能就將司馬相如的作品分別稱爲〈子虛賦〉及〈上林賦〉，李善採錄時，只不過維持注者的標題而已。

㈢左思（二五〇？—三〇五？）

左思，齊國臨淄人，時代與晉武帝、惠帝相同，著有〈齊都賦〉及〈三都賦〉（蜀都、吳都、魏都）等。

《文選》卷四載有他的〈三都賦序〉一則，云：「然相如賦〈上林〉，而引『盧柑夏熟』；揚雄賦〈甘泉〉，而陳『玉樹青葱』；班固賦〈西都〉，而嘆以『出比目』；張衡賦〈西京〉，而述以『游海若』；假稱珍怪，以爲潤色……。」左思稱司馬相如有〈上林賦〉，「盧桔夏熟」即在此賦之中，然則，〈上林賦〉之名在左思的時代已經有了。

㈣皇甫謐（二一五—二八二）

皇甫謐是三國末年、西晉前半期人，壯年以後與晉武帝同時，著作甚豐，「又撰《帝王世紀》、《年曆》、《高士》、《逸士》、《列女》等傳、《玄晏春秋》」⑮，有些作品今日尚頗爲流行。

《文選》卷四十五載有他的一篇〈三都賦序〉⑯，云：「其中高者，至如相如〈上林〉、揚雄〈甘泉〉、班固〈兩都〉、張衡〈二京〉、馬融〈廣成〉、王生〈靈光〉，初極宏侈之辭，終以約簡之制……。」皇甫謐稱司馬相如作品爲〈上林賦〉，可知其時已有此篇名了。

㈤郭璞（二七六—三二四）

郭璞，生於西晉武帝年間，卒於東晉明帝的時代，著作甚多。此外，他也注解了不少古籍。《晉書》本傳說：「又注《三蒼》、《方言》、《穆天子傳》、《山海經》及《楚辭》、〈子虛〉、〈上林賦〉，數十萬言，皆傳於世。」根據這段話，可知他是將〈子虛〉、〈上

---

⑮ 見《晉書》本傳。

⑯ 〈三都賦〉乃左思的作品，《文選》李〈注〉引臧榮緒《晉書》曰：「左思作〈三都賦〉，世人未重。皇甫謐有高名於世，思乃造而示之。謐稱善，爲其賦序也。」可知〈三都賦〉〈序〉是爲推重左思作品而寫的。皇甫謐時代雖早於左思，不過，其〈序〉作成於〈三都賦〉之後，所以，次序排在左思之後。

林〉分開來注解的；《隋志》說：「梁有郭璞注〈子虛•上林賦〉一卷。」不說〈天子游獵賦〉，而說〈子虛賦〉、〈上林賦〉，正好證成了《晉書》的說法。再讀下列三條資料：

1.《文選》班固〈兩都賦〉「雲集霧散」下，李善〈注〉曰：「郭璞〈上林賦〉〈注〉：『鴇，似雁，無後指。』」

2.《文選》班固〈西都賦〉「琳珉青熒」下，李善〈注〉曰：「郭璞〈上林賦〉〈注〉：『珉，玉石也。』」

3.《文選》張衡〈西京賦〉「侈靡踰乎至尊」下，李善〈注〉曰：「郭璞〈上林賦〉〈注〉曰：『珉，玉石也。杝，蜺旋也。』」

李善看到郭璞的原著是〈上林賦〉〈注〉，所以，在轉錄的時候，維持了原來的題名；這些，都無不與《晉書》及《隋志》的記載相吻合⑰。

㈥張揖

張揖，後魏清河人，太和中官博士，著有《埤蒼》、《古今字詁》等書，今存者只有《廣雅》一種。張揖也注解司馬相如的賦作；試讀下列兩條資料：

1.《文選》班固〈西都賦〉「據龍首」下，李善〈注〉曰：「張揖〈上林賦〉〈注〉：『豐氏出鄠南山豐谷。』」

⑰ 今《文選》李〈注〉於〈子虛〉及〈上林〉下，即標「郭璞注」。

2.同上「琳珉青熒」下，李善〈注〉曰：「張揖〈上林賦〉〈注〉曰：『珉，石次玉也。』」根據這兩條資料，可知張揖也將司馬相如的作品標題爲〈上林賦〉。

薛綜等人都在蕭統之前，他們或者提及〈子虛賦〉，或者提及〈上林賦〉，或者兩賦同時提及，可知司馬相如此賦之被「離析」爲二，早在三國時代經已如此了。蕭統將它們分置於不同篇卷裏，只不過是沿襲前人的「習慣」而已；對當時的人來說，並不是一件稀奇的事。

薛綜等人會不會以〈子虛〉之名概括全賦？或者以〈上林〉之名概括全賦？《隋志》著錄郭璞注「〈子虛・上林賦〉一卷」，根據此條資料來考察，這種「概括」的情形似乎不曾出現。《文選》傅毅〈舞賦〉李〈注〉說：「〈上林賦〉曰：『飛纖垂髾。』司馬彪曰：『髾，燕尾。』」這裏的「飛纖垂髾」，實際上見於〈子虛賦〉內，李善不應該不知道，然而，李善引作「〈上林賦〉」，極可能即根據司馬彪原來的標題法了；所以，以〈上林〉之名來「概括」全賦，有時似乎也出現過。

《文選》班固〈西都賦〉〈注〉載張揖〈上林賦〉〈注〉曰：「珉，石次玉也。」考張揖此注，當在〈子虛賦〉「琳珉」之下⑱，然而，張揖題作〈上林賦〉。〈上林〉統領〈子虛〉，情形亦與司馬彪相同。

無論那一種情形，都影響不了司馬相如此賦前半部叫〈子虛〉、後半部叫〈上林〉的「傳

⑱ 今本作「琳瑉」。

統習慣」，而蕭統不過沿襲此「習慣」而已。

六

現存〈子虛〉及〈上林〉表面上是兩篇賦作，實際上它們存在著堅強的內證，足以肯定是一篇不可分割的作品。正如許多學者經已指出的，如果它們是獨立分開的兩篇賦作，那麼，〈子虛〉內的亡是公便成爲一位「虛設」的人物，完全多餘無用了；而〈上林賦〉結尾的「二子」，也成爲兩位沒有「源頭」的人物，平地冒出，不知來處。此外，〈上林賦〉爲甚麼一開始就「亡是公听然而笑」呢？他笑甚麼呢？顯然的，前文必定要有所交代，否則就不知所云了。據此，可知二賦內在連繫的緊密，是不容分割的。

〈子虛賦〉重要情節提要

楚使子虛使於齊。……子虛過奼烏有先生，亡是公存焉。

坐定，烏有先生問……。

子虛曰……。

烏有先生曰……。

〈上林賦〉重要情節提要

亡是公听然而笑曰……。

於是二子愀然改容……。

時代比較晚的〈兩都賦〉、〈二京賦〉及〈三都賦〉，雖然許多學者都認爲個別賦作皆可獨立成篇，《文選》甚至於將〈二京賦〉「割裂」於二卷，將〈三都賦〉「割裂」於三卷而歷代學者率無異議，但是，它們也都存在著堅強的內證，足以確定個別是不容分割的文學作品。

茲分別說明如下：

〈西都賦〉重要情節提要

有西都賓問於東都主人曰……。

主人曰：未也。……弘我以漢京。

賓曰：唯唯。漢之西都……。

〈東都賦〉重要情節提要

東都主人喟然嘆曰：痛乎風俗之移人也。……

主人之辭未終，西都矍然失容，逡巡降階……。

如果說〈西都〉、〈東都〉是兩篇獨立的文學作品；那麼，就〈西都〉而言，整篇文章怎麼只有西都賓在說話而已呢？東都主人聽完西都賓的話語後，爲甚麼「毫無反應」呢？就〈東都〉而言，文章一開始，東都主人怎麼就「喟然而嘆」呢？到了結尾，怎麼又突然冒出一位「矍然失容，逡巡降階」的西都呢？顯然的，這些內在的線索都無不在說明一件不容否認的事實：它們是一篇完整的文學作品，無法以前半部或後半部獨立存在的。

現在，試分析〈二京賦〉。

〈西京賦〉重要情節提要 有憑虛公子者……言於安處先生曰……。 **〈東京賦〉重要情節提要** 安處先生於是似不能言，憮然有閒，乃莧爾而笑曰……。 客既醉於大道，飽於文義……。

同樣的情形也出現在張衡的〈二京賦〉裏；如果它們分別是獨立的兩篇賦作的話，從〈西京〉的角度來說，爲甚麼只讓憑虛公子一個人在那兒「自言自語」呢？安處先生這個角色有何積極的意義？從〈東京〉的角度來看，爲甚麼安處先生突然就「似不能言，憮然有閒，乃莧爾而笑」呢？如果〈東京〉之前沒有〈西京〉的話，讀者恐怕永遠無法明白了。此外，「客」

指的又是誰呢？如果沒有〈西京〉，顯然很難獲得解答了。兩賦之不可分割，於此可見了。

最後，再論〈三都賦〉。

〈蜀都賦〉重要情節提要

有西蜀公子者，言於東吳王孫曰……。

〈吳都賦〉重要情節提要

東吳王孫囅然而咍曰……。

〈魏都賦〉重要情節提要

魏國先生，有睟其容，乃盱衡而誥曰……。

先生之言未卒，吳、蜀二客矆焉相顧，䁝焉失所，……曰……。

亮曰……。

左思在〈西都賦〉裏，雖然只安排了西蜀公子「獨唱獨演」，但是，「東吳王孫」四個字卻是下篇賦作連繫的內線；如果說〈蜀都賦〉可以完全獨立成篇，那麼，顯然的「東吳王孫」這個人物就沒甚麼意義了。在〈吳都賦〉裏，文章一開始東吳王孫就「囅然而咍」，如果沒有〈蜀都賦〉的話，恐怕無法知道此中原委了。

到了〈魏都賦〉，左思筆鋒一轉，以魏國先生爲主角，駁抑西蜀公子及東吳王孫對蜀都、吳都的誇讚，批評他們兩人的辯論，並且讚頌了魏都的宏偉壯麗及魏國的地大物博，肯定了魏國的統治地位和法定權益；似此寫作方式，很顯然的，是受了司馬相如〈上林賦〉亡是公反駁子虛、烏有的影響。在〈魏都〉裏，如果沒有蜀都、吳都的話，我們實在無法知道魏國先生為甚麼會「有睟其容」？為甚麼要「盱衡而誥」？在文章結束時，為甚麼突然冒出「吳、蜀二客」？他們為甚麼又會「矆焉相顧，䁻焉失所」？吳、蜀二客為甚麼又要「亮曰」？情形就如同司馬相如的作品一樣，如果沒有子虛、烏有的話，亡是公為甚麼突然「听然而笑」呢？對他們二人的議論大加駁抑呢？到結尾時，為甚麼突然出現「二子」呢？他們是誰？為甚麼要「愀然改容」？

雖然一些學者認為〈兩都〉、〈二京〉及〈三都〉這幾篇「大型」賦作，個別的篇章都可以獨立成篇，甚至於一些選文也都抽選個別的賦作編輯成書，但是，它們分別存在著更多連繫性的內在線索，使我們確認它們是很難儼然加以分割的。班固、張衡及左思他們之所以將自己的作品分為二篇或三篇，並不是在告訴我們這二篇、三篇作品可以分別獨立；顯然的，只是因為文章過份繁長，讀起來非常瑣累，所以，才將它們「分割」為二篇、三篇。蕭統的情形也如此，〈二京賦〉分置於卷二及卷三，〈三都賦〉分置於卷四、五及六，並不是在告訴我們它們可以獨立成篇，而是因為卷冊的長度有限，在編輯上不得不如此安排而已。

那麼，司馬相如〈子虛〉及〈上林〉的情形，不正是如此嗎？它們存在著許多不可分割的內在線索，它們篇幅過份繁長而不得不分開寫作及分置兩卷，但是，我們卻不可就此而論定它們分別可以獨立成篇。模擬它的情節的〈三都賦〉既然以不可獨立的姿態分置於三卷，並沒有受到後來學者的非議批評，那麼，司馬相如的作品以同樣的情形出現，爲甚麼千餘年來聚訟紛紜呢？並且「歸咎」於蕭統呢？

瞭解了各賦「不可分割」的情形之後，我們就可以搞通一些問題了。《晉書》〈文苑傳〉引劉逵注（左思）吳、蜀（都賦）序曰：「觀中古以來爲賦者多矣，相如〈子虛〉擅名於前，班固〈兩都〉理勝其辭，張衡〈二京〉文過其意……。」劉逵以〈子虛〉和〈兩都〉、〈二京〉並舉，顯然的，〈子虛〉指的是〈子虛．上林〉的整體文字，並不是前半部的〈子虛賦〉而已。皇甫謐〈三都賦〉〈序〉說：「其中高者，至如相如〈上林〉，揚雄〈甘泉〉，班固〈兩都〉，張衡〈二京〉……初極宏侈之辭，終以約簡之制……皆近代辭賦之偉也。」皇甫謐將〈上林〉和〈兩都〉、〈二京〉並舉，顯然的，〈上林〉指的是〈子虛．上林〉的整篇賦作，而不是後半部的〈上林賦〉而已。此外，葛洪在《抱朴子》〈鈞世〉內說：「《毛詩》者，華彩之辭也，然不及〈上林〉、〈羽獵〉、〈二京〉、〈三都〉之汪濊博富……。」劉勰《文心雕龍》〈詮賦〉說：「相如〈上林〉，繁類以成艷……孟堅〈兩都〉，明絢以雅贍；張衡〈二京〉，迅發以宏富……。」恐怕也都應該作如是觀。

七

根據史傳的記載，〈子虛賦〉的寫作地點是在梁，「客游梁，梁孝王令與諸生同舍，相如得與諸生游士居，數歲，乃著〈子虛之賦〉」（《史記》本傳）。〈上林賦〉的寫作比較遲，《史記》說：

居久之，蜀人楊得意爲狗監侍上，上讀〈子虛賦〉而善之，曰：「朕獨不得與此人同時哉！」得意曰：「臣邑人司馬相如自言爲此賦。」上驚，乃召問相如，相如曰：「有是。然，此乃諸侯之事，未足觀也。請爲天子游獵賦，賦成奏之。」上許，令尚書給筆札。相如以子虛，虛言也，爲楚稱；烏有先生者，烏有此事也，爲齊難；無是公者，無是人也，明天子之義。故空藉此三人爲辭，以推天子、諸侯之苑囿。其卒章歸之於節儉，因以風諫，奏之天子。天子大說，其辭曰……。賦奏，天子以爲郎。無是公言天子上林廣大——山谷、水泉、萬物，及子虛言楚雲夢所有甚眾……。

根據這段文字，有幾點可討論如次：

第一、武帝前所喜愛的，是〈子虛賦〉，是那篇推諸侯之苑的〈子虛賦〉；後來，司馬相如奉詔續寫的，是從〈子虛賦〉再延伸出去的後半部，也就是今日所讀到的〈上林賦〉。

《史記》說：「故空藉此三人爲辭，以推天子、諸侯之苑囿。」三人是指子虛、烏有及亡是公，這是可以肯定的；三人之中，子虛及烏有「推」的是「諸侯之苑囿」，是「所有甚眾」的「雲夢」等等；亡是公「推」的是「天子之苑囿」，是「上林」的「廣大」。合此二賦，即是當年漢武帝所讀的〈天子游獵賦〉了。

第二、如果將〈子虛賦〉獨立開來，並且將賦首「亡是公存焉」抽出，那麼，〈子虛賦〉保存了子虛及烏有先生兩人的一問一答，前者「推」雲夢之「所有甚眾」，後者「推」齊國「苑囿之大」，是一篇「獨立自足」的賦作。情形就如〈三都賦〉的前兩篇一樣，西蜀公子及東吳王孫一問一答，而可以自成一單元作品。

第三、武帝雖然前此已讀過〈子虛賦〉，司馬相如似乎不應該從〈子虛賦〉的基礎上再延伸爲〈天子游獵賦〉，使武帝「重讀」〈子虛賦〉，但是，司馬相如此時的重點是在〈上林賦〉，只有〈上林賦〉才是「推」「天子之苑囿」，才是武帝所要讀的。

第四、實際上，「推」「天子之苑囿」的〈上林賦〉如果沒有「推」「諸侯之苑囿」的〈子虛賦〉來反襯的話，我們是很難瞭解「天子之苑囿」是如何「廣大」的。何況《史記》明明說「空藉此三人爲辭，以推天子、諸侯之苑囿」；如果〈天子游獵賦〉沒有前半部的〈子虛賦〉的話，子虛及烏有如何「推」「諸侯之苑囿」呢？據此，可知武帝雖然「重讀」了〈子虛賦〉，不過，武帝此時閱讀重點是在〈上林賦〉，而不是在〈子虛賦〉了。

第五、《史記》載司馬相如說：「此乃諸侯之事，未足觀也；請爲〈天子游獵賦〉。」

今傳〈子虛賦〉正是「諸侯之事」；司馬相如所要續寫的，乃是「推」「天子之苑囿」的〈天子游獵賦〉，而〈上林賦〉正是「推」「天子游獵」的。所以，所謂〈天子游獵賦〉，若從嚴來看，則應該專指後來續寫的〈上林賦〉；若從寬而言，則應當包含〈子虛〉及〈上林〉二賦了。

司馬遷的賦學

一

在兩漢絢麗多姿的辭賦文學裡，司馬遷並不是一位多產作家，也不是一位著名的賦家。〈漢志〉〈詩賦類〉著錄司馬遷賦八篇，列入陸賈一類；篇數甚少。今《藝文類聚》卷三十有〈悲士不遇賦〉，題為司馬遷所作，《續古文苑》據以編入，與孔臧、鄒陽及公孫詭等人同編；這是當今所能見到司馬遷惟一的一篇賦作；可見他流傳下來賦作的稀少了。

在《史記》裡，司馬遷採錄了若干辭賦作品，〈屈原列傳〉錄有〈漁父〉、〈懷沙〉，〈賈誼列傳〉錄有〈弔屈原賦〉、〈鵩鳥賦〉，〈司馬相如列傳〉錄有〈子虛賦〉、〈上林賦〉、〈哀二世賦〉及〈大人賦〉，共三家八篇；此外，〈屈原列傳〉提到〈離騷〉；總計《史記》全書，所見辭賦亦不多。

從司馬遷稀少的賦作裡，以及《史記》所見辭賦的情形來看，司馬遷對辭賦是不是有自己的一套見解和理論呢？明王世貞在《藝苑卮言》卷二裡說：

太史公千秋軼才而不曉作賦，其載〈子虛〉、〈上林〉亦以文辭宏麗爲世所珍而已，非眞能賞咏之也。觀其推重賈生諸賦可知。賈暢達用世之才耳，所爲賦自是一家，太史公亦自有〈士不遇賦〉，絕不成文理，荀卿〈成相〉諸篇便是千古惡道。

張和仲在〈千百年眼〉❶裡，也有類似的說法：

史遷載〈子虛〉、〈上林〉，以其文辭宏麗，爲世所珍而已，非眞能賞咏之也。觀其推重賈生諸賦可知。賈暢達用世之才耳，所爲賦自是一家，太史公亦自有〈士不遇賦〉，絕不成文理，千秋軼才，竟絀於雕蟲小技。人各有所能，不可強耶。

他們都認爲司馬遷採錄〈子虛〉及〈上林〉是因爲世人珍惜其「文辭宏麗」而已，自己並非眞的能「賞咏」它們；他們也都認爲司馬遷自己的賦作「絕不成文理」，只次於「千古惡道」的荀賦而已。究竟司馬遷是否如此絀於賦作呢？他對賦學難道是如此「七零八落」沒有一套自成系統的主張和理論嗎？

❶ 見《筆記小說大觀》第二十一編內。

二

司馬遷對屈原一生的行跡，既景仰又同情。二十歲南游，就「浮於沅、湘」，搜集這位愛國詩人的事蹟和作品；在〈報任少卿書〉裡，他說：「蓋文王拘而演《周易》；仲尼厄而作《春秋》；屈原放逐，乃賦〈離騷〉；左丘失明，厥有《國語》……。」將屈原列在文王及孔子之後、左丘明之前，都是「倜儻非常」之人，因此，在本傳裡，司馬遷敘述屈原撰著〈離騷〉後，以讚頌的口吻說：

> 〈離騷〉……〈國風〉好色而不淫，〈小雅〉怨誹而不亂。若〈離騷〉者，可謂兼之矣。上稱帝嚳，下道齊桓，中述湯武，以刺世事。明道德之廣崇，治亂之條貫，靡不畢見。其文約，其辭微，其志絜，其行廉，其稱文小而其指極大，舉類邇而見義遠。其志絜，故其稱物芳；其行廉，故死而不容自疏。濯淖汙泥之中，蟬蛻於濁穢，以浮游塵埃之外，不獲世之滋垢，皭然泥而不滓者也。推此志也，雖與日月爭光可也。

這段讚詞雖然部分鋪衍劉安的文字而成❷，不過，司馬遷也藉此表達自己對屈原的敬佩和景

---

❷ 有關這個說法，請參考拙作〈屈賦與淮南子〉，原文發表於臺北《大陸雜誌》第五十二卷第六期，今搜入本書第一篇。

仰。在這段文字裡，他清楚地告訴我們，屈原是位「正道直行，竭忠盡智以事其君」的愛國志士，他有高潔的志向，清廉的品德，只可惜「信而見疑，忠而被謗」，所以，「怨生」胸臆，寫下這篇驚天動地的作品。雖然它只是一篇騷體的辭賦，是屈原「勞苦倦極」後「呼天」之作，是屈原「疾痛慘怛」後「呼父母」之作，但是，它兼有「〈國風〉好色而不淫」及「〈小雅〉怨誹而不亂」的特色，像這樣一篇「與日月爭光」的不朽作品，司馬遷雖然無法全文採錄，卻在本傳中加以崇高的讚頌，可見他對這篇騷體辭賦的重視了。

除了〈離騷〉，本傳中又轉錄了〈漁父〉及〈懷沙〉兩篇作品。

有關〈漁父〉，除了結尾漁父的吟誦外，幾乎全文採錄。這篇精短作品的採錄，應該和司馬遷敬仰屈原有密切的關係。在這篇作品裡，通過兩人的對話，屈原表達了他貞潔的品德及高尚的人格；當漁父詢問屈原爲何不「隨流揚波」及「餔糟啜醨」時，屈原立刻鮮明地表白了自己的立場：

> 吾聞之，新沐者必彈冠，新浴者必振衣，人又誰能以身之察察，受物之汶汶者乎！寧赴常流而葬乎江魚腹中耳，又安能以晧晧之白而蒙世俗之溫蠖乎！

這段「自我表白」雖然非常簡短，不過，卻足以反映屈原「與日月爭光」的品德及人格；結語「寧赴常流而葬乎江魚腹中，又安能以晧晧之白而蒙世俗之溫蠖」兩句，正完全符合司馬遷「志絜行廉」的讚語。因此，本傳中轉錄了〈漁父〉，其意旨和精神也與他讚述〈離騷〉一樣；它們都表達了屈原崇高的道德及貞潔的人格，成爲文學作品「言志」的崇高代表。

與〈離騷〉及〈漁父〉的處理方式不相同，對於〈懷沙〉，司馬遷卻全篇採錄。〈懷沙〉是屈原的絕命辭，是他重要代表作之一；在這篇作品裡，屈原朗爽地高歌自己的操守：

> 內直質重兮，大人所盛。……文質疏內兮，眾不知吾之異采；……重仁襲義兮，謹厚以爲豐。……懲違改忿兮，抑心而自彊；離湣而不遷兮，願志之有象。

他認爲自己是一位「重仁襲義」及充實自己的君子，是一位飽含無窮「內直」的君子；雖然頗獲「大人」的盛讚，「眾」卻經常「不知」他擁有這些珍貴的「異采」。面臨這樣的遭遇，屈原依然堅持自己的原則：

> 撫情効志兮，俛詘以自抑。……章畫職墨兮，前度未改。……人生稟命兮，各有所錯兮。定心廣志，餘何畏懼兮？……知死不可讓兮，願勿愛兮。明以告君子兮，吾將以爲類兮。

他堅持自己的「前度」，守著當初的「規畫」及「繩墨」；他堅決地認爲，人生在世，各有天命，只要自己「定心廣志」，還有甚麼值得「畏懼」呢？他寧可壯烈犧牲，向過去的「君子」認同、學習，也「勿愛」自己區區的生命。〈懷沙〉表現了屈原忠貞的品德以及不屈的情操，和〈離騷〉及〈漁父〉互爲表裡；司馬遷加以採錄，正表示他對本篇激賞和重視——一篇充份表達高尚品德的「言志」作品。

屈原之後，楚國辭賦家尚有宋玉、唐勒及景差等人。根據〈漢志〉的著錄，宋玉有賦十六篇❸，唐勒四篇❹；至於景差，王逸《楚辭》〈注〉說：「〈大招〉者，屈原之所作也。或曰：景差，疑不能明也。」朱熹定爲景差所作。這些人的作品數量並不多，司馬遷按理應該看到的，但是，他一概不錄。原因何在呢？在結束〈屈原列傳〉時，司馬遷說：

屈原既死之後，楚有宋玉、唐勒、景差之徒者，皆好辭而以賦見稱，然皆祖屈原之從容辭令，終莫敢直諫。其後楚日以削，數十年竟爲秦所滅。

根據司馬遷的看法，宋玉等人雖然都是辭賦名家，擁有相當的作品，但是，都因爲缺少「直

---

❸ 《隋書》〈經籍志〉著錄《宋玉集》三卷。

❹ 饒宗頤先生撰有《唐勒及其佚文——〈楚辭〉新資料》，可參考。饒文刊佈於日本九州大學《中國文學論集》第九號，一九八〇年。譚家健撰有《唐勒賦殘篇考釋及其他》，見《文學遺產》一九九〇年第二期。

諫」的精神，缺乏「言志」的內容，所以，縱使「辭令」「從容」，得屈賦之面貌，也都不值得重視；於是，一概刊落。

三

賈誼是司馬遷所敬仰及同情的另一位悲劇性人物。

在〈賈誼列傳〉裡，司馬遷雖然記載了賈誼的生平，不過，它們所佔的比例不及全篇的一半；反而是所採錄的兩篇賦作〈弔屈原賦〉及〈鵩鳥賦〉，竟超過本傳一半以上的篇幅，可見司馬遷撰述〈賈誼列傳〉時，頗有意「借傳以錄文」。在〈屈原列傳〉結束時，司馬遷說：「自屈原沈汨羅江後百有餘年，漢有賈生，爲長沙王太傅，過湘水，投書以弔屈原。」賈誼一生重要事蹟有好幾件，它們都可作爲本傳「起興」的媒介，司馬遷卻偏愛提「弔屈原」一事，可見其借本傳存錄賦作的心跡了。

〈弔屈原賦〉是賈誼最成功的作品。

在這篇短賦裡，他有時以屈原的身份出現，有時以弔者的身份出現；試讀下列動人的句子：

闒茸尊顯兮，讒諛得志；賢聖逆曳兮，方正倒植。世謂伯夷貪兮，謂盜跖廉；莫邪爲頓兮，鉛刀爲銛。于嗟嚜嚜兮，生之無故！……嗟苦先生兮，獨離此咎！

或歷敘是非倒懸，豺狼當道；或悲憫寡不敵眾，遭到無窮的迫害；將屈原的遭遇和自己的處境交織在一起，寫成動人的詩篇。接著，他以屈原的身份出現，「現身說法」地悲號自己的不幸遭遇；他說：

國其莫我知，獨堙鬱兮其誰語？鳳漂漂其高遰兮，夫固自縮而遠去。襲九淵之神龍兮，沕深潛以自珍。彌融爚以隱處兮，夫豈從蟂與蛭螾？所貴聖人之神德兮，遠濁世而自藏。使騏驥可得係羈兮，豈云異夫犬羊！

透過屈原的口吻，賈誼表達了自己的心願：在沒人瞭解我的情況下，我不如高飛遠逝，離開那蟂獺成群的濁世，保全自己高尙的德行。在這篇短賦裡，賈誼強烈地運用「諷諫」的手法，將愛國憂民以及慘遭不淑的情感完全渲泄出來，符合了司馬遷賦作的標準和要求，所以，本傳全文採錄。

賈誼的另一篇代表作是〈鵩鳥賦〉，作者通過與鵩鳥問答的形式，敘寫自己的坎坷命運，抒發對不合理現實的不平之氣，討論了禍福相依、吉凶同域的「齊同」思想，最後，說明了人的生死皆天地造化所成，偶生爲人，不用珍惜；化爲異物，也不足悲，是一篇很有思想性的賦作。清人劉熙載在《藝概》〈賦概〉裡說：「鵩賦，爲賦之變體。即其體而通之，凡能爲子書者，於賦皆足自成一家。」恐怕就是從其思想性來說的。

〈鵩鳥賦〉值得注意有兩點，首先是對現實社會的批判性，它說：

> 貪夫徇財兮，烈士徇名；夸者死權兮，品庶馮生。怵迫之徒兮，或趨西東；大人不曲兮，億變齊同。拘士繫俗兮，攌如囚拘；至人遺物兮，獨與道俱。眾人或或兮，好惡積意；眞人淡漠兮，獨與道息。

賈誼通過對比的手法，抨擊了貪夫、夸者的醜陋面目，同時，也暴露了「爲利所誘怵」者❺、爲世俗所繫的「拘士」、好惡「億積」的「眾人」的卑賤行徑，襯托出「大人」、「至人」及「眞人」的高尚情操和不俗的品德。可以肯定的，賈誼這段文字應該是有所指斥的。

第二點值得注意的是，賈誼透露出的一股「消極思想」；他說：

> 釋知遺形兮，超然自喪；寥廓忽荒兮，與道翱翔。乘流則逝兮，得坻則止；縱軀委命兮，不私與己。其生若浮兮，其死若休；澹乎若深淵之靜，氾乎若不繫之舟。不以生

❺ 此乃孟康語，見《集解》引。

故自寶兮，養空而浮；德人無累兮，知命不憂。細故蔕葪兮，何足以疑！

無可置疑的，賈誼在「痛定思痛」之後，已經找到自我排遣及解脫的佳徑——把身體交託給自然的命運，不必執著，就像木舟飄浮於江水，隨流則行，遇坻則止，生息自如，樂天知命。

賈誼在〈鵩鳥賦〉裡所表達的「悲劇情懷」並不是孤立的，它是來自現實社會，是西漢初年政治「踐踏」愛國書生的個例，所以，對現實社會的批判和自求解脫實際上是一曲雙調，相互呼應的。只有在一個充斥醜陋及卑賤的社會裡，滿腔熱血的書生才報國無門，才不得不尋求精神上的解脫和放逐；情形就如屈原，在是非顛倒、小人當道的朝廷裡，到處碰壁後，才不得不尋求解脫和放逐一樣。從這一點來考察，〈鵩鳥賦〉「言志」的內容是多麼的強烈！說它是一篇消極的作品，恐怕不夠全面。司馬遷應該看到這一點，所以本傳全文採錄了。

四

司馬遷自己也寫過賦作，在辭賦創作的實踐上，有些甚麼特色？這些特色，和他採錄諸家辭賦的主張是否一致？這是值得留意的。

〈漢志〉著錄司馬遷有賦八篇，入陸賈類。《藝文類聚》卷三十錄有司馬遷〈悲士不遇賦〉，文甚短，在二百字之譜。全文如下：

> 悲夫！士生不辰，愧顧影而獨存；恒克己而復禮，懼志行之無聞。諒才韙而世戾，將逮死而長勤。雖有形而不彰，徒有能而不陳；何窮達之易惑，信美惡而難分。時悠悠而蕩蕩，將遂屈而不伸。使公於公者，彼我同兮；私於私者，自相悲兮。天道微哉，吁嗟闊兮；人理顯然，相傾奪兮。好生惡死，才之鄙也；好貴夷賤，哲之亂也；炤炤洞達，胸中豁也。昏昏罔覺，內生毒也。我之心矣，哲已能忖；我之言矣，哲已能選。沒世無聞，古人惟恥，朝聞夕死，孰云其否。逆順還周，乍沒乍起；理不可據，智不可恃。無造福先，無觸禍始；委之自然，終歸一矣。

《續古文苑》及《全上古三代秦漢三國六朝文》皆採錄此賦，後者略有校補；上文所錄者，即據後者。

陶潛見過這篇賦，他在〈感士不遇賦〉的〈序〉裡說：「昔董仲舒作〈士不遇賦〉，司馬子長又爲之；余嘗以三餘之日，講習之暇，讀其文，慨然惆悵。」然而，明代的胡應麟懷疑它的可靠性，他在《詩藪》〈雜編〉卷一〈遺逸〉上裡說：

> 又董仲舒有〈士不遇賦〉，直至悁忿，殊不類江都平日語。且〈漢志〉無仲舒賦，僞無疑。太史亦有此賦，尤可笑。遷雖將略非長，不應至是。（二賦蓋六朝淺陋者因陶〈序〉引之，贋作玩世耳。）

如果說〈漢志〉無董仲舒賦，就懷疑本賦爲後人所僞作；那麼，陶公何以不知？如果說陶公看到的董賦及司馬賦都是贋品，那又何需「六朝淺陋者」再僞造呢？顯然的胡應麟的懷疑是有自相矛盾的地方。

只有〈悲士不遇賦〉是司馬遷的眞著，我們探討他對賦學主張的實踐性才有意義，因此，我們必須對本賦的眞僞作進一步的考訂。

根據個人的淺見，〈悲士不遇賦〉應該是司馬遷的眞著。茲論證如下：

第一、賦內所言者與司馬遷思想及心情有相合之處

本賦主要表達出司馬遷蹈厲奮發、懷才不遇及歸依自然的思想和心情，和司馬遷其他著作頗有相合之處。其例有三：

(a)本賦云：「愧顧影而獨存。」作者所說的，和刑餘後的司馬遷的心情很相似，〈報任少卿書〉說：「刑餘之人……奈何令刀鋸之餘……居則忽忽若有所亡，出則不知其所往。每念斯恥，汗未嘗不發背沾衣也。」這種孤獨自悲、失去精神支柱的心情寫照，和「愧顧影而獨存」實在很相似。

(b)本賦云：「懼志行之無聞。」又說：「沒世無聞，古人惟恥。」作者很明顯的是一位奮發自強而又深恐無聞於後世的知識份子，〈報任少卿書〉說：「恨私心有所不盡，鄙陋沒世，而文采不表於後世也。」又說：「古者富貴而名磨滅，不可勝記……。」〈伯夷列傳〉說：「君子疾沒世而名不稱焉。」這些想法，和賦中所言者幾乎完全一致。

(c)本賦云：「天道微哉！吁嗟闊兮。」作者感概天道的微妙，也感歎天道悠邈，很難理解。這種思想，和司馬遷很相合。司馬遷在〈伯夷列傳〉中就如此感喟地說：「或曰：『天道無親，常與善人。』若伯夷、叔齊，可謂善人者，非邪？積仁絜行如此而餓死！……天之報施善人，其何如哉？……儻所謂天道，是邪？非邪？」在這段話裡，司馬遷不但對天道表示不可捉摸及理解，而且進而懷疑天道的存在性及合理性；這種感喟，和賦中所說正好相合。

第二、賦內用語、詞彙及句型，與司馬遷的作品有相合之處

本賦一些習慣用語、習用詞彙以及典型句子，和《史記》及〈報任少卿書〉頗有相合之處；有一些，又是當時人所慣用的。

(a)本賦起句：「悲夫！士生不辰……。」司馬遷在《史記》裡經常用「悲夫」二字，例子甚多；如：

〈六國年表〉：學者牽於所聞……悲夫！

〈建元以來侯者年表〉：悲夫！後世其誡之。

〈楚世家〉：操行之不得，悲夫！

〈梁孝王世家〉：足己而不學……悲夫！

〈伯夷列傳〉：巖穴之士……悲夫！

〈孫子吳起列傳〉：吳起說武侯以形勢不如德……以刻暴少恩亡其軀，悲夫！

〈平律侯主父列傳〉……士爭言其惡，悲夫！

〈汲鄭列傳〉：汲、鄭亦云，悲夫！

這些例子，不是見於各篇文末的「太史公曰」內，就是見於篇內司馬遷敘述的文字，可見司馬遷好用「悲夫」一語，與本賦相合。〈報任少卿書〉也說：「悲夫！悲夫！事未易一二爲俗人言也。」重疊地使用此語。

(b)本賦說：「天道微哉！吁嗟闊兮。」有「天道」一詞。《史記》也經常出現此詞，如：

〈周本紀〉：故問以天道。

〈伯夷列傳〉天道無親……儻所謂天道者……。

〈伍子胥列傳〉載申包胥語：此豈其無天道之極乎？

〈扁鵲倉公列傳〉載淳于意語：于應天道四時。

〈淮南衡山列傳〉載伍被語：誠逆天道而不知時也。

〈滑稽列傳〉太史公曰：天道恢恢……。

〈匈奴列傳〉載漢文帝語：天之道也。

〈龜策列傳〉知天之道。

〈太史公自序〉此天道之大經也。

這些例子，有些是出現在司馬遷敘述的文字裡，有些是出現在《史記》轉載時人的話語中。「天道」是一個很普通的名詞，本賦及《史記》共有此詞，也許無法肯定它們就是同作者所寫的，不過，如果配上其他證據，它就有強化論證的作用了。

(c)本賦說：「逆順還周，乍沒乍起。」《史記》也頗出現「乍○乍○」的句子；如：

〈天官書〉：乍小乍大……及乍前乍後……乍上乍下……乍高乍下。

〈傅靳蒯成列傳〉：軍乍利乍不利。

〈扁鵲倉公列傳〉：乍躁乍大也。

〈日者列傳〉：乍存乍亡。

這些句法，都和本賦「乍沒乍起」相同；所以，它們恐怕都有些關係。

第三、陶潛〈感士不遇賦〉有暗用本賦之處

陶潛是讀過司馬遷〈悲士不遇賦〉的人，他讀的是今傳的本賦？還是司馬遷久已失傳的原作？如果是後者，那麼，今傳本賦顯然是僞作了。然而，細心比較本賦及陶賦，卻發現陶賦有些地方暗用了本賦；如：

(a)陶〈序〉說：「潔己清操之人，或沒世以徒勤。……悲夫！」陶公「悲夫」二字，可能和本賦有關；此外，本賦說：「恒克己而復禮……將逮死而長勤……沒世無聞，古人惟恥。」

陶公「潔己清操」，恐怕和「克己復禮」有關；「沒世以徒勤」，也許是鎔鑄本賦「將逮死而長勤……沒世無聞」兩句的文字和意思而成。

(b)陶賦說：「獨祇修以自勤，豈三省之或廢；庶進德以及時，時既至而不惠。」陶公「獨祇修❻以自勤」，也許是合本賦「愧顧影而獨存」及「將逮死而長勤」而成。至於「庶進德以及時，時既至而不惠」，策勉自己要及時進德，以免時不我與；與本賦「朝聞夕死，孰云其否」，對進德修業之固執，也有相通之處。

(c)陶賦說：「淳源汨以長分，美惡作以異途；原百行之攸貴，莫爲善之可娛。」陶公認爲淳源長分，美惡殊途；不過，在種種可貴的行事當中，以爲善最娛心。本賦說：「雖有形而不彰，徒有能而不陳；何窮達之易惑，信美惡之難分。」認爲有形的無法彰顯，有才的不能現陳，情形就如窮與達易於使人迷惑，美惡無法分清一樣；可見二人所說的內容很接近，只是陶公比較樂觀，說得很豁達，太史公卻很悲觀。

第四、唐人所見〈悲士不遇賦〉之傳本甚悠遠

除了歐陽詢見及本賦、錄入《藝文類聚》之外，李善也見及此賦；惟二家所見者，頗有異同。如：

---

❻ 王瑤〈注〉曰：「祇修，猶勤修。」見王瑤編注《陶淵明集》，一三〇至一三一頁，北京人民出版社，一九五六年。

(a)《文選》張衡〈歸田賦〉〈注〉引司馬遷〈悲士不遇賦〉有「天道悠昧」一句，司馬彪〈贈山濤詩〉〈注〉、陸機〈塘上行〉〈注〉引有「天道悠昧，人理促兮」二句；李善所引者，即歐陽詢本「天道微哉，吁嗟闊兮；人理顯然，相傾奪兮」之數句，惟文有異同。

(b)《文選》江淹〈詣建平王上書〉〈注〉引司馬遷〈悲士不遇賦〉有「理不可據，智不可恃」二句，爲歐陽詢本所無。嚴可均補二句於「乍沒乍起」下，與上下文恥、死、起、始協韻，甚是。

如果本賦如胡應麟所說是「六朝人」所僞造的，則時代與李唐比較近，不應異同若此之鉅。今歐陽詢及李善所見者既頗有差別，可見其淵源悠遠，流傳日久，才出現異文及句子有無的分歧現象。

基於上文的證據，淺見以爲今傳〈悲士不遇賦〉應該是司馬遷的作品，不是後人所僞託。那麼，在這篇惟一傳世的賦作裡，司馬遷是否能夠實踐他對辭賦的主張和見解呢？

這篇兩百字的短賦，大略可以概括爲下列三個要點：

第一、蹈厲奮發，堅守信念

司馬遷在賦中，極言自己的潔己自勵及守禮奮發，他說：「恒克己而復禮，懼志行之無聞。諒才韙而世戾，將逮死而長勤。」克制自己，奉禮守法，只恐怕自己的志行無法遠播，縱使大才遭逢乖戾的時代，也將終身自勵自勤，堅持到底。又說：「沒世無聞，古人惟恥。朝聞夕死，孰云其否。」沒世而無聞，才是可恥的事情；即使朝聞道而夕死，也永遠不會後悔！這裡，我們可以看出司馬遷守道不屈、堅持信念及奮發自勵的強韌精神，正是這股優秀的精神，使他在「隱忍苟活，幽於糞土之中而不辭」的腐刑之後，依然能夠「退而論書策以舒其憤，思垂空文以自見」。

第二、鞭撻世態，暴露矛盾

在短短的二百言中，司馬遷用了相當多的文字來暴露當時社會的陰暗面，並且加以批評鞭撻。他說：「人理顯然，相傾奪兮。好生惡死，才之鄙也；好貴夷賤，哲之亂也。」好生惡死的人，都是鄙陋之「才」；貪貴輕賤的人，都是胡亂之「士」；在世俗的社會裡，所謂人理，都是相傾軋、相鬥爭的。司馬遷對現實社會的批判，可謂不留餘地了。他又說：「何窮達之易惑，信美惡之難分。」何謂窮？何謂達？有時的確使人迷惑呵！甚麼是美？甚麼是惡？有時也眞是難分呢！換句話說，在現實的社會裡，窮達美惡的標準是值得批判鞭撻的！「時悠悠而蕩蕩，將遂屈而不伸。使公於公者，彼我同兮；私於私者，自相悲兮。」只有讓公的還於公，並且獲得你我的承認；讓私的暴露其私，獲得應有的裁決，人間的眞理才得「伸」，而不會永遠悠悠蕩蕩。又說：「天道微哉！吁嗟闊兮！」司馬遷對天理的悠遠，也揚起一股無可奈何感喟呢！

第三、洞達天理，回歸自然

司馬遷在賦作的開始，就表達了懷才不遇的悲憤，「士生不辰，愧顧影而獨存」。生不逢時，才不能遇，眞是人生一大悲劇，司馬遷的孤寂落寞感，千載之下，猶能從此二句話中感受到。「雖有形而不彰，徒有能而不陳」，自己有形有能，卻不能彰顯列陳，這眞是「悲夫」！儘管如此，司馬遷還是洞達天理，守著自己的信念，他說：「炤炤洞達，胸中豁也。昏昏罔覺，內生毒也。我之心矣，哲已能忖，我之言矣，哲已能選。」能夠豁然開朗的，就洞達天理；內心昏昏然自蔽的，就毒惡萌生——似此心思，哲能者一定猜得透；似此言論，哲能者一定完全同意；多麼自信呀，司馬遷。「逆順還周，乍沒乍起。理不可據，智不可恃。無造福先，無觸禍始。委之自然，終歸一矣。」逆順只不過環節裡的一端，無始無終，所以，一切應當順應自然。

分析了〈士悲不遇賦〉之後，我們發現，通過這篇短賦，司馬遷不但抒發了個人高尚的情操，重申了對傳統道德的信念，也批判了社會國家，發出「諷諫」呼聲。所以，司馬遷不但自己擁有賦作的主張和見解，而且在創作的時候，也能夠實踐自己理論。

五

《史記》除了〈屈原賈誼列傳〉之外，〈司馬相如列傳〉也採錄了四篇賦作——〈子虛賦〉、〈上林賦〉、〈哀二世賦〉及〈大人賦〉。這幾篇賦，不但是司馬相如的代表作，也是漢賦的重要作品。

司馬遷採錄這幾賦，是否含有深意呢？它們是否也符合司馬遷的賦學理論呢？所以，司馬遷才加以轉錄，就如他採錄屈原及賈誼的作品一樣。

在討論這件事之前，有兩個相關的問題必須加以解決。

第一、司馬遷採錄司馬相如的賦作，是主動還是被動？

劉知幾在《史通》〈雜說上〉裡說：「馬卿爲〈自敘傳〉，具在其集中。子長因錄斯篇，即爲〈列傳〉，班氏仍舊，曾無改奪。」根據劉知幾的說法，司馬遷撰述〈司馬相如列傳〉時，曾經採納了司馬相如自己所寫的〈自敘傳〉，而且採納得相當多，所以，劉知幾才說，「因錄斯篇，即爲〈列傳〉」。此說若成立，則本傳中的幾篇賦，也應該是司馬遷在採納〈自敘傳〉時「順帶」轉錄進去了。

司馬遷〈司馬相如列傳〉，是根據司馬相如的〈自敘傳〉嗎？這是值得懷疑的一件事。本傳中記載司馬相如琴挑卓文君，又與文君私奔，以致「盡賣其車騎，買一酒舍酤酒，而令文君當鑪。相如身自著犢鼻褌，與保庸雜作，滌器於市中」，最後，才刮了卓王孫的錢財、僮僕以及「嫁時衣被財物」，才「買田宅」，成爲「富人」。像這樣的行徑和品德，連卓王孫都「聞而恥之」的事情，司馬相如竟厚顏如此，敢於寫進自己的〈自敘傳〉嗎？《史通》〈序傳〉說：

降及司馬相如，始以自敘爲傳。然其所敘者，但記自少及長，立身行事而已。逮於祖先所出，則蔑爾無聞。……而相如〈自序〉，及記其客游臨邛，竊妻卓氏，以《春秋》

> 所諱，持爲美談。雖事或非虛，而理無可取。載之於傳，不其愧乎！

《隋志》〈別集類〉著錄司馬相如有《漢文園令司馬相如集》一卷，劉知幾不但見到此書，看來也比較過《集》內的〈自敘傳〉和《史記》本傳，所以，才那麼清楚地指出原本〈自敘傳〉所含有的種種「特色」。問題是，這篇〈自敘傳〉是司馬相如自己寫的嗎？他竟厚顏得將竊妻、自賤及刮財等當作美談嗎？這眞是不可思議的一件事了。王應麟《困學紀聞》十二說：

> 考之本傳，未見其爲自敘。……意者《相如集》載本傳，如賈誼《新書》末篇，故以爲自敘歟！

他認爲，根據〈司馬相如列傳〉，司馬相如根本沒有寫過自敘這類文章；他又認爲，《相如集》中有〈自敘傳〉，實際上是編者將〈司馬相如列傳〉的部分文字編進去，不是司馬相如寫的。王應麟這個說法應該是可取的，只有如此，司馬相如才不會成爲一名將竊妻、自賤及刮財等當作美談的「無恥之徒」。

這個說法如果成立的話，則這篇傳記自是司馬遷的原筆，後人將它編入司馬相如的文集中，作爲資料性質的文字看待；劉知幾不察，誤認它爲〈自敘傳〉，是司馬相如的原筆，更誤認司馬遷所寫〈列傳〉大部分文字，就從集中將〈自敘傳〉搬進去。《隋書》〈儒林傳〉〈劉炫傳〉說：「通人司馬相如、揚子雲、馬季長、鄭康成等，皆自敘風徽，傳芳來葉。」在劉知幾之前，似乎已有相同的誤解。梁玉繩說：「或史公取相如作而增改之。」❼蓋有意折衷二說耳。〈司馬相如列傳〉既是司馬遷原筆，那麼，〈傳〉中的幾篇賦作，當然是司馬遷主動採錄的。

第二、本傳中的〈子虛〉、〈上林〉二賦，是否經過司馬遷「刪削」呢？《史記》本傳採錄〈子虛〉及〈上林〉二賦後，說：「賦奏，天子以爲郎。無是公言天子上林廣大，山谷水泉萬物，及子虛言楚雲夢所有甚眾，侈靡過其實，且非義理所尚，故刪取其要，歸正道而論之。」《漢書》本傳所說的，也完全相同，班固肯定是過錄自《史記》。根據這段文字來看，二賦似乎是經過「刪取其要」，才載入本傳之中。甚麼叫「刪取其要」？「刪」是「刪削」的意思嗎？《漢書》師古〈注〉最早否定此說；他說：

> 言不尚其侈靡之論，但取終篇歸於正道耳，非謂削除其辭也，而說者便謂此賦已經史

❼ 見梁著《史記志疑》，卷三十四。

家刊剟，失其意矣。

《史記》〈索隱〉引大顏說：「不取其夸奢靡麗之論，唯取終篇歸於正道耳。」❽又引小顏說：「刪要，非謂削除其詞，而說者謂此賦已經史家刊剟，失之也。」根據顏游秦及顏師古的意見：「刪」作「取」解；「刪取其要，歸正道而論之」，即定取終篇正道之所歸向而議論之，與「刪削」無關。

無是公所說的「上林廣大，山谷水泉萬物」，以及子虛所言的「雲夢侈靡過實」，司馬遷認為都非義理所尚❾，讀者必須取篇內「歸於正道」的部分來議論，才是善讀此賦。田倩君說：

> 司馬相如在遊梁的時候，作了一篇〈子虛賦〉，決沒有想到後來再作〈天子遊獵賦〉，自然裡面只說齊、楚兩國的事，不會有亡是公這個虛設。後來因為〈子虛賦〉被漢武帝賞識，要在舊作上重行翻新，故不能不刪削增補，所以在賦序上要加上一個亡是公，

---

❽ 大顏，當是顏游秦。《唐書》曰：「師古叔游秦，武德初，累遷廉州刺史，撰《漢書決疑》，師古多資取其義。」

❾ 《史記》原文云：「且非義理所尚。」且，猶皆也；謂皆非義理之尚也。

準備後來説天子上林遊獵的盛況。同時爲了使上林壓倒雲夢，便要把原來〈子虛賦〉中過份誇張的地方減少，所以才説：「子虛言楚雲夢，所有甚眾侈靡過其實。」其實是使全篇匀稱，甚麼「非義理所向」等語，只是故弄狡獪罷了❿。

田氏將無是公言者和子虛言者分爲兩截，並且認爲子虛言者侈靡過其實，且非義理所尚，所以，才要加以「删減」，以免雲夢「壓倒」了上林。田氏蓋讀「無是公言……萬物」爲一句，又讀「及子虛言……正道而論之」爲一句，故將司馬遷對上林、子虛的評論割裂爲二。實際上，「無是公言……萬物」作一句讀，「及子虛言……過其實」作一句讀，「且……」以下乃總論此二賦，謂皆非義理之所在，故讀者必須就正道歸向讀之，方得其要。

＊　＊　＊　＊

司馬相如的賦既未經删削，而且又是司馬遷主動錄入本傳，那麼，它們可能是符合司馬遷的賦學主張，也可能是受司馬遷的重視，或者兩者兼而有之。

司馬遷在結束〈司馬相如列傳〉時，曾説：「相如它所著，若遺平陵侯書、與五公子相

---

❿ 田倩君撰有〈司馬相如及其賦〉，刊於臺北《大陸雜誌》第十五卷第二至四期內；又見於《大陸雜誌語文叢書》第一輯第五冊。

難、屮木書篇，不采，采其尤著公卿者云」可知司馬遷採錄〈子虛〉等四篇賦作，其中一個原因是它們「尤著公卿者」。文末，太史公又說：

> 《春秋》推見至隱，《易》本隱之以顯，〈大雅〉言王公大人而德逮黎庶，〈小雅〉譏小己之得失，其流及上。所以言雖外殊，其合德一也。相如雖多虛辭濫說，然其要歸引之節儉，此與《詩》之風諫何異。揚雄以爲靡麗之賦，勸百風一，猶馳騁鄭、衛之聲，曲終而奏雅，不已虧乎？余采其語可論者著於篇。

自「揚雄」至「不已虧乎」止，當是班固錄揚雄語，傳鈔者根據《漢書》將它們插入《史記》「太史公曰」內。據司馬遷這段話，原來他採錄〈子虛〉等賦時心中覺得它們多是「虛辭濫說」，惟一感到安慰的是它們尚能「歸引」於「節儉」，和《詩》的「風諫」沒有差別。就如《春秋》、《易》、〈大雅〉及〈小雅〉一樣，所說的雖然不同，但是，它們合乎「德」則一致的。所以，他才將〈子虛〉等這些值得「論」的賦作，「采其語」而「著於篇」。

六

儘管司馬遷的賦作非常少，儘管他流傳下來賦作只有短短的一篇，但是，從他對屈原、賈誼及司馬相如賦作的採錄和批判來體會，再從他自己的實踐的情況來考察，他對賦學是有自己的見解和想法的。根據個人的淺見，他認爲賦作小則應該含有表達忠貞愛國的眞實感情及感發高尚道德的品德的「言志」成份，大則應該負起批判社會、鞭撻時代的「諷諫」使命；像屈原及賈誼的賦，就符合了這個主張。至於司馬相如的幾篇賦作，由於著名於當代，而且尚有「節儉」的「正道」可說，總算距離此主張不太遠。司馬遷錄屈原賦是敬仰，錄賈誼賦是共鳴，錄司馬相如賦是批判；儘管動機及心理有所不同，但是，它們都離不開司馬遷的賦學主張——賦必須言志，賦必須諷諫。而他自己，就是這個主張的實踐者了。

本稿完成後，讀金德建《司馬遷所見書考》，其〈自序〉云：「司馬遷在〈屈原賈生列傳〉裡說……宋玉、唐勒、景差一派都是『好辭而以賦見稱』，他們所講究的只是在於文藝辭章的一方面。屈原的精神，應當還有另一個方面，那就是在『從容辭令』之外，更要求敢於『直諫』。屈原關心楚國治亂，用語言發抒政見，……。」所言與拙文有應合之處，謹附此以供參考。

出題奉作——曹魏集團的賦作活動

一

「出題奉作」和「同題奉和」雖然都是一種集體的文學活動，卻有相當大的差別。「同題奉和」可以指一群作家在不同時代、不同地點，對一個共同題目進行相同體裁的文學創作；「出題奉作」卻指一群作家在相同的時間及空間內，對某人倡導的一個題目進行相同體裁的文學創作。從文學活動效果的角度來說，「出題奉作」由於是一個群體在同時、同地進行文學製作，所以，相對的比較能夠產生「推波助瀾」的活力和影響，催造出一個時代的文學主流，燦爛一段文學史。相反的，「同題奉和」由於應和的作家比較零星，分佈的時代、地點也比較疏散，所以，往往像不同季節、不同天空裏的流星一樣，一閃而過就成爲「絕響」。

在文學的大觀園裏，最早出現「出題奉作」的活動的，應該是賦了。遠在文景的時代，梁孝王就倡導過「出題奉作」的賦作活動。《史記》〈梁孝王世家〉說：

於是孝王築東苑，方三百餘里，廣睢陽城七十餘里，大治宮室，爲複道，自宮連屬於平臺三十餘里。

東苑，又名梁園、梁苑，故址在今河南商丘縣城東至城東北平臺集一帶；《西京雜記》二稱爲「菟園」，記載得更詳細：

梁孝王好營宮室苑囿之樂，作曜華宮，築兔園。園中有百靈山，山有膚寸石、落猿巖、棲龍岫。又有雁池，池間有鶴州鳧渚。其諸宮觀相連，延亘數十里。奇果異樹，瑰禽怪獸畢備。王日與宮人、賓客弋釣其中。

根據此文的記載，梁孝王經常和宮人及賓客在園內弋釣、娛樂，《西京雜記》四說：「梁孝王遊於忘憂之館，集諸遊士，各使爲賦。」娛樂之餘，乃倡議「諸遊士」就園中景物「各使爲賦」；《西京雜記》底下即轉錄枚乘的〈柳賦〉、路喬如的〈鶴賦〉、公孫詭的〈文鹿賦〉、鄒陽的〈酒賦〉、公孫乘的〈月賦〉、羊勝的〈屏風賦〉，「韓安國作〈几賦〉，不成，鄒陽代作，其辭曰……」，❶可知當日奉命作賦的有枚乘等七人，而其主題即梁園中的景景物

❶ 章樵注《古文苑》卷三亦備錄此事。

物了。❷

儘管今傳枚乘〈柳賦〉及路喬如〈鶴賦〉等的可靠性頗成問題，不過，《西京雜記》及《古文苑》載梁孝王當日曾出題命身邊文士奉作，恐怕於史確有其事。《史記》〈司馬相如列傳〉說：「會景帝不好辭賦，是時梁孝王來朝，從游說之士齊人鄒陽、淮陰枚乘、吳莊忌夫子之徒，相如見而說之，因病免，客游梁。」可知梁孝王底下聚集了一班文人雅士。《漢書》〈枚乘傳〉說：「梁客皆善屬辭賦，乘尤高。」而且，這批文人雅士都是辭賦高手。梁孝王既有經營苑囿宮室的樂趣，又好奇果異樹、弋釣娛歡，那麼，在樂趣、娛歡之餘，出題命這些雅士集體製作，應該是一件很自然的事。

據《西京雜記》所載：事畢，「鄒陽、安國罰酒三升，賜枚乘、路喬如絹，人五匹」；可見當日遊宴作賦的樂趣了。

在五言詩還沒有成爲文學主流之前，辭賦的創作和鋪寫仍然是文人雅士文學活動的主體。兩漢四百年，辭賦的活動除了私家創作之外，就是「同題奉和」了。例如枚乘始作〈七

❷《古文苑》三載枚乘又有〈梁王菟園賦〉一首，章樵《注》曰：「乘有二書諫吳王濞，通亮正直，非詞人比。是時梁王宮室逾制，出入警蹕，使乘果爲此賦，必有以規警之。詳觀其詞，始言苑囿之廣，中言林中禽鳥之富，繼以士女遊觀之樂，而終之以郊上采桑之婦人，略無一語及王，氣象蕭條。蓋王薨乘死後，其子皋所爲，隨所睹而筆之。史言皋詼笑類俳倡，爲賦疾而不工，後人傳寫誤爲乘耳。」其說蓋是；故不列入此次文學活動內。

發〉，於是傅毅〈七激〉、張衡〈七辯〉、崔駰〈七依〉及馬融〈七廣〉等等，皆「同題」附和了。又比如屈原〈離騷〉在前，其後揚雄〈反騷〉及〈廣騷〉、班彪及梁竦〈悼騷〉；班固作〈兩都賦〉於前，張衡作〈兩都賦〉、左思作〈三都賦〉於後；這些，都是不同時代、不同地點「同題奉和」的文學活動。

辭賦「出題奉作」的活動到了東漢末年又重新點燃，而且火勢非常盛，經歷頗長的一段時間。點燃這把文學火炬的，就是在中古文學裏佔有很重要地位的曹氏父子了。曹魏集團是中國古代文學發展史上一個繼往開來、成績輝煌的文學團體；這個團體，以俊才雲蒸、群星燦爛的姿勢，在創作的園地裏到處栽植奇葩珍草，而且結出碩大繽紛的異果，放射出閃爍萬丈的光芒，成爲後世讚賞和學習的對象。

曹操在建安元年將獻帝遷至許都並且控制朝政後，就開始籠絡文士。當時孔融、禰衡雖然名噪一時，但是，和曹操齟齬甚深，無法被接受，終於被排斥殺害。一直到建安三年，阮瑀及陳琳擔任司空軍謀祭酒，掌理記室的工作，❸曹操籠絡文人雅士才開始見功。其後，應瑒、劉楨及徐幹等紛紛來歸，曹氏父子周圍乃人才鼎盛，成爲主領文學流風的一個重鎮。誠如劉勰在《文心雕龍》〈時序〉裏所說：「建安之末，區宇方輯，魏武以相王之尊，雅愛詩

---

❸《魏志》〈王粲傳〉曰：「建安中都護曹洪欲使掌書記，瑀終不爲屈。太祖並以琳、瑀爲司空軍謀祭酒，管記室。」

章；文帝以副君之重，妙善辭賦；陳思王以公子之豪，下筆琳琅；並體貌英逸，故俊才雲蒸。」政治相對穩定，居上者又積極倡導，於是流芳萬代的曹魏文學集團就迅速地形成了。

二

曹魏文學集團形成之後，在曹氏父子倡導、建安七子應和之下，經常舉行「出題奉作」的文學活動，其中最頻繁的便是辭賦的製作，其次是詩歌的唱和。根據筆者的統計，在建安時代的二十餘年裏，大約出現了二十餘次「出題奉作」的賦作活動，遠遠地超過了詩歌唱和次數的數倍。

㈠建安十二年（二〇七）

最早一次辭賦「出題奉作」的活動應該是在建安十二年；那個時候，陳琳及應瑒已經在曹操麾下擔任職務了。

該年五月，曹操帶兵北征三郡烏桓，《三國志》〈武帝紀〉說：「（十二年）七月，大水，傍海道不通，田疇請爲鄉導，公從之。引軍出盧龍塞，塞外道絕不通，乃塹山堙谷五百餘里，經白檀，歷平岡，涉鮮卑庭，東指柳城。」這次軍事行動，一直到十一月方始結束。

陳琳集中有〈神武賦〉，其〈序〉說：「建安十二年，大司空武平侯曹公東征烏丸，六軍被介，雲輜萬乘，治兵易水，次於北平。」賦曰：「旆既軼乎白狼，殿未出乎盧龍。……單鼓未伐，虜已潰崩。」所言皆與〈武帝紀〉合，可知本賦作於本年平定烏桓之後；陳琳隨軍出征，所以才有此作。

應瑒撰有〈撰征賦〉，已佚；《藝文類聚》五十九引存序辭及正文十餘句。賦曰：「奮皇佐之豐烈，將親戎乎幽鄰。飛龍旗以雲曜，披廣路之北巡。……辭曰：烈烈征師，尋遐庭兮。悠悠萬里，臨長城兮。」據文內描寫，曹操親征，路過幽州，且北臨長城，應瑒大概隨軍出征，所以描寫逼眞生動。

曹操雖是親征，實際上曹丕及曹植也都從行。洪《譜》說：「觀〈燕歌行〉詩意，第一首……第二首……尤其第二首首二句與北征烏桓所歷類似。……由上述作品，可證丕此年隨父征烏桓。」❹考訂曹丕隨父出征，甚是。〈曹植傳〉載植〈求自試表〉說：「臣昔從先武皇帝……北出玄塞。」張《譜》據《三國志集解》引趙一清「玄塞，盧龍之塞也．謂柳城之役」，因曰：「據此，知曹植是年從征。」❺張說甚是，今從之。因此，陳琳及應瑒二賦雖無史籍明說是誰出題而奉作，不過，以曹氏父子後來的習慣證之，二賦的製作恐怕和「出題奉作」的活動有關係，所以列爲此類文學活動的首宗。

---

❹ 洪順隆著《魏文帝曹丕年譜暨作品繫年》，臺北：臺灣商務印書館，一九八九年二月，頁一一五—六。

❺ 張可禮編著《三曹年譜》，濟南：齊魯書社，一九八三年，頁九七。

俞《譜》於建安十年下曰：「應瑒約三十一歲，隨曹操北征幽州，作〈撰征賦〉。」其下並有考證。❻然十年曹操北伐，不見曹丕、曹植及陳琳等隨師出征，應瑒獨自一人隨師而已乎？揆諸往後史實，蓋無此例，故不取俞說。

㈡建安十三年（二〇八）

七月，曹操率軍出征荊州劉表，事見〈武帝紀〉。隨軍南征者有曹丕、陳琳、阮瑀、徐幹、劉楨及應瑒諸人。

陳琳撰〈神女賦〉，已佚。《類聚》七十九保存二十餘句，首四句曰：「漢三七之建安，荊野蠢而作仇。贊皇師以南假，濟漢川之清流。」荊，即荊州；皇師南假，即曹師向南出征；漢川，即漢水，南伐荊州必經之地；賦內所言諸事，都與史實相合，可知作於此時了。俞《譜》曰：「疑賦文之『三七』爲『十三』之抄誤。蓋《類聚》輯此文，初將『十三』倒作『三十』，經發見，乃於『十』字右下方加注小字『乙』，而轉誤成『三七』耳。」若如俞說，則賦內已誌明作於本年了。

應瑒亦有〈神女賦〉，佚；〈太平御覽〉三八一保存了四句。應瑒是年亦隨軍南征，與陳琳同行，故疑二賦乃當時「出題奉作」之作品。

---

❻ 俞紹初《建安七子年譜》，見《建安七子集》附錄，北京：中華書局，一九八九年，頁四〇三。

王粲亦有同題賦，佚，《類聚》八十九及《御覽》三八一分別保存一部分，合計得四十餘句。考曹操南征之前，王粲任職於荊州已十六年，劉表雖愛其才，卻不重用他，故曹軍出征時，王粲勸表子琮投降，及曹師至新野，劉琮遂降，其後王粲乃歸曹操，受封爲關內侯。該賦之作，大概就在歸曹之後。撰作時間雖稍遲，亦應視作「出題奉作」的作品。

俞《譜》繫陳、應及王諸賦於十四年二月，曰：「陳琳〈神女賦〉云……賦以隨征荊州起首，點明來漢水因由……蓋粲等遊漢水，有感游女之事，乃各擬宋玉〈神女賦〉而有是作。琳賦又云：『感仲春之和節，歎鳴雁之噰噰。』知在二月，亦與曹操還襄陽時間相合。」竊疑俞說不可從。據〈武帝紀〉所載，曹操去年十二月大敗於赤壁，引兵而退；本年三月，軍至譙，作輕舟，治水師；在新敗之後，治理水師之前，曹操及其文士有心遊覽漢水嗎？筆者頗感懷疑。陳琳賦已言「贊皇師以南假，濟漢川之清流」，曹操遊漢水，當在南征劉表之前，其時軍威正盛，軍行過漢水之際，順道遊覽耳；陳、王二賦，據其內容考察，當作於這個時候。至於陳賦「感仲春之和節」，恐是辭人設想之詞，不必執著。

㈢同年

曹丕隨軍出征劉表，撰有〈述征賦〉，佚；《類聚》五九引存十八句，首四句曰：「建安之十三年，荊楚傲而弗臣，命元司以簡旅，予願奮武乎南鄴。」荊楚，即指荊州劉表；奮武，即出征之謂；可知此賦乃隨軍出征劉表之作，作成時代在本年。

王粲撰有〈初征賦〉，佚；《類聚》五十九引存十八句。俞《譜》繫於十四年三月，曰：「是粲此行與曹操自襄陽北還譙之路線相符。又『春風穆其和暢』云云，時令亦合。知賦之所敘當是途中情景。至於此賦下文『當短景之炎陽』云云，疑是入譙以後之事，惜賦遭刪殘，難悉其詳。」❼考今存十八句可分兩小節，首句至「踐周豫之末畿」，蓋謂自己居荊州之困頓及曹軍征戰的經過、功績；自「野蕭條至騁望」至末句，則描述歸曹後的喜悅及沿途所見所感；賦中云：「當短景之炎陽，犯隆暑之赫曦。薰風溫溫以增熱，體燁燁其若焚。」可知王粲描寫的，應該是七月暑熱焚身的情景，與曹操七月出征劉表的季節相符合，則本賦似當以繫於本年為宜。大概王粲歸曹後見曹丕有〈述征賦〉之作，乃撰文追敘自己身世及曹軍出征之經過。俞繫於十四年，又疑「當短景之炎陽」為入譙後之事；但是，曹軍入譙在三月，夏天又有其他軍事行動，與出征荊州無關矣。

阮瑀撰有〈紀征賦〉，佚；《類聚》五十九引存十六句；其中有云：「惟蠻荊之作仇，將治兵而濟河。遂臨河而就濟，瞻禹績之茫茫。」所說的和陳琳〈神女賦〉「荊野蠢而作仇」相合，可知也是敘寫本年征伐荊州之作。劉《編年史》❽、俞《譜》及韓《校注》❾皆繫於

---

❼ 同上注，頁四一五。

❽ 劉知漸著《建安文學編年史》，重慶：重慶出版社，一九八五年。

❾ 韓格平著《建安七子詩文集校注譯析》，吉林文史出版社，一九九一年。

本年，是也。

徐幹有〈序征賦〉，佚；《類聚》五十九引存二十二句。賦曰：「慮前事之既終，亦何爲乎久稽？乃振旅以復踪，泝朔風而北歸。及中區以釋勤，超棲遲而無依。」前事，蓋暗指赤壁之敗；此節大概說赤壁戰敗，軍旅不必稽留於此，於是，乃振奮北行，返朝釋勞。據此，可知本賦也作成於本年十二月南征荊州、赤壁戰敗之後。諸家皆繫於本年，是也。

本次賦作活動雖然未必有出題者，不過，曹丕首作的影響相當大，所以，追隨者就圍繞著同一主題，在短短數個月內完成自己的作品。

㈣建安十四年（二〇九）

七月，曹操引水軍自渦入淮，出肥水，軍合肥；十二月，軍還譙；事見〈武帝紀〉。《通鑑》〈漢紀〉所載亦同。

曹丕撰有〈浮淮賦〉，佚。《北堂書鈔》一三七、《類聚》八及《初學記》引存部分文字，《初學記》並載其〈序〉曰：「建安十四年，王師自譙東征，大興水運（《古文苑》六「運」作「軍」），浮舟萬艘。時余從行，始入淮口，行泊東山，睹師徒，觀旌帆，赫哉盛矣！雖孝武、盛唐之狩，舳艫千里，殆不過也。乃作斯賦云。」據此，可知曹賦作於此行。張《譜》及俞《譜》皆繫於七月，洪《譜》曰：「張《譜》繫於七月，本無疑，唯〈武帝紀〉

云七月入淮水，然後出肥水，軍合肥，疑是在合肥作，則未可泥於七月也。」❿賦既以浮淮為題，曹軍於七月入淮，自可繫於七月。

王粲有同題賦，佚；《初學記》六引存三十餘句。賦曰：「從王師以南征兮，浮淮水而遐逝。背渦浦之曲流兮，望馬丘之高澨。……軸轤千里，名卒億計。」渦即渦水，淮河之支流，循此支流可入淮河。馬丘，地名，在今安徽鳳陽縣，位於渦口正東。所描寫者與曹軍此行相合，可知王賦作於此時。

《古文苑》六引曹賦〈序〉末有「命粲同作」四字；可知此次文學活動，乃曹丕出題，自作之外，又命王粲奉作了。

(五)建安十五年（二一〇）

春天，曹操發表〈求賢令〉，提出「唯才是舉」的原則，藉以網羅收攬在野的知識分子，充實曹魏政權的統治力量。

曹植撰〈七啓〉，在曹集中。〈序〉曰：「昔枚乘作〈七發〉，傅毅作〈七激〉，張衡作〈七辯〉，崔駰作〈七依〉，辭各美麗，余有慕之焉！遂作〈七啓〉，並命王粲作焉。」趙《校注》疑作於本年，曰：「曹植以統治集團成員立場，熱烈歌頌求賢措施的必要性，而

❿ 同❹，頁一四五。

且極力闡述國家對此的決心。並借獻帝劉協的號召，期求鼓舞在野士族參加政治之積極情緒，從而創建國富民康的理想社會。通過玄微、鏡機問答，更深刻指出不願爲當前政治服務的思想，是錯誤的，這就配合曹操政治意圖作了有力的宣傳，顯示文學與政治具有密切的聯繫性。文中稱曹操爲聖宰，是在操任丞相時。故疑此文作於〈求賢令〉之後，即建安十五年左右。」⓫趙《表》同，⓬今從之。

據曹〈序〉，王粲曾奉作。考《文館詞林》四一四引有王粲〈七釋〉一篇，文甚長。王粲首先極述五味、宮室、音樂、游獵及美色之奢侈華靡，以反激讀者的心志，繼而筆鋒一轉，盛譽君子之美行，可爲當政者之輔助，喚起隱士出仕的心意；主題與操〈求賢令〉及植〈七啓〉契合。此外，賦中潛虛丈人爲一虛構隱士，亦與植賦玄微子爲同類人物。據此二端以覘之，其爲奉作，已無可疑。劉勰曰：「仲宣〈七釋〉，致辨於事理。」⓭已確定其可靠性矣。韓《集校》說：「文中有『巴渝代起』句，考〈俞兒舞歌四首〉作於建安十八年秋曹操爲魏公之後，在此之前，巴渝舞因無人通曉其句度而近於湮滅。疑本文作於建安十八年秋天之後。」

⓫ 趙幼文著《曹植集校注》，北京：人民文學出版社，一九八四年，頁二八—二九。

⓬ 趙幼文編〈曹植年表〉，見《曹植集校注》，頁五六四—五八三。

⓭ 見《文心雕龍》〈雜文〉。

⓮韓說若可信，則此次「出題奉作」之時間頗長，王粲一直要遲至建安十八年才完成此篇奉和之作了。

徐幹有〈七喻〉，佚。《類聚》五十七引存三十餘句，《御覽》四六四引存另外十餘句。徐賦亦虛構一隱居之逸俗先生，說客則以廣博華奢之言辭遊說之，主旨及人物和王粲〈七釋〉相類。《文館詞林》引曹植《七啓》〈序〉後三句作「余有慕焉，遂作〈七啓〉，並命王粲等並作焉」，「慕」下無「之」字，「王粲」下有「等並」二字；若所引不誤，則當日奉作者除王粲之外，徐幹恐怕也是其中的一位了。

這一次的文學活動，出題者是曹植，奉作者有王粲及徐幹，曹植也帶頭作了一篇。從三賦的內容來考察，它們都是應曹操《求賢令》而發的，所以，從另一個角度來看，眞正的出題者是曹操。

㈥建安十六年（二一一）

正月，丕爲五官中郎將，置官屬，爲丞相副，天下向慕，賓客如雲；事詳《武帝紀》及《通鑑》〈漢紀〉。《魏書》〈王粲傳〉曰：「始文帝爲五官將，及平原侯植皆好文學。粲與北海徐幹字偉長、廣陵陳琳字孔璋、陳留阮瑀字元瑜、汝南應瑒字德璉、東平劉楨字公幹

⓮同❾，頁二一八。

並見友善。」裴〈注〉引《魏略》載曹丕〈與吳質書〉，其中追憶鄴中遊讌曰：「昔年疾疫，親故多離其災，徐、陳、應、劉，一時俱逝，痛何可言邪！昔日游處，行則同輿，止則接席，何嘗須與相失！每至觴酌流行，絲竹並奏，酒酣耳熱，仰而賦詩。當此之時，忽然不自知樂也。」據此兩段文字來觀察，曹丕、曹植兄弟與王粲等六人來往甚密，文學活動異常頻繁，蓋曹魏文學集團已進入盛境矣。

俞《譜》本年曰：「受曹丕命，阮瑀與陳琳各作〈止欲賦〉，王粲作〈閑邪賦〉，應瑒作〈正情賦〉。劉楨有〈清慮賦〉，載本集。據題意似亦屬〈止欲〉、〈正情〉一類。又繁欽有〈抑檢賦〉，其殘文云：『翳炎夏之白日，救隆暑之赫曦。』見《文選》卷二六潘岳〈在懷縣作〉詩注，當同時所作。」據俞氏考證，則阮瑀、陳琳之〈止欲賦〉，與王粲〈閑邪賦〉、應瑒〈正情賦〉、繁欽〈抑檢賦〉、劉楨〈清慮賦〉，皆曹丕本年出題奉和之作。

阮瑀〈止欲賦〉，佚。見引於《類聚》十八、《文選》曹攄〈思友人詩〉李〈注〉及《文鏡秘府論》〈西卷〉內，共得三十餘句。

陳琳〈止欲賦〉，佚。《類聚》十八引存二十餘句；《文選》江淹〈雜體詩〉李〈注〉引存兩句。

王粲〈閑邪賦〉，佚。《類聚》十八引存十餘句；《文選》謝玄暉〈暫使下都夜發新林至京邑贈西府同僚詩〉〈注〉、《書鈔》一三六引各存一句。

應瑒〈正情賦〉，佚。《類聚》十八引存四十句，《書鈔》一三六引存二句。

劉楨〈清慮賦〉，佚。見《初學記》二七、《書鈔》一三三、一四〇、一四四及《御覽》八〇八、九七四引，共得二十餘句。

至於繁賦，則已全佚了。

此年，曹氏兄弟與六子除辭賦出題奉作外，亦讌集鄴中，賦詩唱和，《初學記》十引《魏文帝集》曰：「爲太子時，於北園及東閣講堂並賦詩，命王粲、劉楨、阮瑀、應瑒等同作。」俞《譜》繫於本年，蓋是。

(七)同年

七月，曹操率軍西征馬超，曹丕留守鄴；事見〈武帝紀〉及《通鑑》〈漢紀〉。

曹丕撰有〈感離賦〉，今存《類聚》三十內。〈序〉曰：「建安十六年，上西征，余居守。老母、諸弟皆從，不勝思慕，乃作賦曰……。」可知作於本年七月。洪《譜》據賦內所言節候、思情及別意，論證作於本年，是。

曹植撰有〈離思賦〉，見曹集中，恐非完篇。《序》曰：「建安十六年，大軍西討馬超，太子留監國，植時從焉。意有憶戀，遂作〈離思賦〉云。」可知曹植此賦爲其兄所作。賦曰：「在肇秋之嘉月，將曜師而西旗，余抱疾以賓從。」曹植蓋抱病從征。

二賦雖非「出題奉作」之活動，不過，曹植〈離思賦〉顯然是回應其兄〈感離賦〉而作，有「奉作」的心意在，故列於此。

(八)同年

洪《譜》謂本年曹丕有〈瑪瑙賦〉，曰：「陳琳〈瑪瑙勒賦序〉云：『五官將得瑪瑙……。』王粲〈瑪瑙勒賦〉云：『御世嗣之駿服兮……。』是瑪瑙之貢在丕爲五官將時也。據〈武帝紀〉丕於建安十六年正月受封五官中郎將。……又據〈王粲傳〉建安二十一年從征吳，二十二年於途中卒。……因此，丕和王、陳之賦，其創作年代止於十六年正月至二十年末之間。……而此年丕新封五官將，服飾翻新，情理所有，故繫於此年末。」⑮今從洪說。

曹賦已佚，《書鈔》一二六、《類聚》八四、《御覽》三五八、八〇八引，合而計之，存約三十句。並有〈序〉一則，曰：「瑪瑙，玉屬也。……余有斯勒，美而賦之；命陳琳、王粲並作。」據此，可知此次文學活動參與者尚有陳、王二人。

陳琳〈馬瑙勒賦〉已佚，《書鈔》一二六及《御覽》三五八、八〇八引存數句；《書鈔》引〈序〉曰：「五官將得馬瑙以爲寶勒，美其華采之光艷，使琳爲之賦。」與丕〈序〉合，可知陳賦乃奉和之作。

王粲〈瑪瑙勒賦〉亦佚，《類聚》八四引存十四句，亦奉和之作。

---

⑮ 同❹，頁一六四。

(九)同年

曹操自將伐馬超，隨師者除曹植外，還有王粲、徐幹及應瑒諸人。

曹丕《典論》〈論文〉謂王粲有〈征思賦〉，《文選》顏延之〈三月三日曲水詩序〉〈注〉引王粲〈思征賦〉曰：「在建安之二八，星步次於箕維。」二八，即十六年；箕，星宿名。韓《校注》曰：「東方蒼龍七宿之末宿，今夏至節子初三刻十四分之中星。」因斷定李〈注〉引之〈思征賦〉，即曹丕所爲之〈征思賦〉，且作於本年。

應瑒撰〈西征賦〉，佚。《水經注》〈渠水注〉引存二句，見韓《校注》內。韓曰：「曹操在建安十六年和二十年曾兩次西征。考應瑒在建安二十年任曹丕的五官中郎將文學，而曹丕未參加建安二十年的西征，則本文描述的當爲建安十六年曹操西征馬超事。」⑯今從之。

徐幹亦撰有〈西征賦〉，佚。《類聚》五十九引存十四句。俞《譜》繫於本年，曰：「徐幹卒以前，凡有西征二次：一在建安十六年，一在二十年。二十年時幹侍曹植於鄴，未從征，故其隨軍西至洛陽當在是年。」韓《校注》亦繫於本年，曰：「曹植曾隨父西征馬超，作有〈述行賦〉、〈贈丁儀王粲〉，記述觀秦政墳與游長安事，與本文『過京邑』、『觀帝居之舊制』相近，則此文當作於從曹操西征馬超，得勝而歸之時。」

---

⑯ 同❾，頁四〇三—四。

上述三賦，都和出征馬超有關；作者也都曾隨師出征。雖然無法確知賦題是誰出的，不過，他們都圍繞著相同的一個主題來創作，可說類似「奉作」了，故可認爲一次共同的文學活動。

(十)建安十七年（二一二）

春天，銅雀臺成，曹操携諸子登臺。《集解》引〈水經〉十〈濁漳水注〉曰：「魏武又以郡國之舊，引漳流自城西東入，逕銅雀臺下，伏流入城東注，謂之長明溝也。……城之西北有三臺，皆因城爲之基，巍然崇舉，其高若山。……中曰銅雀臺，高十丈，有屋百一間，臺成，命諸子登臺，並使爲賦。」諸子登臺之後，皆奉曹操之命，就題作賦。

曹丕賦已佚，《類聚》六十引存十餘句，有〈序〉曰：「建安十七年春，游西園，登銅雀臺，命余兄弟並作。」

曹植賦亦佚，《三國志》本傳裴〈注〉引〈魏紀〉載有二十餘句，非完篇。丁《譜》繫於建安十五年，[17]以爲曹植十九歲時之作品。〈武帝紀〉載建安十五年冬作銅雀臺，丁《譜》乃謂曹賦作於此年；實際上，銅雀臺至本年春始落成，曹氏父子於落成後始能登臺出題，曹丕賦序已說得極清楚。曹植賦曰：「仰春風之和穆兮，聽百鳥之悲鳴。」顯然登臺時間是在

[17] 丁晏編《建陳思王年譜》，見《曹集詮評》。

春天，才能有如此之描寫。趙《校注》曰：「作賦時期當在十七年春，與賦中所述景物相合，如丁晏攷作於十五年冬，則與所述景物抵觸了，顯然是錯誤的。」⓲所云極是。

實際上，此次文學活動曹操除出題之外，也自我奉作。前引《水經注》曰：「故魏武登臺賦曰：『引長明，灌街里。』」長明，即長明溝，漳水入城過銅雀臺下之渠流也。賦存二句，彌足珍貴。

本次「出題奉作」的賦作活動包括了曹操父子三人。

稍後曹丕又有〈登城賦〉，見引於《類聚》六三、《初學記》二四之內，亦非完篇。洪《譜》曰：「賦中所寫和子建〈登臺賦〉『仰春風之和穆兮』等頗相似，疑是稍後，登鄴之東城，受子建〈登臺賦〉影響而作，應在此年春天，較〈登臺賦〉稍後之作。」其說可從。

㈩同年

曹植有〈鸚鵡賦〉，見曹集中；趙《校注》曰：「王粲、陳琳、應瑒、阮瑀俱作〈鸚鵡賦〉，見《藝文類聚》。瑀死於建安十七年，植賦當作於瑀死之前也。」今暫繫此次文學活動於本年。

諸賦已佚，在《類聚》九十一中，各家所存者皆不出十句。此次文學活動，恐是曹植出

⓲ 同⓫，頁四七。

題，諸家奉作。

㈢同年

阮瑀卒，張《譜》繫於十月。俞《譜》曰：「據《魏志》〈武帝紀〉，曹操於是年正月引軍還鄴，瑀當卒於鄴。」俞似繫阮卒於春天。洪《譜》曰：「玩丕、粲詩賦之意，瑀卒在此年春、夏間，丕詩在秋末，丕、粲賦則在秋、冬之際。」阮卒月份，諸家不同若此。

阮卒，曹丕作有〈寡婦詩〉及〈寡婦賦〉。賦今亡，存於《類聚》三十四中，〈序〉則見引於《文選》潘岳〈寡婦賦〉〈注〉之中，曰：「陳留阮元瑜，與余有舊，薄命早亡。每感存其遺孤，未嘗不愴然傷心，故作斯賦，以敍其妻子悲苦之情，命王粲並作之。」賦存十八句。

奉曹丕出題之命而作賦之王粲，其賦已佚，今存《類聚》及《文選》〈注〉之中，合兩處共得十八句，恐殘奪頗多。

《全後漢文》自《類聚》、《文選》〈注〉及《初學記》輯有〈寡婦賦〉一則，其作者《類聚》引作丁廙妻，《文選》〈注〉作丁儀妻，《初學記》作丁儀；頗不一律。俞《譜》則斷爲丁廙妻之作。⑲嚴可均〈注〉曰：「寡婦者，阮元瑜之妻，見魏文帝〈寡婦賦〉〈序〉。

⑲ 同❻，頁四二七。

言『命王粲等並作之』，此篇蓋亦當時應教者。」若如嚴說，當年曹丕出題命作者除王粲之外，尚有其他文士，則此賦之作者當是丁廙或丁儀，不當為二人之妻輩耳。今存六十餘句，言辭淒婉動人，在曹、王之上。

(十三)建安十八年（二一三）

正月，曹軍至濡須口，被孫權江西營，引軍還譙；事見〈武帝紀〉及〈吳主傳〉。

曹丕撰有〈臨渦賦〉，佚；存於《類聚》八、《初學記》九、二十二、《御覽》三五九、五八七之內。《初學記》載其〈序〉曰：「上建安十八年至譙，余兄弟從上拜墳墓。遂乘馬遊觀，經東園，遵渦水，相佯乎高樹下，駐馬書鞭，為臨渦之賦。」可知賦作於春天。賦有「萍藻生兮散莖柯，春木繁兮發丹華」句，與春日景致全合；張《譜》繫於正月，洪《譜》繫於春天，皆是。

曹植亦撰有〈臨渦賦〉，已佚。朱緒曾《曹集考異》四〈臨渦賦〉題曰：「《穆修參軍集》〈過渦河詩〉：『揚鞭策羸馬，橋上一徘徊。欲擬〈臨渦賦〉，慚無八斗才。』自注：『昔曹子建臨渦作賦，書於橋上。』」⑳據此，可知曹植當時亦撰有同題賦，且才思敏捷，於渦水橋上立即完成。

---

⑳ 同❺，頁一二五。

此次文學活動大概在春天，就在曹操還譙後拜墳觀園之際舉行。或曹操出題，或曹丕出題，今已不可考；惟兄弟皆同時參加活動，惜曹植賦已全佚。

㈣、㈤同年

春夏之交，大雨水；事見〈獻帝紀〉。

曹丕、曹植、王粲及應瑒皆有〈愁霖賦〉。《類聚》卷二引有曹丕、曹植二賦，丕賦存十二句，植賦存十句。《文選》江淹〈雜體詩〉〈注〉曰：「王仲宣有〈愁霖賦〉。」王賦唐時猶存，今已亡。應賦見《類聚》中，存十四句。

四人又有〈喜霽賦〉。曹丕、曹植賦並見《類聚》，前者存十四句，後者存八句，蓋殘奪甚多。應賦已佚，《初學記》二〈注〉曰：「後漢應瑒、魏文帝、繆襲、晉傅玄、陸雲，並有〈喜霽賦〉。」是唐人猶見應賦。四人既皆有〈愁霖賦〉，今二曹、應亦皆有〈喜霽賦〉，則王粲亦當有〈喜霽賦〉。陸雲〈喜霽賦〉〈序〉曰：「昔魏之文士又作〈喜霽賦〉，聊廁作者之末，而作是賦焉。」[21]陸雲所指「魏之文士」，恐怕包括王粲。

趙《校注》繫曹植《愁霖賦》於本年，曰：「據曹丕〈臨渦賦〉〈序〉，丕、植隨行。十八年夏四月反鄴。因由南而北，故賦有『迎朔風而爰邁』之句，可以設想，賦當作於十八

---

[21] 見《全晉文》卷一〇二。

年反鄴途中。」俞《譜》亦繫於本年，曰：「又曹丕、曹植、王粲、應爲四人各有〈愁霖〉、〈喜霽〉二賦，疑自譙返鄴，道中所作。」二說相同。

惟洪《譜》繫丕、植〈愁霖賦〉於建安十二年，曰：「《三國志》〈田疇傳〉：『疇隨軍至無終時，方夏水雨而濱海洿下，濘滯不通。』與丕賦『塗漸洳以沈滯，潦淫衍而橫湍』所寫節候、路途景觀相合。植〈愁霖賦〉之一云：「夫季秋之淫雨兮既彌日而成霖。」與〈武帝紀〉『秋七月，大水』一節所言時間、氣候也相吻合，均是寫行軍無終至柳城之行旅艱辛。而丕賦云：『脂全車而秣馬，將言旋乎鄴都。』以此和《通鑑》〈漢紀〉獻帝建安十二年『操……行至易，辟田疇，疇隨軍至無終。時方夏水雨，而濱海洿下，濘滯不通。……八月，操登白狼山。九月，操引兵自柳城還』、〈武帝紀〉『建安十三年春正月，公還鄴』等相比照。知丕『將言旋乎鄴都』，乃指建安十二年九月『自柳城還』而言。所以，丕、植的〈愁霖賦〉可能同時之作，而且可能作於建安十二年九月至十三年正月間。如是還鄴作，當在建安十二年正月。」㉒考〈愁霖賦〉乃二曹、王及應四人出題奉作之文學活動，王粲於十三年始來歸曹，前此不可能與二曹、應有奉作之活動，洪《譜》繫於十二月，不可遽從。

趙《校注》繫二曹〈喜霽賦〉於延康末（二二〇），曰：「攷《初學記》卷二引《魏略》〈五行志〉：『延康元年，大霖雨五十餘日，魏有天下乃霽，將受大禪（《藝文類聚》卷二

㉒ 同❹，頁一一七。

引作祚，是）之應也。』此賦所徵史實，如禹錫玄圭，湯禱桑林，皆古開國帝王傳說。而曹丕〈喜霽賦〉有句云：『厭群萌之至願，感上下之明神。』顯然是準備受禪而言。此賦寫作時期，當在延康末將即帝位之日。」㉓洪《譜》亦繫於本年，曰：「丕賦云：『啓吉日而北巡。』植賦云：『指北極以爲期。』似有相通之處，應是同時之作。……受禪活動十月以後就頻繁起來，《魏略》〈五行志〉云：『魏有天下乃霽，將受大禪之應也。』可見丕、植作賦都以爲日霽是吉兆。又《文帝紀》〈注〉引《獻帝故事》此年十月，侍中劉廙等奏言云：『故受命之期，時清日晏，曜靈施光，體氣雲蒸。』與此合。當作於此年十月四日後不久。」㉔二家說法相同。俞《譜》繫於本年，「疑自譙返鄴，道中所作」。㉕丕、植二賦是否有受禪之含義及預言在，頗難論斷。然〈喜霽賦〉除二曹同作之外，尚有王粲及應瑒二人奉作，王卒於建安二十二年，應亦約卒於同年，是二人不可能於二十五年與二曹出題奉作明矣。趙、洪訂此二賦作於二十五年，恐不可遽信。

㈩六同年

㉓ 同⓫，頁二一二。

㉔ 同❹，頁三四四。

㉕ 同❻，頁四二八。

武帝出獵，曹丕等從游，出題命陳琳等四人奉作。《古文苑》七章樵〈注〉引摯虞〈文章流別論〉曰：「建安中，魏文帝從武帝出獵賦，命陳琳、王粲、應瑒、劉楨並作。琳爲〈武獵〉，粲爲〈羽獵〉，瑒爲〈西狩〉，楨爲〈大閱〉。」未明言此次文學活動之年代。張《譜》於本年末曰：「曹操出獵，曹丕從，作〈校獵賦〉，命陳琳、王粲、應瑒、劉楨並作。」繫此事於本年末。俞《譜》曰：「魏承漢制，於十月講武，故〈西狩賦〉又有『時霜淒而淹野，寒風肅而川逝』云。」㉖據應賦內容，斷出獵於十月。

曹丕〈校獵賦〉，佚；存於《初學記》二二及二四、《類聚》六六、《御覽》三三九，合計約四十餘句，惟非完篇。洪《譜》曰：「賦有『漳滏』、『雀臺』諸語，是校獵之地在鄴西也。」

陳琳〈武獵賦〉，已佚。

王粲〈羽獵〉，《初學記》二二、《類聚》六六並引，合計約存三十餘句，蓋有殘缺。賦有「濟漳浦而橫陳」語，洪《譜》曰：「王賦『濟漳浦』之語，正表示校獵地點與丕賦同。」其說甚是，可證王賦乃奉作無疑。

應瑒〈西狩〉，《書鈔》十四、《類聚》六六並引，合計約存四十餘句，亦非完篇。

劉楨〈大閱〉，佚。

㉖ 同上注，頁四二九。

㈦建安十九年（二一四）

七月，曹操出兵伐孫權，曹植奉命留守鄴；事見《武帝紀》。〈曹植傳〉曰：「太祖征孫權，使植留守鄴，戒之曰：『吾昔爲屯邱令，年二十三。思此時所行，無悔於今。今汝年亦二十三矣，可不勉與！』」

曹植有〈東征賦〉，見曹集，又見於《御覽》三三六，皆非完篇。〈序〉曰：「建安十九年，王師東征吳寇，余典禁兵，衛官省。然神武一舉，東夷必克，想見振振之盛，故作賦一篇。」可知乃作於東征之際。《銓評》曰：「《御覽》卷三百三十六作〈征東賦〉。」篇題略異。

楊修有〈出征賦〉，佚；《類聚》五九引存二十餘句。賦曰：「嗟乎！吳之小夷，負川阻而不庭，……舫翼華以鱗集，蒼鷹雜以星陳，……於是州牧復舟，水衡戒事；飾師就部，乃講乃試。信大海之可横，爲江湖之足忌。」可知乃本年出水師代東吳時所作。賦又曰：「公命臨淄，守於鄴都；侯懷大舜，乃號乃謩。」可知此賦乃回應曹植奉命守鄴之作。

兩賦雖然未必是出題奉和，但是，楊賦很明顯是爲伐吳事件而作，而且極可能應和曹賦之作；所以，也列入出題奉作之文學活動中。

㈧建安二十年（二一五）

三月，曹操出征張魯，曹丕奉命守孟津；《三國志》〈吳質傳〉裴〈注〉引〈魏略〉曰：「大軍西征，太子南在孟津小城。」曹丕大概四月間自鄴出發，赴孟津，隨行者有王粲及陳琳等人，經官渡，五月中抵達孟津。

曹丕有〈柳賦〉，佚；見《類聚》八九、《初學記》二八及《御覽》九五七內，合計約得三十餘句。有〈序〉曰：「昔建安五年，上與袁紹戰於官渡時，余始植斯柳，自彼迄今十有五載矣。感物傷懷，乃作斯賦。」建安五年植，十五年後即二十年，又於官渡再見此樹，時間及地點皆與史載相合。

王粲〈柳賦〉，佚；存於《類聚》及《初學記》中，合計約二十句。《古文苑》七章樵〈注〉引曹丕〈柳賦〉〈序〉，其末又有「蓋命粲同作」一句，可知此次乃曹丕出題、王粲奉作。賦曰：「昔我君之定武，致天屆而徂征。元子從而撫軍，植佳木於茲庭。歷春秋以逾紀，行復出於斯鄉。」我君，指曹操；元子，指曹丕；所言人物，與史實相合。古以十二年爲一紀；逾紀，即超過十二年，謂十五年也；記時亦與史實相符。

陳琳〈柳賦〉，亦佚。《文選》潘岳〈悼亡詩〉〈注〉引存兩句；《初學記》二八引存八句；合計之，得十句，蓋殘奪甚矣。賦曰：「天機之運旋，夫何逝之速也。」蓋狀時間運轉飛逝之迅速；五年植樹，十五年後樹已「偉姿逸態，綠條縹葉」，可知時運飛逝之迅速。陳琳本年與王粲同時隨曹丕出行，王粲既有奉作，陳琳亦當有奉作；曹丕〈序〉未言及陳琳，今賴此賦猶可考見。

繁欽亦有〈柳賦〉，見《類聚》八十九，存十句；曰：「有寄生之孤柳，託余寢之南隅。順肇陽以吐芽，因春風以揚敷。」繁欽所賦者，乃植於自己寢室南邊之孤柳；作賦之時間，乃「順肇陽以吐芽」之春天。應瑒亦有同題賦，見《類聚》內，存八句；曰：「赴陽春之和節，植纖柳以承涼。」則此乃應瑒春天栽植細柳後所賦之作品也。劉〈編年史〉謂二賦皆「可能都是『應教』而作」㉗，恐有誤。

俞《譜》曰：「陳琳、應瑒並作有〈柳賦〉，各載本集，惟其文皆不完具，是否與曹丕、王粲同時所作，殊難臆斷，存疑待考。」㉘陳琳隨曹出行，奉命作賦乃常情；應賦雖殘存數句，惟從內容觀察，非奉和之作。

㈩九建安二十一年（二一六）

盛暑，曹丕、曹植及王粲三人皆在鄴，曹丕出題作〈槐賦〉，命王粲奉作，曹植亦唱和。關於此次文學活動之年代，有十九年及二十一年兩個說法。

張《譜》繫於十九年六月間，曰：「曹丕自作〈槐賦〉，並命王粲作。曹植作〈槐樹賦〉。」俞《譜》本年曰：「王粲三十八歲，奉曹丕命作〈槐賦〉。……又曹植有〈槐樹賦〉、繁欽

㉗ 同❽，頁四九。

㉘ 同❻，頁四三四。

有〈槐樹詩〉，並見《初學記》卷二八引，似亦同時所作。」所云與張《譜》同。劉〈編年史〉亦繫於十九年。

趙《校注》則繫此次文學活動於二十一年，曰：「則王粲爲侍中而夏季在鄴時只十九年與二十一年。十九年曹丕在孟津，惟二十一年夏，子建兄弟與王粲俱在鄴。而賦稱操爲至尊，當在操封魏王時。此賦創作時代，或在此時。」㉙洪《譜》亦繫於本年，曰：「〈武帝紀〉建安二十一年五月，『天子進公爵爲魏王』，與植賦所尊『明后』、『至尊』更合，故繫此賦於建安二十一年五月下。」㉚韓《校注》亦繫於本年。今後從者，繫於本年。

曹植賦見於《初學記》二八、《類聚》八八，存十二句；賦曰：「在季春以初茂，踐朱夏而乃繁。覆陽精之炎景，散流耀以增鮮。」可知乃盛夏之作。

王賦見《類聚》引，亦存十二句。賦曰：「形襜襜以暢條，色采采而鮮明。豐茂葉之幽藹，履中夏而敷榮。」形體襜美，色彩鮮明，葉茂幽蔭，皆盛夏之景也。

(二十)同年

曹丕有〈迷迭香賦〉，見《類聚》八二及《御覽》九八二引，存十餘句。洪《譜》繫於

㉙ 同⑪，頁一四八。

㉚ 同④，頁二二七。

本年，曰：「作賦時間，亦無文獻可考，唯阮瑀和劉楨集中未見〈迷迭賦〉，疑丕、植、粲、琳、瑒之作〈迷迭賦〉，在阮瑀卒後。……則丕等可能作於二十年底或此年春在鄴之時。」姑從之。

曹植賦見集中，存十餘句。賦曰：「播西都之麗草兮。」與曹丕賦「越萬里而來征」相合，知所賦者乃遠方之植物，二賦作於同時蓋無可疑。

王粲〈迷迭賦〉，佚，《類聚》八一引存十二句；應瑒同題賦，亦佚，今存於《類聚》中，得十二句。洪《譜》曰：「以(丕)賦與序相對照，無疑的，種迷迭的地方是鄴都丕居處之庭院，故云：『坐中堂以遊觀兮，覽芳草之樹庭。』……應瑒〈竦迷迭香賦〉云：『列中堂之嚴宇，跨階序而駢羅。』王賦又云：『去原野之側陋兮，植高宇之外庭。』是所賦與丕地點同。」[31]丕、應及王所賦迷迭種植地點相同，可證是同一次文學活動之作品。

陳琳同題賦，佚，見於《類聚》中，存八句。

迷迭既種於曹丕庭院中，則此次文學活動蓋曹丕出題自作在先，曹植、陳琳、王粲及應瑒奉作在後。

(二)同年

---

[31] 同上注，頁二二二—三。

曹丕因劉勳妻王宋被出，撰〈代劉勳出妻王氏〉詩二首。〈序〉曰：「王宋者，平虜將軍劉勳妻也。入門二十餘年，後勳悅山陽司馬氏女，以宋無子，出之。還於道中，作詩二首。」說詳劉〈編年史〉。[32]

曹丕撰詩二首後，又撰有《出婦賦》，已佚；見《類聚》三十，存二十餘句。賦曰：「信無子而應出，自典禮之常度。」無子被出，與〈序〉所言者合；可知是同時同事之作。

曹植撰有同題賦，見集中，計二十句，趙《校注》以爲「疑非全，或有佚句」。賦曰：「悅新婚而忘妾，哀愛惠之中零。遂摧頹而失望，退幽屏於下庭。」悅新忘舊，愛惠中落，幽退失望，終被棄逐；所賦者與丕詩內容亦相合，恐怕與丕賦乃同時同事之作。曹植又有〈棄婦篇〉，見曹集內；詩曰：「有子月經天，無子若流星；天月相終始，流星沒無精。棲遲失所宜，下與瓦石并。」婦棄蓋因無子，與丕詩相合。據此，曹植奉題製作者除賦之外，尚有詩耳。

王粲亦有同題賦，佚；見《類聚》內，存十六句。賦曰：「君不篤兮終始，樂枯荑兮一時。」始愛後棄，不能終始專一，恐怕與另結新歡有關；然則，其內容與曹丕所言者亦相合，蓋亦同時同事之作。

此次文學活動，雖非曹丕命作，不過，曹丕出題自作，其他曹植及王粲皆據題奉和，是

---

[32] 同[8]，頁五一—二。

可以肯定的。

㈢同年

曹植、劉楨及王粲各有〈大暑賦〉一首，張《譜》皆繫於本年。楊修〈答臨菑侯牋〉曰：「修之仰望，殆如此矣。是以對鶡而辭，作〈暑賦〉彌日不獻。」李〈注〉曰：「植爲〈鶡鳥賦〉，亦命修爲之，而修辭讓；植又作〈大暑賦〉，而修亦作之，竟日不敢獻。」張《譜》謂楊修〈答臨菑侯牋〉作於建安二十一年，是〈大暑賦〉「似亦是年之所作」。俞《譜》、趙《校注》及韓《校注》皆從之。

曹賦佚，見《類聚》五、《書鈔》一五六、《初學記》三、《御覽》一及三四中，存三十餘句。

王賦佚，《類聚》、《御覽》及《書鈔》一三三引存，得四十句。劉賦亦佚，《類聚》引存十六句。

楊修賦未獻，故不傳。

繁欽有〈暑賦〉，在《類聚》中，不足十句。

此次文學活動，很明顯的是曹植出題自作，王粲、劉楨及楊修奉題唱作；至於繁欽是否參與，則有待深考。

㈢同年

張《譜》本年曰：「〈鶡賦〉、〈與楊德祖書〉，蓋與〈大暑賦〉寫作時間相近，故一並繫於此。」曹植〈鶡賦〉，見曹集內。

王粲亦有〈鶡賦〉，佚；見《類聚》九十引，存十餘句。

《全三國文》輯有曹操〈鶡雞賦〉〈序〉，曰：「鶡雞猛氣，其鬥終無負，期於必死。今人以鶡爲冠，像此也。」惟曹操〈鶡雞賦〉已佚，存此短序，至爲珍貴。趙《校注》曰：「疑此或屬曹植〈鶡賦〉序文，今集序有遺落，似應據此訂補。」㉝以爲此數句乃曹植〈鶡賦〉之序文，曹操當年未撰〈鶡雞賦〉，蓋過於武斷。

此次文學活動，恐是曹操出題自作，曹植及王粲則奉題唱作耳。

㈣同年

曹丕、曹植皆有〈車渠椀賦〉，趙《校注》繫於本年，曰：「〈魏志〉〈武帝紀〉：建安二十年，曹操攻屠河池，西平、金城諸將麴演、蔣石等共斬送韓遂首。涼州平定，西域交通開始恢復，西域諸國餽送，才能達致鄴都。應、徐、王俱死於二十二年，則此賦創作時期，

㉝ 同⓫，頁一五一內注一條。

不會後於二十二年春天，是時王粲已死，據此或寫於二十一年中。」㉞韓《校注》從之。洪《譜》繫於建安十四年，曰：「唯遍查〈獻帝紀〉、〈武帝紀〉，（二十一年）這期間未見西域來貢。代郡、上部與匈奴接界，或由西域輾轉至代郡、上郡，由普富盧，那樓進貢亦未可知，進貢在十二年，製造成酒椀，在十三年以後，至十四年征孫權，還譙飲宴時，方展示也未可知。」㉟今從趙、韓，繫於本年末。

曹丕賦有序，在丕集中。曹植賦已佚，存《類聚》七三、《御覽》八〇八內，得三十餘句。

王粲、徐幹及應瑒皆有同題賦，皆佚。王賦在《類聚》八四、《御覽》及《文選》左思〈詠史詩〉〈注〉內，存十餘句；徐賦在《類聚》七三內，存八句；應賦亦在《類聚》內，存二十句。

此次文學活動，出題自作者恐怕是曹丕，曹植、王粲、徐幹及應瑒皆奉題和作。

㉞ 同上注，頁一三九。

㉟ 同❹，頁一四九。

三

對曹魏集團「出題奉作」的辭職活動來說，建安二十二及二十三年是兩個很不吉祥的年份。二十二年，陳琳、劉楨、應瑒及王粲同時謝世；二十三年，徐幹接踵而亡；兩年之內，五子先後離世。曹丕〈與吳質書〉曰：「昔年疾疫，親故多離其災，徐、陳、應、劉，一時俱逝，痛可言邪！昔日遊處，行則連輿，止則接席，何曾須臾相失？每至觴酌流行，絲竹並奏，酒酣耳熱，仰而賦詩。當此之時，忽然不自知樂也。謂百年已分，可長共相保，何圖數年之間，零落略盡，言之傷心。」曹丕一則說「痛可言邪」，再則說「言之傷心」，確是眞情之言。五子逝世之後，「出題奉作」的辭賦活動立刻戛然停止了。儘管曹丕、曹植往後還繼續寫賦，但是，只能出題自作，再也無人奉題應作了。對賦史來說，眞是一件莫大的損失。

從建安十二年至二十一年，前後九年之間，「出題奉作」的辭賦活動一共舉行了二十四次，平均每年二點六次，次數可謂頻繁。如果和其他「出題奉作」的文學活動相比較，顯然辭賦活動佔盡了主流。

底下是二十四次辭賦「出題奉作」的活動表：

	1 十二（二〇七）	2 十三（二〇八）	3 十三（二〇八）	4 十四（二〇九）	5 十五（二一〇）	6 十六（二一一）	7 十六（二一一）	8 十六（二一一）	9 十六（二一一）	10 十七（二一二）
曹操										登臺
曹丕			述征	浮淮			感離	馬瑙		登臺
曹植					七啓		離思			登臺
陳琳	神武	神女				止欲		馬瑙勒		
應瑒	撰征	神女				正情			西征	
王粲		神女	初征	浮淮	七釋	閑邪		馬瑙勒	征思（思征）	
阮瑀			初征			止欲				
徐幹			序征		七喻				西征	
繁欽						抑檢				
劉楨						清慮				
丁廙／丁儀										
楊修										
參與人數	二	三	四	二	三	六	二	三	三	三

11	12	13	14	15	16	17	18	19	20	21
十七（二一二）	十七（二一二）	十八（二一三）	十八（二一三）	十八（二一三）	十八（二一三）	十九（二一四）	二十（二一五）	二十一（二一六）	二十一（二一六）	二十一（二一六）
	寡婦	臨渦	愁霖	喜霽	校獵		柳	槐	迷迭香	出婦
鸚鵡		臨渦	愁霖	喜霽		東征		槐樹	迷迭香	出婦
鸚鵡					武獵		柳		迷迭香	
鸚鵡			愁霖	喜霽	西狩				迷迭香	
鸚鵡	寡婦		愁霖	喜霽	羽獵		柳	槐	迷迭香	出婦
鸚鵡										
					大閱					
	寡婦									
						出征				
五	三	二	四	四	五	二	三	三	五	三

22	二十一（二一六）			大暑			大暑			大暑	大暑		大暑	五
23	二十一（二一六）	鶡雞		鶡			鶡							三
24	二十一（二一六）		車渠椀	車渠椀		車渠椀	車渠椀		車渠椀					五

從人數的參與方面，建安十六年曹丕出題命阮瑀、陳琳各作〈止欲賦〉那一次人數最多，共得六人。三人出題奉作的次數最多，得十次，也許因爲規模小，組合起來最方便。五人及二人的活動各得五次，四人的得三次。

在個人的參與方面，王粲一共參加了十九次，幾乎每場皆躬逢其盛，是奉題應作最多的一位。應瑒和陳琳也經常奉題應命，前者參加十次，後者八次；是兩位積極參與者。至於此項活動的主角——曹丕及曹植，他們不但經常出題，發號施令，而且也率先自作，以引起其他參與者的興趣，所以，曹丕寫了十五篇，曹植寫了十四篇，爲數僅次於王粲。曹魏集團的策劃人及核心人——曹操，在日理萬機、戰馬倥傯之下，也參與兩場，出題命作，自己興來之筆也寫上兩篇，可謂難得了。

由於「出題奉作」都是即時之作，所以，活動本身也給文學帶來一些影響。

首先，是諸家一生的賦作大部分都是活動的產品，捨活動之外，製作的數量就甚少。曹丕、植二兄弟的賦作，半數是在這一系列活動中完成的；諸子謝世以後，終曹丕一生，只寫了四篇；才思敏捷而又多產的曹植，也不過完成了十一篇，不及奉作的數量。至於陳琳以下諸子，絕大部分的賦作都是活動中的產品，奉作作品幾乎是非奉作作品的一倍，可見奉作活動的意義了。

因此，我們似乎可以這麼說，如果沒有「出題奉作」的文學活動，陳琳等諸子肯定不會有如此旺盛的寫作興趣，寫下總數達四十七篇的作品；如果沒有諸子催引和誘發，曹氏兄弟不但不會有二十九篇出題自作、奉作的作品，另外三十篇非奉作的作品恐怕也不會出現。所以，「出題奉作」的活動對這個時期的辭賦來說，有著不可忽視的意義。

	奉作	非奉作	二十一年以後作者	總計
曹丕	十五	十三	四	三十二
曹植	十四	十七	十一	四十二
小計	二十九	三十	十五	七十四
陳琳	八	二	○	十
應瑒	十	五	○	十五
王粲	十九	八	○	二十七
阮瑀	三	一	○	四
徐幹	四	六	○	十
劉楨	三	三	○	六
小計	四十七	二十五	○	七十二

其次，曹操父子三人既然是出題者，而題材的選擇和內容的擬訂，幾乎都是即時即興，沒有固定的準則，那麼，幾乎甚麼題材、甚麼內容都可以是奉作的賦詠對象了。

曹魏集團賦作賦詠內容表

內容		活動次第
天象	雨霖	十四
	晴霽	十五
	大暑	二二
人事	兵戰	一　三　九　十九
	行遊	四　十　十三
	田獵	十六
	招賢	五
人物	神女	二
	棄婦	二一
	寡婦	十二
人情	離別	七
	止欲	六
器物	玉器	八
	器物	二四
鳥禽		十一　二三
草木	樹木	十八　十九
	花草	二十

從〈賦詠內容表〉的分類，即知曹魏集團寫作的題材和內容非常廣泛，上至天象，下至鳥禽，都是即興即時賦詠的對象，其中尤以人物、人事寫得最多。和兩漢辭賦相比的話，無疑題材及內容已寬廣得多了。

最後，「出題奉作」都是即時之作，成稿必須快速，賦詠必須簡切，才能按時交卷，不負出題者的厚望。在此形勢之下，小賦自然興盛起來，而且言情的賦作自然佔了主流。許多小賦，如〈神女賦〉、〈迷迭香賦〉、〈止欲賦〉及〈大暑賦〉等，短短的幾十句，寫得情眞意切，動人有趣。翻開諸家一系列的賦作，體制上都以短小的居多，多者幾百字，少者數十字，大部分是即物命題、即席賦詠之作，一則以切磋文學，一則以競騁才思，所以，快速成稿及文字簡切是兩個最基本的要求，誠如劉勰說：「洒筆以成酣歌，和墨以藉談笑。」㊱在此既寓有遊戲娛樂，又帶有切磋競騁的情勢下，這一系列的文學作品自有可觀的一面。

㊱ 見《文心雕龍》〈時序〉。

柳宗元的永州雜記

一、被貶經過

柳宗元，字子厚，唐河東解縣人，世稱柳河東；晚年擔任柳州刺史，卒於任所，故又稱柳柳州。生於唐代宗大曆八年（公元七七三年），卒於唐憲宗元和十四年（公元八一九年），享年四十七。

柳宗元一生，大約可分爲兩個階段：三十三歲（唐順宗以前）以前的寧靜順遂，以及三十三歲以後的顛沛流離。

二十一歲那年（公元七九三年），他和著名的詩人劉禹錫同登進士第，兩人卒結爲金蘭之交，這影響他一生殊大。二十三歲（公元七九五年），與韓泰、韓眞及韓豐兄弟結爲知交；韓泰，字安平，是位很有才學的讀書人，韓愈推崇他：「詞學優長，才器端實，早登科第，亦更臺省。」（見韓愈〈舉韓泰自代狀〉）他們一見如故，成爲往後共患難的知己。二十六歲（公元七九八年），他登博學宏詞科，授集賢殿書院正字，和當代名士韓愈、劉禹錫、韓泰等交往更密。四年後，他被調爲藍田尉；再過三年，三十一歲（公元八〇三年），奉詔回京任監察御史裏行；三十三歲那年，他受朝廷重用，擔任尚書禮部員外郎，步入登峰造極的人生階段。僅僅只有七個月，柳宗元所參與的政治集團即告失敗，那年的九月，他被貶爲邵州刺史；尚未到任，再貶爲永州司馬，擔任州裏地位最低微、工作最閒散的小官。他在永州一呆就是九年，唐憲宗元和十年（公元八一五年）四十三歲時，奉詔赴京都長安，以爲就此可以結束流放的罪人生活；沒想一個月後，他又接命貶到更遠的蠻地——廣西的柳州！只不過五年，就在他四十七歲時，竟死於刺史的官位上，結束了十幾年的流離生活。遺書寄給劉禹錫，請他將自己的遺稿編集成書。

柳宗元和劉禹錫、韓泰等名士來往，進而參加政治集團，成爲該集團裏主要人物之一，可以說影響了他後半生的生活，也深深地影響了他的文學生命和創作路線。如果他不熱心政治乃至於過問政治，他將是另外一個讀書人。

當唐順宗還是太子的時候，有兩個人很得寵信；即王叔文和王伾。王叔文是紹興人，以善下棋而奉詔東宮；王伾是杭州人，任至議大夫，奉詔爲皇太子侍書。二王和朝廷裏的韋執誼（翰林學士）、陸質（亦皇太子侍讀）、呂溫（左拾遺）、李景儉（進士）、韓曄（尚書司封郎中）、韓泰（戶部郎中）、陳諫（河中尹）、柳宗元及劉禹錫等十數人，訂爲死交。根據史書所載，每當王叔文在東宮奉値時，即對太子分析朝中賢愚忠奸，說：「某人可爲相，某人可爲將，幸他日用之。」由此，太子逐漸信賴王叔文。

順宗即位之際，雖然久疾不愈，他還是大興改革，落力整飭綱紀。王叔文的死黨韋執誼，被任命爲宰相；其他黨人如杜佑、范希朝及韓泰等，也都身居要津，權重一時。這個時候的柳宗元，「儁傑廉悍，議論證據今古，出入經史百子，踔厲風發，率常屈其座人，名聲大振，一時皆慕與之交，諸公要人爭欲令出我門下，交口薦譽之」（韓愈〈柳子厚墓誌銘〉）；於是，甚受王叔文、韋執誼所「奇待」，委爲尚書禮部員外郎，常常被「密引禁中，與之圖事」（皆《舊唐書》語）。

根據新、舊二《唐書》及《順宗實錄》的記載，唐順宗起用王黨，的確是想做一番大事業；總結他在位的七個月，一共做了下列幾件事：

㈠二月，下詔罷免陰陽、星卜、醫相、覆碁諸待詔三十二人。原來王叔文以碁奕出身，知道此非忠賢出仕的正路，爲了斷絕奸宄結黨，爲了匡正朝風，把他的棋友同類一一罷免，不愧是明智之舉。

㈡同月，下令貶京兆尹李實爲通州長史；罪狀是「春夏旱，京畿乏食，實……務聚歛徵求」（《順宗實錄》語）。詔令一下，市裏百姓歡呼，大快人心。

㈢同月，下令嚴禁宦官假借內宮的名義，到城裏強購人和物。唐朝舊例，內宮要採辦物件，必委託官吏負責之；後來，事情轉到宦官的手裏去，狐假虎威，動輒假託內宮名義，是非眞僞莫辨，名爲採購，實爲搶奪。百姓怨聲載道，無可奈何。順宗知此陋習甚久，甫登大位，即明令嚴禁。

㈣同月，下令禁止官吏將鹽鐵的收入，部份轉撥爲貢金，以求主上的恩澤。舊例鹽鐵收入都直接轉進國庫，成爲國家經濟的收入。後來，主其事者挪出小部分購買各種珍異奇玩，進奉主上，以求恩澤；事情愈演愈變本加厲，進獻由每歲改爲每月，謂之月進，國家財政經濟乃大受損害。順宗即位，下令禁之。

㈤四月，下詔罷免福建萬安監。原來福建觀察使柳冕上奏，請求在福建設立畜牧之地，置監守之，詔可。柳冕乃收斂百姓畜產，置吏牧其中。不久，馬、羊皆死。乃再斂集，百姓苦甚，遠近皆羞笑之。順宗知其爲害百姓，乃下令罷之。

㈥同月，詔以給事中陸質、中書舍人崔樞爲皇太子侍讀；陸質及崔樞，都是「積學懿文，守經據古」（《順宗實錄》語）之士。

㈦五月，詔以范希朝爲檢校右僕射，兼右神策京西諸城鎮行營兵馬節度使；又詔以尚書左丞韓皐爲鄂岳觀察武昌節度使。

㈧六月，貶宣州巡官羊士諤爲汀州寧化縣尉。士諤性傾躁，公然批評王叔文；叔文本欲斬之，因韋執誼勸解，得免。

順宗在位雖僅七個月，不過，從他所推行的政令來看，都是善政德政，而協助順宗的，正是王叔文及其黨友。如果將王黨視作政壇上一般狐群狗黨的話，未免太不公允了。柳宗元所參與的，正是這個有朝氣、有幹勁的政治團體；而且，他還是這個政治團體的主要人物之一。

其次，研究王黨人物的學問和品德，也可以讓人瞭解王黨的素質。不計柳宗元的話，王黨大約有下列十三個人：

㈠**王叔文**　他是王黨的領袖，出身爲「以棋待詔」，並不十分光彩。不過，史書謂他「頗讀書，班班言治道」，可見也是位有才學的讀書人。當順宗還在東宮時，他屢進言治道，甚得寵信。也許由於太熱衷政治，尚未位居要津時，他就「陰結天下名士」了；他最大的罪過是母親逝世了，卻隱蔽不發喪。人品大概有些問題。順宗曾說：「王叔文精識瓌材，寡徒少欲，質直無隱，沉深有謀，其忠也盡致君之大方，其言也達爲政之要道，凡所詢訪，皆合大猷。」又曾對韋執誼說：「君知王叔文乎？美才也。」忠君愛國，是可以肯定的。

㈡**韋執誼**　他是王黨第二號人物；王黨一切計劃，都由他執行。《新唐書》說他「幼有才，及進士第，對策異等，授右拾遺」，是位有才學的人；早年得唐德宗的寵信，在一個偶然的機會裏，結識了王叔文。王叔文得勢時，他雖受命爲尚書左丞同中書門下平章事（宰相職），不過，他並不是一位唯唯諾諾的人，相反的，他有自己的原則和主張，不隨便附和王黨。最後，弄得他和王叔文「反成仇怨」。

㈢**韓曄**　《新唐書》說他「有俊才」，柳宗元誇獎他「達識多聞而習於事」，可見此人頗有才學。他曾在王叔文面前誹謗他的哥哥韓皋，韓皋因此而外調爲節度使；以弟譏兄，這是他一生中最大的一個缺點。

㈣**韓泰**　《新唐書》讚他「有籌畫，能決大事」，韓愈讚他「詞學優長，才器端實，早登科第，亦更臺省」、「自領漳州，悉心爲治，官吏懲懼，不敢爲非，百姓安寧，並得其所」、很受王叔文所倚重。

「臣之政事，遠所不如」；可見他是一位品學俱強的讀書人。在王黨裏，韓泰的地位非常高，

㈤**陳諫**　史書上對他的記載非常少；說他「警敏」，說他有過目不忘的超人才幹，此外，再也沒有任何記錄了。

㈥**劉禹錫**　禹錫，字夢得，唐代著名詩人，白居易謂其詩「其鋒森然，少敢當者」，譽他爲詩豪。關於爲人，《舊唐書》謂「精於古文，善五言詩今體文章，復多才麗，從事淮南節度使杜佑幕，典記室，尤加禮異」；有才氣，品德大概也行，所以，備受禮待。柳宗元和劉禹錫，學問相當，《舊唐書》云：「以文學聳動搢紳之伍者，宗元、禹錫而已。」兩人志趣相投，最稱友善。

㈦**凌準**　《新唐書》說他「有史學」，柳宗元說他「以孝悌聞於鄉」、「有謀略，尚氣節，賙人之急，出貨力猶棄秕粺」；是一位品德、學問皆優的人物，著有《漢後春秋》二十餘萬言。臨歿時，嘆曰：「余之學孔氏爲忠孝禮信，而事固大謬，卒不能有立乎世者，命也！」有意效法孔子，垂憲後人。凌準和柳宗元的交誼很深，他卒於任所時，柳宗元痛哭不已，並且爲他寫墓誌。

㈧**程异**　《新唐書》說他「居鄉以孝稱」，又說他「能厲己折節」，讚譽有加。王叔文失敗後，他一度被貶爲郴州司馬；不久，擢用爲侍御史，累官至宰相。史書上說他是一位很能幹的臣子，身歿後，「官第無留貲，世重其廉」，諡曰恭。有德有才，應該是他的寫照。

(九)**王伾**　他是王黨和宮禁間的聯絡人，王叔文賴他以固結順宗，他賴王叔文以求安富尊榮；既爲順宗之幸臣，大概沒甚麼品德可言。不過，他只是個中間人，並非王黨核心人物；在專制時代，王黨勾結他，實在也是不得已的。

(十)**李景儉**　《舊唐書》說他「性俊朗，博聞強記，頗閱前史，詳其成敗，自負王霸之略，於士大夫間無所屈降」，又說他「疏財尙義，雖不厲名節，死之日，知名之士咸惜之」；品德、學問俱優，蓋無可疑。

(十一)**呂溫**　《舊唐書》說他的優點是「天才俊拔，文彩贍逸」，缺點是「性多險詐，好奇近利」；似乎優劣參半。柳宗元對他讚佩有加，說他「佐王之志，沒而不立；豈非修正直以召災，好仁義以速咎者耶」。

(十二)**房啓**　他是宰相房琯之孫，韓愈在他的墓誌銘裏極力讚揚他的清廉：「削衣貶食，不立資遺，以班親舊朋友爲義。」人品之廉義，令人欽仰。

(十三)**陸質**　是唐代的大學問家，於春秋、禮等經書，皆有著作，而且又是唐憲宗的老師。學問、品德自是第一流。

根據這十三個人的學問和品德來觀察，王黨絕不會是以奸利相結合的政治集團；如果再配合王黨執政時期所推行的政令，立刻就可以發現，王黨是有朝氣、有幹勁、爲國爲民的一個組織。柳宗元就是這個組織的一份子。

王黨所以身居要津，完全是依賴在唐順宗的身上；易而言之，順宗是王黨的支持者。順宗還未即大位時，即已病魔纏身；據史書記載，唐德宗駕崩的前一、二年，順宗已「風病不能言」了；德宗瀰留之際，思見太子，順宗竟臥病無法侍候，體質薄弱，大疾纏身，於此可見了。韓愈在《順宗實錄》裏說：「自初即位，則疾患不能言，至四月益甚，時扶坐殿，群臣望拜而已，未嘗有進見者；天下事皆專斷於叔文。」王黨之支持者，竟是如此岌岌可危！

次年正月，順宗駕崩，憲宗即位。憲宗甫即位，改元元和，起用俱文珍等另一批人物；王黨肯定是失敗，而且肯定會被流放外逐。他們的遭遇是——

※王叔文貶爲渝州（今四川重慶）司戶參軍，尋賜死。

※韋執誼貶崖州（今廣東瓊山縣東南）司戶參軍。

※王伾貶開州（今四川開縣）司馬（即「八司馬」之一，下同）。

※凌準貶連州（今廣東連縣）司馬，死於貶。

※柳宗元貶永州（今湖南零陵）司馬。

※程異貶郴州（今湖南郴縣）司馬。

※韓泰貶虔州（今江西贛縣）司馬。

※陳諫貶台州（今浙江臨海縣）司馬。

※韓曄貶饒州（今江西鄱陽縣）司馬。

※劉禹錫貶連州刺史，未至，再貶朗州（今湖南常德縣）司馬。

一代大文豪，古文運動健將之一的柳宗元，就在剛剛得意的當兒，因爲政黨的傾軋，被貶到遙遠的永州，過着他一生最痛苦的日子。柳宗元四十七歲即逝世，壽命可稱短暫，和他後半生痛苦的飄零顛沛生活，有着密切關係。寫到這裏，不禁爲這位大文豪的遭遇灑一把熱淚！唉。

二、遊記內容

柳宗元在永州所寫的九篇山水遊記，實際上是依循着四條路線來出遊，而後在幾個不同的時間裏完成的。根據柳宗元的自述，這九篇遊記的關係是如此的：

※第一條路線（元和四年）——

坐法華西亭，望西山，始指異之，遂過湘江遊西山，撰〈始得西山宴遊記〉；後八日，尋山口西北道二百步，得鈷鉧潭，撰〈鈷鉧潭記〉；循潭西而往，二十五步，有魚梁，梁上有小丘，作〈鈷鉧潭西小丘記〉；又自小丘西行四百二十步，得石潭，著〈至小丘西小石潭記〉。

※第二條路線（元和七年）——

循朝陽巖東南行，至蕪江，得袁家渴，因撰〈袁家渴記〉；自渴西南行，不能百步，得石渠，作〈石渠記〉；由石渠上游過橋，往西北走，下土山之陰，有石澗，倍石渠三之一，乃作〈石澗記〉。

※第三條路線（元和七年）——

自西山道口往北走，再稍北而東，不過四十丈，有小石城山，因作〈小石城山記〉。

※第四條路線（元和八年）——

到永州之東，遊黃溪，乃撰〈遊黃溪記〉。

柳宗元就根據這四條路線，寫成了九篇遊記（附四次出遊路線圖）。

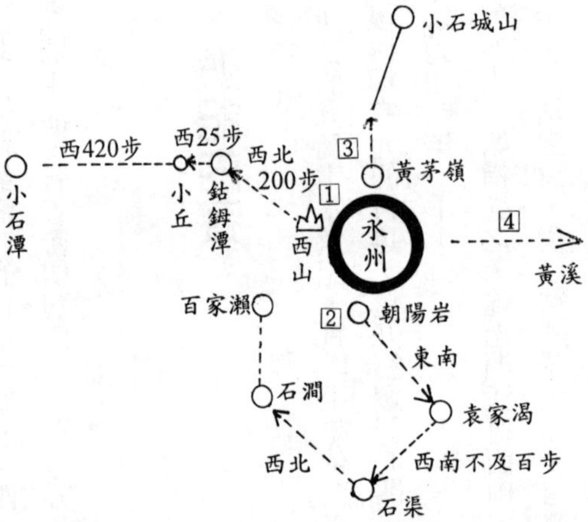

小石城山
3
黃茅嶺
西420步
西25步
西北
200步
1
小石潭
小丘
鈷鉧潭
西山
永州
4
黃溪
百家瀨
2
朝陽岩
東南
石澗
袁家渴
西北
西南不及百步
石渠

四次出遊路線圖

爲首三次的出遊，都和西山有着密切的關係，而且，都在永州西部、西南部及北部十里的範圍內；最後一次出遊，卻在永州東部七十里之外。因此，世人都把前三次出遊後所寫的八篇遊記合併在一起，題名爲〈永州八記〉；而把〈遊黃溪記〉當作一篇獨立的文章❶。實際上，柳宗元在永州所寫的遊記共有九篇；在這九篇文章裏，爲首的八篇都是對準西山周圍的山水而寫的，世人於是很自然地將它們纂合一起，題爲『八記』。至於〈遊黃溪記〉之不被列入，那也只有以幸與不幸視之了。

公元八〇八年，也即是唐憲宗元和三年，和柳宗元一起參加王叔文政治集團而被貶爲連州司馬的凌準，不幸在連州桂陽佛寺病死。得到這個消息後的柳宗元，內心之悲痛，是可想而知的。凌準原籍是杭州富陽，貶到連州不久，便母喪弟亡，接著下來，他自己也雙目失明了！如今，竟客死異鄉，境況之淒涼，不禁讓柳宗元想起了他自己的身世！有朝一日，自己也會步他的後塵的。

在這樣極度煩悶抑鬱的氣氛下，柳宗元只好把精神寄託在永州的山水裏；讓美麗而又無

❶ 有關永州八記及〈遊黃溪記〉之分合，友人何沛雄兄嘗云：「柳宗元在永州所寫的山水遊記，共有九篇。但，其中〈遊黃溪記〉實爲獨立的一篇；而〈始得西山宴遊記〉與其他七篇，從描寫的地方和文章的結構來看，都有密切聯繫，分之可成八篇，合之可成一文，總稱『永州八記』，也是恰當的。」（見何著《柳宗元永州八記：析論、校注、集評、年譜》，上海印書館出版，頁二十；又見華學月刊第八十八期何著〈談柳宗元永州八記〉內，頁二十三）。

情的山水，讓險阻而又耗神耗力的山水，把自己的悲憤和痛楚稍稍清洗。他自己說過，州內的高山和深林，他都「無遠不到」，探幽泉，尋怪石，以此消磨苦悶的歲月。即使荒僻的高山峻嶺，他還是日日「與其徒」登臨遊覽，到了那裏，他們就披草而坐，傾壺而醉；酒醉了，他們就互相枕臥，到夢裏去追尋樂趣。州內所有的高山深水，都佈滿柳宗元的腳跡，都被柳宗元所佔據了！這種歡樂，是苦澀的，是淌著血淚的。

第二年的秋天，他帶領了幾位朋友和學生，到永州的法華寺來遊玩。法華寺地勢較高，可以憑眺湘水的奔騰及眾山的會集，於是，徵得寺裏主持和尚覺照的同意，他把西側的雜樹砍掉，蓋起了一個又大又高的「西亭」❷，以便日後到此來飲酒賦詩，暫時忘記痛苦的現實生活。

九月二十八日那天，他在法華寺西亭遠眺，發現了西山的巍偉，竟張口結舌、目定口呆地指著它，怪異得半句話也說不出來。於是，命令僮僕等涉水過湘江，沿著染溪，披開叢嶸，清掉朽枝，爬上了西山的峰巔。到了這裏，畢目四望，只見數州的景物，都在自己的腳下！這是多麼歡樂的一瞬呀！高矮的小土丘，蟠蜿曲折的小河流，還有壁立入雲的山峰，平舖千里的大地，一片青青白白，無窮無際。這個時候，柳宗元才知道，他所站立的西山是高人一等的！而他自己，也是高人一級的呀！和那些小土丘、平庸人物，怎麼是同類呢？悠悠乎天

❷ 柳宗元撰有永州法華寺新作西亭記，在《柳河東全集》二十八內。

地，洋洋乎造物，柳宗元雖有隔岸觀火的愉快，但是，這愉快只是一瞬而已！因爲他也被火燒過的。

一瞬過後，柳宗元不得不端起酒壺，酌滿一杯又一杯，一直到頹然大醉爲止。蒼然暮色，自遠而至，柳宗元竟不願下山回家！竟不願下山回到現實！這是柳宗元最解脫的一次，最能瞭解西山和他都不能當作小土丘、平庸人物的同類的一次；於是，他才知道，他從前在永州的浪跡山水都是冤枉的。只有現在，只有西山，他覺得方是「游於是乎始」——這是柳宗元一個新的體驗和領悟。

八天後，柳宗元和他的朋友李深源、元克己等，又來西山遊覽。這一次，他循著山口西北的一條小徑，來到鈷鉧潭。鈷鉧潭本身是橢圓形。尾端有一道流泉，自高而低，遠看如一熨斗。「鈷鉧」即熨斗。

鈷鉧潭最爲可取的地方只在於那一條流泉；流水翻躍奔騰往南傾注，碰著了山石，立刻往東轉折，從山坡的縫隙裏開山闢路，跌跌撞撞地衝進潭來。如千軍之衝鋒，如萬馬之奔馳，兩岸的泥土不但被侵蝕得只剩參差不齊的土根，潭中央尚且露出一個又深又廣的洞坑！泉水在這裏盡力地翻滾騰躍，然後，像風輪般地旋轉，像流沫一般地翻滾，流到潭尾石邊去。

柳宗元來遊鈷鉧潭時，潭邊老百姓因爲官租及私債的逼迫，正巧要將潭及潭邊田畝出售，以償還債務。柳宗元喜愛這裏的景色，於是就將它買下來。過後，他把臺加高，把檻杆加長，又把泉水稍微疏導；經過一翻修葺後，天之高遠，氣之迴盪，都聚集於鈷鉧潭。這個時候的柳宗元，才知道僑居蠻夷之邦，也會有快樂得忘記故鄉的一天哩！誰說放逐不會有快樂的？

從鈷鉧潭往西走二十五步，他又發現了一座長滿竹子和樹木的小丘。遠遠看過去，有一些巨石從土裏冒衝出來，緊握拳頭，猝然發怒；又有幾匹牛馬，互相攀緣地伸長頸項，喝著溪水；又有好幾頭熊羆，像羅漢地往上空疊上去；原來都是丘上的怪異石塊！小丘是一位姓唐的的棄地，賣了幾年都賣不掉，如今，價格跌到四百；柳宗元實在可憐它，將它買下來。

朋友們見柳宗元又把小丘買下來，高興得不得了。於是，找來一些用具，剷穢刈草，伐木去朽，將它整頓修葺一番。携餚帶酒，誰說不是個好去處？在空中飄浮的白雲，在溪裏游逐的溪水，在草坪上漫步的鳥獸，似乎都聚集到這裏。假如小丘設地在灃、鎬、鄠、杜等大都，每日增價千金，爭購搶買者絡繹不絕；現在，竟遺棄在永州，農夫漁父鄙陋它，幾個月都賣不出去！想到這裏，柳宗元不禁爲自己高興，也爲小丘慶幸；如果沒有他充扮伯樂的角色，小丘如何會有這一天哪！揮起筆來，寫幾句賀詞，刻在石上，向小丘祝賀——將來有朝，但願有人來賀自己！那個時候，即使像小丘一般擁有一瞬間的快樂，也是心滿意足的。

從小丘往西再走四百二十步，柳宗元發現了一座竹林；隔著竹林，就聽到水聲，清脆得如環珮叮噹響。闢出小徑，就看到清清冽冽的小潭；潭底是一整塊金色的岩石，從潭底波浪式地蜷向岸邊，成爲高坡，成爲島嶼，成爲怪坂，成爲聳崖。仔細觀察，潭裏還有百條小魚，失去依憑在半空懸著，不知該如何游，更不知該向何處游；但是，轉睛一看，卻又踪影全失，好像跟踪柳宗元共享瞬息的快樂。

往潭西南望，水岸曲折，明滅可見，無法窮源。坐在潭上，瞬息間，寒氣刺骨，幽邃懼神，立刻收拾剛剛打開的歡樂，循路而歸。

第二次永州出遊，是在元和七年（公元八一二年）秋天。這一次，柳宗元走的是另外一條路子；從朝陽巖往東南走，在抵達蕪江以前，有一處流水急馳碰上山岩，發生倒灌的現象，引起柳宗元的賞識。楚越方言把倒灌的流水叫做「渴」，該地又爲袁家所有；所以，柳宗元管它叫「袁家渴」。

袁家渴有重疊沙洲、小溪、清潭和淺渚，間雜曲折，若有窮，又若無際。渴內有小山一座，生滿了各種異怪石塊，也長滿了各類木叢，旁邊還有許多巖洞，洞下有碎石無算。柳宗元大概在這裏呆了一段時間，山上各種樹木和花草，他都一一辨認記錄，甚至有一些「異卉」，樣子「類合歡而蔓生」，他也詳細記錄文內！柳宗元遊覽山水之認眞態度，頗出意外呢。

永州人從來沒有到過袁家渴，柳宗元不敢專有它；罷遊之後，更要將它外揚世人。一塊世人不知之美地，遺棄在窮山僻壤裏，如今竟遇着一位知己，其心情應該和鈷鉧潭西的小丘一樣的！

柳宗元一行人自袁家渴西南走，不及百步，見到了石渠。石渠長得非常奇怪，在不滿十多尺的長度裏，有的地方窄得不滿一尺，有的地方卻寬滿二尺，泉水自上奔流過來，鳴聲突大突小，非常異特。石渠下游有塊大巖石，把渠水切成兩段，渠水伏入石底，再冒出土面，又向西折，墮入一池潭。

經過一番整修後，詭石怪木，奇卉美竹，一一都羅列在跟前。永州的勝景，怎麼不是在這裏呢？縱使小得只是一小丘、一小渠，在這荒山僻野外，適情就可以鍼病，安境就可以起盲。想到這裏，柳宗元振筆直書，把遊玩的經過記錄下來，要流傳給「後之好事者」。

沿着石渠的路線，從上游小橋往西北走，下個山坡，就發現另一座小橋。橋底有大水，比石渠大三倍，水下盡是石塊。這些累累石塊，從水底伸到兩岸，有的像睡床，有的像廳堂，有的像在陳設筵席，有的像在擺置小房，無奇不怪。溪水自石塊上流過，一條一條柔軟的水肌肉，穿梭在石間，就如微風穿梭在風鈴間一般，叮叮噹噹地。

涉過溪水，把周圍的環境掃除一過，居然寬敞得可以擺下八九張繩床胡椅。躺坐在床椅上，只聽得激動的音樂自底下流過，翠羽之木和龍鱗之石在頭頂上結蔭；這個時候的他，眞是樂似神仙！他不禁想到：古時候的人，有他這種樂趣嗎？後來的人，能學得到他嗎？被放逐到這裏來的柳宗元，實在也只有如此才能安適呵！

同一年，柳宗元又採取另外一條路線出遊。這一次，他從西山的道口出發，往北再略偏東，不出四十丈，就遇著一座小石城山。石城山是個斷崖，崖底流水四分，積石纍纍，遠視如城上的女牆。旁邊有座小土堆，像道城牆，中央有個門洞。往前探視，墨黑一片，拋進石塊，洞然有水聲，良久猶不已。舉頭仰望，到處是嘉樹美竹，長得怪里怪氣，或疏或密，或仰或伏，像天神有意佈置擺設。

柳宗元在小石城山消磨相當的時間，他冥想，他悲啾，他又自我解嘲。宇宙之間到底是有天神嗎？如果眞是有的話，他把永州這一大堆怪異的佳景造出來後，又偏偏只擺設在南蠻沒開化地區，那不是徒勞而無用嗎？天神呵天神，造佳景而又棄之蠻荒，造才子而又遺之化外，豈止是徒勞無用而已嗎？小石城山的最後一景是一個墨黑的門洞，任何傾訴呼冤，都是洞然有聲，良久不已的。也許，這就是答案，一個耐人尋味的答案。

第二年，也即是元和八年（公元八一三年），柳宗元在朋友及學生的陪伴下，到永州東部七十里外的黃溪，飽覽山川。根據他的看法，山西以南，東至江蘇，西至陝西，其中的名山勝水，以永州爲最優秀；而永州諸多名山勝水裏，又以黃溪爲最傑出。

黃溪的勝景都集中在黃神祠——祠之上，兩山如兩牆石壁立著，高可入雲；山脚排站叢樹，高低與山平。從黃神祠溯源而上，涉水八十步，可發現一池潭水，非常奇麗。潭的形狀像個大甕，剖開兩半，千尺高地側立看，而溪水就流積在甕底裏。流水來回動息，好像在天空中運動積雲，沉沉甸甸，隆隆奔奔。

從初潭往南走百步，可看見黃溪第二潭。這裏的岩石嶽偉峭峻，尤其是急流那一帶，像牙齒露出牙床，峭絕壁直。潭的下游一片大岩石，東羅西列，佈置得很雜亂，坐在石上飲酒，別有風味。

遊罷第二潭，他們往南再走幾里，這一帶的風景都一個狀兒，樹愈來愈壯，石愈來愈瘦，水鳴聲也愈來愈鏘然。再南走一里，到大冥川處，突然之間，山平水寬，一片田畝。柳宗元眼前一亮，柳暗花明又一村！〈遊黃溪記〉最後一章，竟是一個期望的閃亮；眞是耐人思索。

依據這一帶的傳說，這裏本來住了一位叫做王神的，王莽篡位失敗時，他從中原逃來，改姓黃。黃神既寓永州，與百姓們相處得很好，備受崇敬。黃神物化，百姓們奉三牲備祭品，爲他立廟建祠。當柳宗元去遊覽時，廟祠已被遷到山陰溪水邊，更靠近民舍了。這個時候，正好是元和八年五月十六日。

黃溪被認爲山西以南、東至江蘇、西至陝西，「最善」的一個風景區；實際上，這個風景區所以值得柳宗元娓娓道來，只在於它有一座黃神祠。王神因爲中原政治變動失敗，老遠南逃，來到這裏，因爲他寓居於北，與百姓「咸安焉」。物化之後，備受禮待，血食千秋。柳宗元順宗之世，結黨王叔文；憲宗即位，王黨失敗，這位和姓王的有密切關係的文人，立刻放逐到永州來，誰說王神不是柳宗元的化身？柳宗元寫王神，也在寫王叔文黨羽的自己！柳宗元幾年前寫過〈種樹郭橐駝傳〉，通過種樹的原理，強調政治應該與民相安，不可搔擾百姓；王神南竄永州，正是與民「咸安」；柳宗元遊覽山水的文字，竟有這麼樣巧合的安排，不能不說是件怪事了！游黃溪最後一段，不寫山不寫水，但寫個神話傳說，用王神來暗示王叔文黨羽的自己，用他與民「咸安」來暗顯〈種樹郭橐駝傳〉的政治理想；那麼，爲甚麼要寫王神立廟南邦、血食千秋，就可以不言而喻了。

柳宗元遊覽永州的四條路線，是他四條痛苦的路程。

三、文學技巧和寓言

一幅山水畫，畫家如果只作客觀的描寫，其價值並不大；一篇山水遊記，文學家如果只作客觀的記錄，並不能成爲文學作品。山水畫貴在於畫家能透過陰晴寒暑的差異，把自己主觀的喜怒哀樂渲染在畫面上；相同的道理，文學家貴在於能掌握時代的脈膊，把自己的感受和情感，主觀地溶化在作品內。此文學藝術之所以異於科學也。

柳宗元〈永州八記〉，儘管寫錄的只是永州一帶的山山水水，不過，它們卻和《山海經》、《史記》〈西南夷列傳〉有很大的不同；它們是柳宗元政治失敗後，放逐南竄到永州來，悲憤悶鬱，痛苦淒涼，所寫下來主觀味道非常濃厚的作品。永州山山水水只不過是些客觀的對象罷了；柳宗元在這些對象裏，不但把自己的情感全部傾注上去，而且，還肆意地改變山山水水，以配合自己的感情，發生共鳴的作用。〈永州八記〉固然記錄了永州一帶的山水，但是，它更重要的是婉轉委隱地刻劃了柳宗元的悲鬱心歷路程；這些悲鬱路程，時時刻刻地震撼歷來的讀者，久而不衰。〈永州八記〉是柳宗元的文學作品，它和《山海經》、《史記》〈西南夷列傳〉不同，其道理大概就在此了。

柳宗元客寓永州之際，曾經寫了一首〈江雪〉的五絕，傳誦千古：

千山鳥飛絕，萬徑人蹤滅，

孤舟簑笠翁，獨釣寒江雪。

宋代范晞文在他的《對牀夜語》卷四裏，評此詩云：「唐人五言四句，除柳子厚釣雪一詩外，極少佳者。」此詩之膾炙人口，於此可見了。永州的嚴冬，千山眞的是絕飛鳥，萬徑眞的是滅人蹤嗎？在南竄永州的司馬情感裏，這一帶的窮僻煙荒，豈是有政治理想、英氣才幹的人所該居留的嗎？柳宗元寫雪景，也是在寫冰寒的心景呀！雪景是如此淒寒苦迫，心情又怎不是呢？柳宗元以他在永州的心情，一落筆就峭厲孤寂，給人一種奇絕的感受。

儘管如此，柳宗元還爲人間保留住一絲的希望和火種；嚴冬的巒地，鳥絕蹤滅，卻還有一位老翁，戴笠披簑，停舟獨釣！這個「釣」字，是詩眼，是一線生機的寄託處；有此一「釣」字，人間才有希望和生機，就如有此一「翁」，千山萬徑才不滅絕人間一樣。這就是柳宗元寫本詩的心情和寓意；從奇絕的佈景中，峭厲孤寂直逼人心！

柳宗元撰寫〈永州八記〉，也抱五絕〈江雪〉相同的態度；用奇絕來佈置，然後，把峭厲孤寂的情感渲染出來，直取讀者的心。

對於永州山水遊記，柳宗元一開始就擁有很強烈的意念，要把它們寫得奇絕怪特。在九篇遊記裏，他就連用了十五個「怪」「奇」「異」「特」「詭」與怪異有關的字眼，來形容永州山水的奇特怪絕——

以爲凡是州之山有異態者。

而未始知西山之怪特。

始指異之。

幽泉怪石。

然後知是山之特立（以上俱見〈始得西山宴遊記〉）。

負土而出，爭爲奇狀者，殆不可數。

美竹露，奇石顯。

不匝旬而異地者二（俱見〈鈷鉧潭西小丘記〉）。

皆永中幽麗奇處也。

又有異卉，類合歡而蔓生（俱見〈袁家渴記〉）。

其側皆詭石怪木，

奇卉美箭（俱見〈石渠記〉）。

而生嘉樹美箭，益奇而堅（見〈小石城山記〉）。

至初潭，最奇麗（見〈遊黃溪記〉）。

這十五個擁有怪絕奇特的意義的字眼，就分散在柳宗元這幾篇遊記裏；除了第二篇〈鈷鉧潭記〉及第四篇〈至小丘西小石潭記〉外，其他六篇，無篇無之。如果說柳宗元沒有意思把永州山水寫得奇絕怪特，他何以要連用十五個此類意義的字眼呢？

除了正面用怪異的字眼來描寫永州山水之外，柳宗元還從側面，或者暗喻，或者隱譬，或者婉言，刻意地把永州的山水渲染得怪絕奇特。這裏，姑且分三方面來討論。

第一、造境之怪：

永州山水的境色，通過柳宗元的筆端，都是怪絕奇特，一點也沒有名山大川那種開闊雄偉的氣宇。看他描寫從西山所看到的景色，是「其高下之勢，岈然洼然，若垤若穴」（〈西山宴遊記〉）；所謂「岈然」，即山谷中間空曠的樣子；「洼然」，即深地既低窪又曲折；這樣的造境，豈是平常的嗎？當他到小石城山時，他說：「土斷而川分，有積石橫當其垠，其上爲睥睨梁欐之形；其旁出堡塢，有若門焉。」這是描寫一個斷層山崖，流水自山崖頂即分成幾條支梳，往崖腳奔騰而下，崖底積石纍纍，積石上又有積石，累積得像一排一排的女牆；造境多歷奇特。

在柳宗元的筆下，永州的石也生得非常怪異。鈷鉧潭西側的小丘，那裏的石塊都是「突怒偃蹇，負土而出，爭爲奇狀者」；個別的長相尤其怪異，有的「嶔然相累而下者，若牛馬之飲於溪」，有的「衝然角列而上者，若熊羆之登於山」（皆見〈小丘記〉）。他遊黃溪的時候，他說那裏的石頭長得都很「巍然」，像「頦頷」（高低不平而又醜陋的臉骨），像「齗齶」（犬牙相錯的牙齒）。永州的石，眞是怪絕了。柳宗元不但看到陸地上的石頭長得怪特，連水底下的石塊，也都無奇不有、無怪不存。小石潭潭底的石塊，柳宗元說：「全石❸以爲底；近岸卷石底以出，爲坻，爲嶼，爲嵁，爲巖。」（〈小石潭記〉）潭底下的石頭，原來是一整大塊，到了岸邊時，石頭竟折皺倦曲地向上翻滾，露出水面，變成小山、小島，又變成怪丘、石崖；造境多麼奇怪！相同的怪境也出現在石澗，那裏的河床，「亘石爲底，達於兩涯，若床若堂，若陳筵席，若限閫奧」（〈石澗記〉）；澗底是一整塊的大石塊，一直平鋪到兩岸，石塊的樣子有的像床，有的像堂，有的像在擺筵席，有的又像室內屋角；水底的石塊，竟然也長得如此怪絕奇特。

除了山和石，永州的水，通過柳宗元的刻意渲染，也流得非常怪異。最令人怪異的是袁家渴的那條流水；那條流水，從高處往下奔騰後，遇着石塊，產生「衝濤」和「旋瀨」（洶湧的波濤和旋轉的急流），然後，再倒流「退貯」到谿谷來；楚、越一帶把這種流水管叫「渴」，即「反流」❹的意思。造境之異，眞令人拍案叫絕。石渠那條流水，也被描繪得怪絕得很——流水幽幽作響，聲音突然大，突然小；這樣的溪流已經很奇怪了。柳宗元又說，溪水的廣，有時不及一尺，有時卻又倍尺，奔騰下去後，遇著大石塊，竟鑽到石塊底下去，潛過去後再露出地面來！這樣的造境，不怪異也得怪異了。到黃溪遊覽後，他形容黃溪的流水更令人咋

---

❸ 四庫全書本「全」作「金」；作「金石」，造境更奇。

❹ 「反流」，音辯本及文苑英華同，宋世綵堂本作「支流」；作「反流」者，造境更奇。

舌不已！他說：「其略若剖大甕，側立千尺，溪水積焉。」（〈遊黃溪記〉）黃溪的初潭，樣子像個剖了一半的大甕，豎立地深入地面千尺，而溪水就流積在甕裏。原來黃溪的初潭是半個大甕站立在地面裏，不是平擺在地面上——眞是令人嘖嘖稱奇了。

在描繪永州的山水方面，柳宗元採用各種方法，刻意地把境色造得怪異奇絕，似乎是無庸置疑的。

第二、造字之怪：

柳宗元在永州的遊記裏，非常注意措詞用字，有時他用很偏僻的字，有時他選很準確醒目的字；這些，都應該被認爲刻意的安排和處理。通過造字之技巧，把永州山水的怪異強烈化。

有時候，柳宗元選用很準確的字來形容某種境色，使該境色更加怪異突出，直印讀者的腦海。例如〈鈷鉧潭記〉，他用「盪擊益暴，齧其涯」兩句話來形容冉水對鈷鉧潭兩岸的衝擊以及衝擊後所造成的地形；本是一處平凡的潭水，柳宗元用了「暴」和「齧」兩個字，竟讓我們覺得山水的峻岨和怪特了。又例如〈遊黃溪記〉，他說：「祠之上，兩山牆立。」他造「牆」字來形容山之特立，不可不謂傳神之極，也不可不謂怪絕之極。此外，他形容波濤爲「衝濤」（〈袁家渴記〉），形容石塊之巍立爲「衝然角烈」（〈小丘記〉），都顯現出他刻意造字的精愼。

相同是一幅曲折幽邃的景色，柳宗元就用幾種不同的字眼來描繪；在〈小石潭記〉裏，是「斗折蛇行」；在〈袁家渴記〉裏，是「間廁曲折」；而在〈石渠記〉裏，卻又是「曲行紆餘」；造境相同，造字卻異。用「斗折」「蛇行」來描寫道路之曲折；用「間廁」「紆餘」來渲染道路的幽邃；不但準確，而且，造字也非常怪特。〈鈷鉧潭記〉裏，他形容流水之翻滾旋動爲「輪」（流沫成輪）；〈石澗記〉裏，他造個「排」字來表示清理（排腐木）；在〈小丘記〉裏，他說石塊冒出地面爲「怒」（突怒）；柳宗元永州山水遊記造字練詞之怪特，在古典文學裏是罕見的，也是罕能媲美的。

有時候，他選煉一些偏僻的冷怪字眼，來形容某些造境。例如〈西山宴遊記〉裏，他形容山谷之高低曲折爲「岈然洼然」；《說文》沒有「岈」字，原來此字本作「谺」，《集韻》云：「谺，谷中太空貌。」至於「洼」字，本義爲「深地」（見《說文》，通作「窪」）；《莊子》〈齊物論〉云：「似洼者。」柳宗元以「洼」寫山，蓋源自《莊子》。岈，冷僻字；以「洼」狀山，亦屬罕例。在〈鈷鉧潭記〉，他說泉水流入鈷鉧潭時，「有聲潨然」；潨，借爲淙，水聲也；柳宗元捨「淙」用「潨」，應該是有意爲之的。

又例如，他在〈遊黃溪記〉裏，竟選揀「頦」「頷」「齗」及「齶」四個罕見的奇字，來渲染山石之怪特；除了「頷」之外，其他三個字，音義都爲常人所罕知。同一篇裏，他用「黛蓄」「膏渟」來描寫潭中之蓄水；「蓄」的意義只是「積」，不是「積水」，柳宗元用「黛積」來暗喻「黛水」，是他奇特之處；「渟」字也不多見。

又例如〈小石城山記〉云：「其上爲睥睨梁欐之形。」睥睨，正寫當作「埤堄」，城上女牆也，睥睨，斜眼視人也；柳宗元採「睥睨」而捨「埤堄」。至於「梁欐」，本作「梁麗」，梁棟之謂也；字亦罕用。

在選詞煉字方面，柳宗元刻意安排和處理，務使其怪絕奇特，以便和造境相配合，似乎是可以肯定的。

第三、造語之怪：

柳宗元永州山水遊記，在造語方面，也刻求變化多端，務使其怪特不凡。此說先賢及時賢已多所論例，清朱宗洛說：「凡前後呼應之筆，皆文章血脈貫通處。然要周匝，又要流動；要自然，又要變化。」（〈古文一隅〉）永州遊記的造語，不但自然，而且變化不測。徐善同說：「意或有重，文則多變。」（〈柳宗元永州遊記校評〉），造語之幻變怪特，的確是永州遊記的特徵。

柳宗元善於造短語，可短至一字、二字，如「噫！吾疑造物者之有無久矣」（〈小石城山記〉），一字句後緊承十字句，舒暢自如，長短相協；「余，黃虞之後也」（〈遊黃溪記〉）、「其樹多楓、柟、石楠、楩、櫧、樟、柚；草則蘭、芷」（〈袁家渴記〉），都是這種情形。至於二字句，更是常見；如「爲坻、爲嶼、爲堪、爲巖」（〈小石潭記〉）、「其中重洲、小溪、澄潭、淺渚」（〈袁家渴記〉）、「折竹」（〈石澗記〉）、「南去」及「有鳥」（〈遊黃溪記〉）等，盡是二字句的短語。柳宗元有意在造語方面顯奇特，是肯定的。

短語最常見的該以三字句及四字句，如「掃陳葉，排腐木」（〈石澗記〉）、「或咫尺，或倍尺」（〈石渠記〉）及「至初潭，最奇麗」（〈遊黃溪記〉），多不枚舉；至於四字句，幾乎是舉不勝舉了。這些短語，往往和長句相配合，務求既幻變怪特，又自然流暢；閱讀誦吟之際，長短相濟，舒急相成。

永州遊記又鑲嵌著一些排偶的句子，增加文章的整齊美，如「清泠之狀與目謀，瀯瀯之聲與耳謀，悠然而虛者與神謀，淵然而靜者與心謀」（〈小丘記〉）、「悠悠乎與顥氣俱，而莫得其涯；洋洋乎與造物者遊，而不知其窮」（〈西山宴遊記〉）以及「交絡之流，觸激之音，皆在牀下；翠羽之木，龍鱗之石，均蔭其上」（〈石澗記〉）等；這些工整的排偶句子，往往和其他長短不一的句子配合在一起，增加句子長短變化的怪特。

此外，柳宗元還造出結構特殊的頂眞句子；上下兩句，首尾重複該字，一連幾句皆如此，使句與句之間，形成珠連結合，讀起來欲罷不能。如「幽泉怪石，無遠不到；到則披草而坐，傾壺而醉；醉則更相枕以臥，臥而夢❺」、「覺而起，起而歸」、「自遠而至，至無所見」及「然後知吾嚮之未始游，游於是乎始」（並見〈西山宴遊記〉），都是這情形的例子❻。

根據上述十五個與怪異有關的字眼，再加上造境、造字及造語之怪特，肯定地可以指出，

❺ 音辯本無「臥而夢」三字。

❻ 友人何沛雄兄亦論及此事，見何著「柳宗元永州八記：析論•校注•集評•年譜」（上海印書館），第三十三頁；又見何著「談柳宗元的永州八記」（華學月刊八十九期），第三十頁上。

柳宗元在永州遊記裏，苦心孤詣地要讓讀者覺得，永州的山山水水都是奇絕怪異的，絕對談不上名山大川的開闊雄偉的氣宇。

在這麼一個蠻荒偏僻的怪異楚地，柳宗元時常出遊肆覽，他得到樂趣嗎？這是一個很重要的問題，也許，柳宗元就是要告訴我們這件事。

在一處一處怪絕異特的山水裏，實際上是找尋不到快樂的；通過永州幾篇山水遊記，柳宗元含蓄地把這意思表達出來。這裏，我們從下述幾個論證可以觀察出。

第一

唐朝的時候，湖廣一帶都尙未開發，氣候則暑濕多變，語言則蠻夷腔調，毒蟲遍野，處處荒涼；對柳宗元來講，簡直是個怪異的地方。僑寓永州時，他曾寫信給李建說：「永州於楚最南，狀與越相類，僕悶即出游，游復多恐。涉野有蝮虺大蜂，仰空視地，寸步勞倦。近水即畏射工沙蝨，含怒竊發，中人形影，動成瘡痏。」❼所謂「蝮虺」「大蜂」「射工」「沙蝨」，都是一些惡毒的怪蟲；柳宗元甚至於出遊解悶，也都得備受襲擊！至於永州的氣候，柳宗元曾寫信給裴塤說：「楚南極海，玄冥所不統，炎昏多疾，氣力益劣，昧昧然人事百不記一，捨憂慮則怠而睡耳。」❽他的體質本來就不佳，平日又多病；永州「炎昏」的氣候，

---

❼ 見柳河東集卷三十。

❽ 同上。

使他「氣力益劣」。晚年再貶柳州時，曾寫一首「柳州峒氓」詩，開首的兩句說：「群城南下接通津，異服殊音不可親。」柳州土人服飾、語言異於中原，永州也差不太遠；來自中原的柳宗元，不但覺得怪異，甚至於不敢親近！

對柳宗元來講，永州當地的一切的確怪異奇特，和中原絕不相同；柳宗元放逐永州，正如他自己說的，除了「憂慮」之外，就是「怠而睡耳」。永州的山水不也是怪異奇特嗎？難道就有快樂可尋嗎？他在那幾篇遊記裏，連續提到好幾個「樂」「喜」字，如「孰使予樂居夷而忘故土者」（〈鈷鉧潭記〉）、「心樂之」（〈小石潭記〉）、「皆大喜」「獨喜得之」（〈小丘記〉）、「似與遊者相樂」（〈小石潭記〉）、「古之人其有樂乎此耶」（〈石澗記〉）及「其間可樂者數焉」（同上）等，但是，柳宗元果眞有快樂嗎？永州氣候、語言、習俗之怪異，柳宗元說他「暫得一笑，已復不樂」（〈與李翰林建書〉）；那麼，永州山水之怪異奇特，他即使有「一笑」，也還不是「不樂」嗎！清人徐幼錚評鈷鉧潭記篇末「樂」字云：「結語哀怨之音，反用一『樂』字托出，在諸記中，尤令人淚隨聲下。」眞是千古名言。

第二

在怪絕奇異的環境裏出遊，其實，應該說是一種痛苦的煎熬；細讀永州山水諸遊記，柳宗元處處都在透露被煎熬的痛苦，令人爲之泫然。〈小石潭記〉有一段描寫潭裏的游魚，說：

> 潭中魚可百許頭，皆若空遊無所依。日光下澈，影布石上，佁然不動；俶爾遠逝，往

來翕忽，似與遊者相樂。

這段短文，與其說是描寫游魚，毋寧是暗喻柳宗元翕忽不定的心情！柳宗元放逐永州，與游魚懸空無所依，有何不同？游魚翕忽往來，似與柳宗元相樂；然而，此樂竟「俶爾遠逝」！游魚俶爾遠逝之快樂，不是他自供詞「暫得一笑，已復不樂」的另一面含蓄說法嗎？柳宗元為了解悶而出遊，即使有樂可尋，也是俶爾遠逝，逝得無影無踪！永州遊記寫了不下五、六個「樂」字，都是受盡痛苦煎熬的一種反說！

其實，如果仔細咀嚼這幾篇遊記的話，柳宗元甚至連「俶爾遠逝」的快樂也無法獲得。柳宗元將永州山水的景色造得太異怪奇特了，連自己也不禁寒顫抖瑟，無法久居！這簡直是自己煎熬自己。當柳宗元飽覽小石潭後，他所得到的竟不是快樂，他說：

> 坐潭上，四面竹樹環合，寂寥無人，淒神寒骨，悄愴幽邃，以其境過清，不可久居，乃記之而去。

文中「淒神寒骨」「悄愴幽邃」，是柳宗元刻意造為永州山水的景色，用以暗喻永州的怪異奇特；在此造境下，他自我煎熬，「不可久居」，黯然神傷地離逝。展讀永州遊記，此段又豈可輕易帶過？徐善同評論此段云：「極盡荒陬之幽冷！而其情又極其悽楚之至！」可謂善讀此文了。

第三

儘管柳宗元時而出遊，切盼陶醉於山水，然而，他實在無法壓抑悲楚的痛苦，導致解脫的境地。他的遊記文字，設色冰冷峭淡，好像一幅暗青冷白的圖畫一樣，令人寒顫不已。「縈青繚白」（〈西山宴遊記〉）、「深墨，沸白」（〈袁家渴記〉）、「白礫」（同上）、「青鮮環周」（〈石渠記〉）、「黛蓄」（〈遊黃溪記〉；黛，畫眉墨也）、「白虹」（同上）；永州遊記主色竟是青、白和黑！柳宗元如果在飽覽風光之餘，能達到自我解脫的境地，他不應該設色如此冰冷峭淡。

柳宗元也有施濃的色彩，如「金石❾以爲底」（〈袁家渴記〉）及「紛紅駭綠」（同上），不過，畢竟非常稀少，而且，正如友人劉文獻所說的：「柳宗元的遊記裏極少朗耀鮮豔的色彩，偶而有的話，也不過是黑女郎胸前的一瓣花飾，多了它，反而將那烏黑的顏色襯得格外深濃了。何況『紛』字『駭』字加在『紅綠』之上；使得原本明豔的色彩，也已染上了生峭的情調。」❿這幾個「紅」「綠」「金」字，摻雜在冰冷峭淡的字眼裏，顯得多麼不協調；

---

❾ 見❸。

❿ 劉兄曾撰「柳宗元的遊記」，刊佈於台北《文學雜誌》第六卷第三期（三十一頁至三十六頁），一九五九年五月。

就好像終日悲傷憂泣的人，爲了排除苦悶的氣氛，勉強自己的顏面歡笑一般，顯得多麼的痛苦和可憐！

第四

柳宗元在元和九年時，曾寫了一首〈囚山賦〉；賦並不長，只有二十八句，約二三百字。從本賦裏，可以看出柳宗元實在很厭惡永州的山水，他說過——

> 沓雲雨而漬厚土兮，蒸鬱勃其腥臊。陽不舒以擁隔兮，群陰互而爲曹。……積林麓以爲叢棘兮，虎豹咆㘖代狴牢之吠嗥。胡井眢以管視兮，窮坎險其焉逃。顧幽昧之罪加兮，雖聖猶病夫嗷嗷。……

他認爲永州山裏的空氣有腥臭味，那裏的虎豹聲好像牢獄裏的狗聲，他甚至於形容永州的山水像一所大牢獄，他就痛苦地住在牢獄裏，沒法子窺視到外界！晁無咎說：「自昔達人，有以朝市爲樊籠者矣，未聞以山林爲樊籠者。宗元謫南海久，厭山，不可得而出，懷朝市，不可得而復；丘壑草木之可愛者，皆陷穽也。故賦囚山。」實在很瞭解柳宗元了。

〈囚山賦〉作於元和九年，距離他元和四年第一次出遊，不過五年而已；距離他元和八年最後一次出遊，只有一年罷了！柳宗元出遊永州山水，不會抱著〈囚山賦〉的心情嗎？

第五

仔細咀嚼永州山水遊記，柳宗元儘管時常攜伴共遊，實際上，他是一點快樂也得不到。他時常說：「尋山口西北道二百步。」「潭西二十五步。」（並見〈小丘記〉）「從小丘西行四百二十步。」（〈小石潭記〉）「由冉溪西南水行十里。」（〈袁家渴記〉）「其長可十許步。」（〈石潭記〉）「不過四十丈。」（〈小石城山記〉）「由東屯南行六百步。」「揭水八十步。」「又行百步。」「自是又南數里。」「又南一里。」（並〈遊黃溪記〉）把距離及長度記載得這麼詳細，如果不是親身度量，何以辦得到？永州遊記是文學作品，絕不是科學記錄，這是柳宗元所當然知道的，然則他到底懷著甚麼心意呢？如果只是十幾二十步的距離，那還容易度量；但是，動輒四十、五十步，乃至於幾百步，柳宗元何以自苦如此呢？他到底要表達些甚麼呢？韓愈〈柳子厚墓誌銘〉有句話：「居閑，蓋自刻苦。」一個悲憤憂鬱的人如果太空閑的話，時間的打發是一件痛苦的事情；柳宗元似乎以度量各種長短距離，來咀嚼時間的苦汁。

永州遊記用了好幾個「窮」字，如「窮迴谿」「窮山之高而止」（〈西山宴遊記〉）、「舟行若窮」（〈袁家渴記〉）、「於是始窮也」（〈石渠記〉）、「石渠之事既窮」「道狹不可窮也」（〈石澗記〉）；唯其尋不到快樂，柳宗元更必須「窮」之！〈小石城山記〉云：「其一西山，尋之無所得。」這句「尋之無所得」充滿著禪機，是柳宗元在永州遊記所欲表達之痛苦的最好寫照。

＊　＊　＊　＊

柳宗元在游黃溪記裏，曾記錄下當地的一個民間傳說——有一位叫王神的，因爲王莽在政治上的失敗，他不得不南竄到永州來，選擇一處「深峭」之地潛居，易姓黃。傳說的可靠性無法確知，不過，柳宗元刻意記載此故事，似乎是可以肯定的。唐順宗之際，柳宗元加入王叔文的政治集團；政治失敗了，柳宗元被放逐永州，潛居在此「深峭」而又「怪異」的地方！王神姓王，他政治集團的領袖也姓王，這個傳說和柳宗元的生世，竟有許多相合之處！對柳宗元來講，王神的生世竟成爲自已後半生的寫照；這怎不令他欷歔呢？最令他寒顫不安的，莫過於王神客死在永州這件事；難道他自己也要客死在此「怪異」之楚地嗎？好像一股激越的電流，這個思想時常地震式地震盪着他的神經，帶給他無窮無盡的哀痛，就如掉落在一個深淵黑暗的井洞裏，摸不到一絲的光線。

柳宗元儘管時常出遊，藉以排情遣懷，不過，他時常「看」到的是自己，而不是永州美麗的山山水水。他到鈷鉧潭西小丘時，土人告訴他，這是一位姓唐者的「棄地」，賣了幾年，都賣不出去；他到石渠時，他才知道這是一塊「未始有傳」的地方；柳宗元「看」到的是永州山水嗎？不是，不是；是他自己——棄人，一位未始有傳的棄人。

柳宗元遊覽的山水，都是遭人遺棄荒涼透頂的野域，連歲不能售，甚至「農夫漁父」都「陋之」！（並見〈小丘記〉）唯有柳宗元獨具慧眼，看到的山水是「美竹」（〈小丘記〉）、

「幽麗」（〈袁家渴記〉）、「渠之美」（〈石渠記〉）、「嘉樹美箭」（〈小石城山記〉），與普通的「培塿」「不爲類」（〈西山宴遊記〉）。世間千里馬可能隨時隨地都有，惟獨伯樂難覓；柳宗元僑寓永州，就要扮演伯樂的角色。

〈小石城山記〉文中，柳宗元說過幾句話：「又怪其不爲之於中州，而列是夷狄，更千百年，不得一售其伎，是固勞而無用。」他認爲，天神創造了「幽麗」「不與培塿爲類」的傑出山川，竟遭人遺棄在永州，實在是勞累精力而一點用處也沒有；「余憐而售之」（〈小丘記〉），柳宗元不但爲天神難過，也很同情山川的遭遇。

因此，有意扮演伯樂的角色的柳宗元，面對永州諸荒棄的山水，在有意與無意之間，他採取了下列幾個措施：

第一

柳宗元對這些荒棄的山水，不遺餘力地加以開發；試讀永州遊記這些文字——

斫榛莽，焚茅茷。（〈西山宴遊記〉）

崇其臺，延其檻。（〈鈷鉧潭記〉）

更取器用，剷刈穢草，伐去惡木，烈火而焚之。（〈小丘記〉）

伐竹。（〈小石潭記〉）

既崇而焚，既釃而盈。（〈石渠記〉）

折竹，掃陳葉，排腐木。（〈石澗記〉）

柳宗元既「相」得永州山川之美，進一步的，他要把這被遺棄的荒域開發出來。永州遊記，到處都佈滿了開發的記錄文字。

第二

除了開發之外，能力辦得到的話，就將它買下來。永州九處山水，柳宗元就買了兩處！試看——

(1)問其主，曰「唐氏之棄地，貨而不售。」問其價，曰：「止四百。」余憐而售之。李深源、元克己時同遊，皆大喜，出自意外。（〈小丘記〉）

(2)其上有居者，一旦款門來告曰：「不勝官租私券之委積，既芟山而更居，願以潭上田貿財以緩禍。」予樂而如其言。（〈鈷鉧潭記〉）

柳宗元不願坐視千里馬永遭遺棄，於是，出資購下；造物者雖然「勞」了，柳宗元卻不願其「無用」（並〈小石城山記〉文）！

第三

此外，這位唐代的山水伯樂，還有一個很強烈的意念；把千里馬傳出去讓人來欣賞。試讀下列文字——

余得之，不敢專也，出而傳於世。（〈袁家渴記〉）

惜其未始有傳焉者，故累記其所屬，遺之其人，書之其陽，俾後好事者求之得以易。（〈石渠記〉）

既歸爲記，以啓後之好遊者。（〈游黃溪記〉）

柳宗元深信宇宙冥冥中是有位「造物者」的，（〈小石城山記〉云：「吾疑造物者之有無久矣，及是愈以爲誠有。」）只可惜山川既造之後，卻任其荒棄，眞是「勞而無用」。因此，這位唐代的伯樂，積極地探訪失傳的千里馬，將它們公告世人。

他在〈小丘記〉裏說過幾句話：「以茲丘之勝，致之灃、鎬、鄠、杜，則貴游爭買者，日增千金而愈不可得；今棄是州也，農夫漁夫過而陋之。」正惟造物者任有用之幽麗山水荒棄於南楚，連農夫漁父尚且鄙陋之；柳宗元挺身而出，爲保存南天一線的生機，他積極地發掘及宣揚它們，俾讓它們才得其用，不會守默以終。「書於石，所以賀茲丘之遭也」（〈小丘記〉）；柳宗元保存一線生機的意念，表現得多麼強烈！柳宗元那兩句詩：「孤舟簑笠翁，獨釣寒江雪。」他保留一個「翁」字，滅絕裏才存人間；他保留一「釣」字，人間才存一線生機！柳宗元撰寫永州山水遊記，竟和五絕〈江雪〉抱相同的態度！

柳宗元積極發掘棄地，讓它們留傳於世，在滅絕的劣境裏，爲人間保留一線生機；那麼，又有誰會像他一樣地扮演伯樂的角色，在滅絕的放逐生涯裏，積極到處探訪，把他發掘出來，爲他保留一份新希望呢？當他探得小丘時，他高興得「書於石，所以賀茲丘之遭也」；但是，他是否有被賀的機會呢？又將會有誰來向他賀呢？清代的林雲銘說：「乃今茲丘有遭，而己獨無遭，賀丘所以自弔，亦由起廢之答無覽足涎纇之望也。嗚呼！英雄失路，至此亦不免氣短矣！」⓫柳宗元在賀小丘之遭遇時，一種峭厲孤寂的情感，直取我們的心房！這位唐代伯樂在南竄失意之際，原來是一面在啃嚙自己的悲憤痛苦，一面在怒擎南天！徐善同云：「見放南夷，不忘欲返，託山水以發之歟？然而一僨不復，卒死窮裔！茲丘有遭，而斯人材不爲世用！其亦不幸之甚矣！」⓬千載後有心人，讀罷柳氏的山水遊記，能不爲痛哭流涕乎！

⓫ 見林著《古文析義初編》卷五。

⓬ 見徐著《柳宗元永州遊記校評》。

賈誼〈過秦論〉分篇探略

一

賈誼的〈過秦論〉，有分爲上下兩篇以及上中下三篇兩種情形。

盧文弨在自刻《新書》校語中說，他所見到的建寧府陳八郎書舖印的一個宋本，分爲上下兩篇；今《漢魏叢書》本《新書》即分爲兩篇，可說是相同一系統了。宋代淳祐八年長沙刻的潭本却分爲上中下三篇，明代正德八年刻李夢陽序本《賈子》也分爲三篇，可說是另一系統了。一九八九年中州古籍出版社刊行吳雲、李春台合撰的《賈誼集校注》，依據後一系統，「現仍按三篇編排」。❶

所謂二篇本及三篇本，其差別在於二篇本將三篇的中下篇合爲一篇，改題爲下篇，無中

❶ 吳雲、李春台校注《賈誼集校注》，中州古籍出版社一九八九年出版，列入《中州文獻叢書》中。引文見頁五注一內。

篇之標題；相反的，我們也可以倒過來說，三篇本將二篇本的下篇析爲兩篇，分別題中下篇之標題。

起訖	三篇本	二篇本
秦孝公據崤函之固……而攻守之勢異也。	上篇	上篇
秦滅周祀……是二世之過也。	中篇	下篇
秦兼諸侯……故曠日長久而社稷安矣。	下篇	

在兩篇及三篇的爭議中，實際上的核心問題在於：除上篇獨立爲篇外，後面的文字應該析爲兩篇？還是合爲一篇？筆者認爲，要解決這個問題，最根本及妥善的方法還是從後面這兩篇文章的內容著手，才是正道。這裏，分幾點來討論：

第一、從內容主題言

從內容的主題來說，中下兩篇所論者確實有所不同。

中篇所論以「安民」爲其重點，一則曰「即元元之民冀得安其性命」，再則曰「即四海之內，皆歡然各自安樂其處，惟恐有變」，又再曰「人懷自危之心，親處窮苦之實，咸不安其位」，都是以「安民」爲基點，發爲議論。文章自第三段「今秦二世立」以後的文字最爲重要：

> 向使二世有庸主之行……裂地分民以封功臣之後，建國立君以禮天下；虛囹圄而免刑戮，去收孥污穢之罪，使各反其鄉里；發倉廩，散財幣，以振孤獨窮困之士；……即四海之內，皆歡然各自安樂其處，惟恐有變……。
>
> 二世不行此術，而重以無道：壞宗廟與民更始作阿房之宮；繁刑嚴誅，吏治刻深……自群卿以下至於眾庶，人懷自危之心，親處窮苦之實，咸不安其位，故易動也。

這一正一反的文字，應該是中篇主題所在；從正面來說，二世若能裂地分民、釋民免刑、振孤賑窮、輕賦省法，採取「安民」的政策，使眾民「皆歡然各自安樂」，那麼，雖有狡害之民、不軌之臣，也無法飾智稱亂了。相反的，二世不行此道，壞宗廟、繁刑法、重賦斂、困百姓，採取「危民」的政策，使「群卿以下至於眾庶」，皆「不安其位」，所以，即使像陳涉如此之盲愚，也可以使「天下響應」。

到了最後一段，乃總結此正反文字；「是以牧之以道，務在安之而已矣」，即承此正面文字而言；「下雖有逆行之臣，必無響應之助」，又承此反面文字而言；所以，結語說：「安民可與爲義，而危民易與爲非。」而二世之過，就在於採取「危民」的政策了。

至於下篇，重點當在「壅蔽」之上。

論秦始皇時，則曰「足己而不問」；足己，即自己認爲滿足，驕恣傲慢也；不問，即不徵詢臣屬意見，自我壅蔽也。論二世時，則曰「因而不改」；因，即因襲秦始皇「足己不問」

的過錯，傲慢壅蔽也。論子嬰時，則曰「孤立無親，危弱無輔」，因爲驕傲，所以孤立無親；因爲壅蔽，所以危弱無佐。循著這個主題，賈誼接著說：

當此時也，世非無深謀遠慮知化之士也，然所以不敢盡忠拂過者，秦俗多忌諱之禁也，忠言未卒於口，而身糜沒矣。故使天下之士，傾耳而聽，重足而立，闔口而不言。

當時天下並非無深謀遠慮之士，然而，皆「重足而立，闔口而不言」，原因何在呢？「失道」也，壅蔽而喪失聽聞之道也。

底下兩段皆循此主題加以發揮。「先王知壅蔽之傷國也，故置公卿、大夫、士，以飾法設刑而天下治。其強也……其弱也……其削也……。」起句即拈出「壅蔽」二字藉以醒題，接著言置公卿大夫所以消除壅蔽，然後言強、弱、削與壅蔽的關係。文章寫到這裏，就再次進入評論秦國政治的得失了；曰：

故秦之盛也，繁法嚴刑而天下震；及其衰也，百姓怨而海內叛矣。

秦在興盛時，因爲能聽聞納諫，有公卿、大夫及士，所以「天下震」；及其衰弱，因爲傲慢壅蔽，無公卿、大夫及士，所以，「百姓怨而海內叛」。結語說：「安危之統，相去遠矣。」

蓋有士即安，無士即危；而士之有無，與朝政之開放、壅蔽有密切關係。

自主題上來說，可見中、下兩篇有很大的差異。

第二、從文章結構言

從文章結構來說，兩篇皆自爲起訖，不似一篇。試審閱中篇各段內容：

段次	起訖	內容
一	秦滅周祀……在於此矣。	論天下斐然向風於秦，秦應專威定功。
二	秦王懷貪鄙之心……功業長久。	論始皇貪鄙自奮，不知取守之勢之異。
三	今秦二世立……其民危也。	論二世不知掌握天下向風之勢，坐失良機，卒使陳涉奮臂於大澤，天下響應。
四	故先王者……是二世之過也。	論二世不知安民，其過在此。

這篇文章，首段論秦南面稱帝，養有四海，如果知道安危之本，當可專威定功。第二段筆鋒一掉頭，轉而評論始皇之過失，然後，第三段以最長的篇幅，大張撻伐，評論二世不知安民，承繼始皇之過，才造成陳涉奮臂的結果。最後一段是個結論。從分析中，可知本篇自爲起訖，內容清晰，結構完整。

至於下篇，情形亦復如此：

一	秦兼諸侯……可見於此矣。	論秦已有天下，然陳涉起義，章邯謀反。
二	子嬰立……宗廟之祀宜未絕也。	論子嬰若有所醒悟，秦地可保，宗廟應不當絕。
三	秦城被山帶河以爲固……救敗非也。	論秦取天下，乃勢不得不然；諸侯合力攻秦而未能成功，亦形不利、勢不便。秦若能見此形勢，安士息民，收弱扶罷，當可保有四海。
四	秦王足己而不問……豈不悲哉！	論始皇、二世及子嬰皆自我壅蔽，終身不悟，天下卒亂。
五	先王知壅蔽之傷國也……相去遠矣！	論壅蔽之傷國，並據此以觀秦之盛衰。
六	鄙諺……故曠日長久而社稷安矣！	論治國當考察上古盛衰之理。

下篇大略分成兩部分，所論也是脈絡清楚，自爲首尾。首從陳涉及章邯說起，然後論子嬰無法洞悉起義叛亂之原因，坐視秦祀斷絕。到了第三段，從秦積二十餘君而取天下說起，秦若能循此形勢，安士息民，天下必不敗亡。第四、五段，論秦敗亡之因乃由於三主（始皇、二世、子嬰）傲慢壅蔽，終身不悟。最後一段乃結論，頗有借古諷今之意味。

比較兩篇之結構，可知中篇順序討論始皇、二世；下篇論陳涉、章邯，然後論同時代的子嬰，最後再總論三主。如果兩篇合併爲一，中篇既論過始皇及二世，下篇又再論此二人，豈不重複了嗎？

第三、從評論重點言

中篇及下篇的最後一段分別是它們的結語，也是該篇評論重點之所在。中篇說：

> 故先王者見終始之變，知存亡之由。是以牧之以道，務在安之而已矣。下雖有逆行之臣，必無響應之助。故曰：「安民可與爲義，而危民易與爲非。」此之謂也。貴爲天子，富有四海，身在於戮者，正之非也。是二世之過也。

賈誼在中篇裏認爲，無法牧民及安民，是秦政敗亡的根本原因，而此一過錯的負責人，就是二世了。換句話說，二世是中篇評論的重要對象，所以，上文曰「今秦二世立，天下莫不引領而觀其政」，曰「向使二世有庸主之行而任忠賢」，曰「二世不行此術」，無一處不針對秦二世而發。

反觀下篇，評論重點就不同了；結語說：

> 鄙諺曰：「前事之不忘，後事之師也。」是以君子爲國，觀之上古，驗之當世，參之人事，察盛衰之理，審權勢之宜，去就有序，變化因時，故曠日長久而社稷安矣。

這段結語，似乎是「泛論」，不專對任何人主而發，也可以說對秦代幾位國君而發，所以，前文評論始皇，評論二世，再評論子嬰，說他們都犯上壅蔽之過。情形就如上篇結語說：「一夫作難而七廟墮，身死人手，爲天下笑者何也？仁義不施，而攻守之勢異也。」既評論始皇，也評論二世及子嬰一樣。

從評論重點來觀察，中下篇並非一篇文章。明本《賈太傅新書》中篇下〈注〉曰：「此與後篇舊俱作〈過秦〉下，今分之；蓋以其文辭重複而各有首尾所致，論者一爲二世，一爲子嬰發也。」說得頗有道理。

另一方面，上篇全文約一千字，中篇約八百二十字，下篇約八百字，三篇幅度不相伯仲；如果說中下篇合一，那麼，下篇約一千六百字，與上篇豈不太懸殊？這也許可作爲旁證。

根據上述三方面來考察，個人淺見以爲〈過秦論〉當以三篇爲是。

二

近人孫欽善撰有〈賈誼過秦論分篇考〉❷，極力主張「原只分兩篇，第二篇再分中、下，乃是後人的割裂」。他從中下篇的內容和結構，「找到其不可再分的內證」。他說：

---

❷ 孫文刊於《文史》第三輯內，頁一二〇，北京中華書局一九六三年出版。

> 賈誼在〈過秦論〉第一篇中敘述了秦的興和亡，最後指出滅亡的原因是「仁義不施而攻守之勢異也」。第二篇對這一原因，結合秦始皇、二世和子嬰的作爲作具體分析。文章先談形勢的轉變——面臨「守天下」之勢，然後依次言秦朝「三主」之過，最後總結說：「三主之惑，終身不悟，亡，不亦宜乎？」並引出秦亡的經驗教訓。首尾一貫，結構謹嚴，斷斷不能割裂。

筆者同意「第二篇……文章先談形勢的轉變——面臨『守天下』之勢」，這就在中篇的第二段裏，「推此言之，取與守不同術也」，「是其所以取之守之者異也」，都可以證成孫說。筆者也同意「然後依次言秦朝『三主』之過，最後總結說：『三主之惑，終身不悟，亡，不亦宜乎？』並引出秦亡的經驗教訓」，這就在下篇的第四段裏，「秦王足己而不問……二世受之……子嬰孤立無親」，「是以三主失道……」，也都可以證成孫說。問題是，這「守天下」和「三主之惑」怎麼會「首尾一貫」呢？在「守天下」之下，還有第三大段及作爲結論的第四段；根據賈誼第三大段的說法，要守天下，必須有牧民之道和安民之策，而秦二世之過，就在於只懂得危民、不懂得安民（見第四段）；這些言論，才和第二段「守天下」之勢「首尾一貫」。孫氏不見及此，牽合兩個沒關係的論點，似此「內證」，恐怕有斟酌的餘地。

孫氏既然主張中下合爲一篇，〈過秦論〉只上下兩篇，那麼，他對「三篇說」當然提出反駁；他說：

第一、所謂中篇，並不是僅對二世而發，還包括了對秦始皇的分析；而下篇也不只是對子嬰而發，還包括對秦朝「三主」的總括批評和整個秦王朝失敗經驗的總結。

在中篇裏，賈誼首先評論的是始皇貪鄙，不知形勢；接著，才評論二世也不知此形勢，才坐失良機，令天下叛亂；換句話說，二世是重蹈覆轍，其過最大。至於下篇，賈誼固然批評子嬰，卻也批評「三主」；換句話說，過在三主，包括子嬰。如此分篇，並無不妥。孫氏又說：

第二、分成中下兩篇後，也並不是各有首尾。如前所說，〈過秦論〉第二篇既是對秦朝「三主」作具體分析來論述秦的滅亡，那麼中篇從論秦始皇到論二世止，是有頭無尾，而下篇末尾針對整個秦王朝而發的一些結語，僅與子嬰事迹聯繫起來也未免有些「尾大不掉」。至於下篇開頭的一段文辭，實爲敘述二世之過所帶來的結果，與上文緊緊相連；同時也是子嬰立爲秦王時所面臨的危勢，下文「山東雖亂，三秦之地可全而有」，正是指此說的。

中篇只討論始皇至二世止，筆者不認爲會「有頭無尾」，實際上，賈誼已清楚地作出結論：「故曰：安民可與爲義，而危民易與爲非。……是二世之過也。」這「二世之過」，就是中篇的「尾」，和標題的「過」字相呼應。筆者不明白孫氏所謂「無尾」的道理。

至於說「下篇開頭的一段文辭，實爲敘述二世之過所帶來的結果，與上文緊緊相連」；孫氏所說「開頭的一段文辭」，即指第一、二段而言（自首句至「宗廟之祀宜未絕也」止，參上文文章結構所附段落表），他認爲此兩段文字和中篇是「緊緊相連」，因此，中下篇應合而爲一。

表面上看起來孫說似乎很有道理，實際上恐未必然；茲舉一「內證」以明之。下篇首兩段和後四段實際上有不可分割的「血肉關係」。第二段說：「子嬰立，遂不悟。」這「不悟」二字，是上篇及中篇所沒有的，然而，下篇第二段出現一次，第四段「三主之惑，終身不悟」，又出現一次；這種情形，適足以證明首二段文字與後四段才是「緊緊相連」的。

三

現在討論《史記》過錄〈過秦論〉的問題。

今本《史記》〈秦始皇本紀〉（以下簡稱「〈本紀〉」）太史公〈贊〉下，轉錄〈過秦論〉下篇；下篇之後，依次又有上篇及中篇。〈陳涉世家〉（以下簡稱「〈世家〉」）「褚先生曰」下轉錄〈過秦論〉上篇。

〈世家〉「褚先生曰」下，〈集解〉曰：

班固〈奏事〉云：「太史遷取賈誼〈過秦〉上、下篇以爲〈秦始皇本紀〉、〈陳涉世家〉下贊文。」然則言「褚先生」者，非也。

可見班固所見〈世家〉，「褚先生」三字本作「太史公」，所以，班固才會在〈奏事〉內說太史公取下篇爲〈本紀〉贊，又說取上篇爲〈世家〉贊。此外，〈集解〉引徐廣曰：「一作『太史公』。」據此可知，到徐廣時代，一本《史記》此處「太史公」三字尚未誤。據此二端以觀之，〈世家〉「褚先生」當作「太史公」明矣。

太史公在〈世家〉既轉錄上篇，爲甚麼又在〈本紀〉內轉錄了下、上、中篇呢？兩處同見上篇，豈不重複？〈本紀〉內，下篇爲首篇，依次爲上、中，豈不次序顚倒？凡此種種，皆令人深思。

筆者個人淺見認爲，太史公在〈世家〉內錄入上篇，在〈本紀〉內只錄入下篇；〈本紀〉內上、中篇乃後人所附入者。理由如下：

第一、上篇最後兩段，即自「始皇既沒」至最後一句，都在論陳涉揭竿起義事，如「陳涉甕牖繩樞之子……」、「陳涉之位……」、「試使山東之國與陳涉度長絜大……」，乃直接點名之句子；至於不點名而論陳涉事者，幾乎句句皆是，所以，太史公錄上篇入〈世家〉，乃最適當者。

至於下篇，根據上文（內容主題及文章結構）的分析，賈誼自第三段以後，重點批評是落在始皇、二世及子嬰「三主」的身上，有總論三主之失而歸過於始皇之意（「秦王足己而不問」，底下皆沿此而發揮），所以，太史公引入〈本紀〉，於理亦非常恰當。

第二、太史公在引錄下篇之前，曾議論說：「自繆公以來，稍蠶食諸侯，竟成始皇。始皇自以爲功過五帝，地廣三王，而羞與之侔。」議論重點落在始皇身上，與下篇有相合之處，宜乎太史公引入〈本紀〉了。

第三、〈本紀〉末附載班固評論賈誼、司馬遷論二世之奏語，曰：

> 賈誼、司馬遷曰：「向使嬰有庸主之才，僅得中佐，山東雖亂，秦之地可全而有，宗廟之祀未當絕也。」秦之積衰，天下土崩瓦解，雖有周旦之材，無所復陳其巧，而以責一日之孤，誤哉！俗傳秦始皇起罪惡，胡亥極，得其理矣。復責小子，云秦地可全，所謂不通時變者也。

班固此段奏語，有幾點值得我們注意：㈠班固引賈誼、司馬遷語，見於下篇及〈本紀〉之內，可見太史公在〈本紀〉內所引錄的，應該只有下篇。㈡班固針對賈誼〈過秦論〉提出批評，他認爲秦之積弱由來已久，以當日天下土崩瓦解的形勢，即使有周公旦之才，也無法挽救，爲甚麼單單「復責小子」責斥子嬰呢？班固這番議論，其實是針對下篇而發的。下篇說：「子嬰立，遂不悟。借使子嬰有庸主之材，而僅得中佐，山東雖亂，三秦之地可全而有，宗廟之祀宜未絕也。」賈誼說只要得「中佐」之才，秦地就可保全；班固却說，即使大聖如周公降臨，也救不了頹勢。賈誼說：「三秦之地可全而有。」班固說：「云秦地可全，所謂不通時變者也。」不但直接將賈誼「秦地可全」四字引入，還大肆批評。針鋒相對，竟如此密合；試問，班固當日所見〈本紀〉內的〈過秦論〉，不就是下篇嗎？㈢下篇說：「子嬰孤立無親，危弱無輔。」班固說「而以責一日之孤」；班固的「孤」字，和賈誼「孤立無親」很有關係。據此三端，可見班固評論賈文，完全是針對下篇來說的。

如果〈本紀〉也轉錄了上中篇的文字，班固似乎不應該只針對下篇大發議論。上中二篇的論點和下篇有所不同，班固於情於理也應該加以議論。

基於上述三個理由，筆者認爲，太史公在〈世家〉內錄入上篇，在〈本紀〉內只錄入下篇。〈世家〉〈集解〉引班固〈奏事〉曰：「太史遷取賈誼〈過秦〉上下篇以爲〈秦始皇本紀〉、〈陳涉世家〉下贊文。」班固當日所見的，就是這種情形了。

今本〈本紀〉下篇之後，又錄有上中兩篇，應當是後人所附益，而且經過兩次的附益。〈本紀〉原只下篇，好事者因〈世家〉已錄上篇，此處又有下篇，獨遺中篇，於是，就在此處之後，引入中篇，成爲兼有下中篇之版本。〈集解〉引徐廣曰：「一本有此篇，無前者『秦孝公』已下，而又以『秦并兼諸侯山東三十餘郡』繼此末也。」徐廣所見一本無上篇，只有下中篇，應當就是這個第一次的附益本了。其後，淺人不知〈世家〉已有上篇，乃在此處中篇之上加入上篇，卒成蛇足，乃變成今天所見的情形了。

四

梁玉繩在這方面有他的看法；他說：

> ……但賈〈論〉上下二篇，今以下篇後段（「秦并」至「安矣」）置於上篇之前，以下篇前段（「秦并」至「過也」）置於上篇之後，何其紊也。蓋史公取上篇爲〈陳涉世家〉論（《漢書》〈涉傳〉仍《史》，故止載上篇），取下篇爲〈始皇紀〉論，後人妄以上篇增入此〈紀〉，而又傳寫倒亂，遂致次第失舊，且與〈世家〉重複矣❸。

梁玉繩認爲：㈠〈過秦論〉只分上下兩篇，太史公引下篇（即三篇本之中下篇）入〈本紀〉，引上篇入〈世家〉；㈡後人於〈本紀〉下篇之末增入上篇，又將下篇之前半部（即三篇本之中篇）倒置於後，乃造成「下篇下半部在前，上篇在中，下篇前半部在後」的情形。

其實，梁氏的理解是錯誤的。試想，如果〈本紀〉原本錄了中下篇（即梁氏所說的下

❸ 見梁著《史記志疑》卷五內。

篇），上篇是後人附在篇末，那麼，我們今天看到的情形依次應該是：中篇下篇（此二篇即梁氏之下篇）及上篇，怎麼會是下篇、上篇、中篇呢？後人在附入上篇時，何必多費手脚，把中篇從前面調到後面來，而自亂其次第呢？〈集解〉於中篇首句中引徐廣曰：「一本有此篇，無前者『秦孝公』已下，而又以『秦并兼諸侯山東三十餘郡』繼此末也。」根據徐廣所見，在上篇未附入之前，中篇就已附入，而且就附在下篇之末。換句話說，這三篇的次第本來就是下、上、中，而不是梁氏所說的中、下、上。梁說不符合當時的情形，顯然是錯誤的。

王鳴盛也表示過類似的看法，他說❹：

> 司馬遷當日實取〈過秦〉中下二篇爲〈始皇本紀〉贊，上篇爲〈陳涉世家〉贊；而中下篇，亦仍就賈生元次第，未嘗倒其文。班固所見司馬氏元本如此，徐廣亦見之。〈本紀〉贊中「秦孝公」云云至「攻守之勢也」一段，乃魏晉間妄人所益。

若如王氏之說，魏晉間妄人增益後，三篇次第的情形應該是「中下上」才對，怎麼會像今天的情形「下上中」呢？而徐廣所見沒有上篇的一本，爲甚麼次第是下中呢？而不是中下呢？

---

❹ 見王著《十七史商榷》卷二。

顯然的，王氏的理解和梁玉繩相同，都不符事實。

《漢書》〈陳勝傳〉〈贊〉師古〈注〉引應劭曰：「賈誼原書有〈過秦〉三篇，言秦之過，此第一篇也❺，司馬遷取以爲贊，班固因之。」大概在應劭的時代，賈誼《新書》內的〈過秦論〉有二篇本及三篇本兩種，與盧文弨所見建寧本爲二篇本、長沙潭本爲三篇本的情形一樣；應劭看到的是個二篇本，所以，他才說太史公取上篇爲〈世家〉贊，班固於〈陳勝傳〉因之。孫欽善說❻：

> 〈應劭〉這裏不提中篇，並不是司馬遷未取中篇，而是〈過秦論〉根本沒有中下篇之分。

應劭看到的即使是兩篇本，並不等於說當時就沒有三篇本的存在；就如今天〈過秦論〉既有二篇本，也有三篇本一樣。我們如果根據應劭「賈誼原書有二篇」，就否定三篇本，認爲「根本沒有中下篇之分」，似乎就過於武斷。

李景星曰：「贊語略述世次，隨以『賈生推言』一句引入〈過秦論〉三篇，風神俊逸，在諸篇中另是一格。其先載第三篇者，以秦之亡，亡於子嬰之世也；次第一篇，推其亡之本

---

❺ 此指《史記》〈陳涉世家〉所引之上篇。

❻ 孫氏認爲，根據應劭及裴駰的話語，都可得知〈過秦論〉沒有中下篇之分。

於始皇也；次第二篇，歸其亡之罪於二世也。凡此，皆有深意存焉，而或以為故亂原次，誤矣。」可謂善說矣❼。

❼ 李景星撰有《四史評議》，岳麓書社一九八六年出版，引文見頁十二。

柳宗元與《國語》

一

柳子厚在〈與友人論爲文書〉中❶曾強調，爲文之難不在於「比興之不足、恢拓之不遠、鑽礪之不工、頗纇之不除」，而是在於「得之爲難，知之愈難」。所謂「得」，指文章的靈感、營構和撰述，「知」指文章的流傳和受人激賞；後者與個人機緣及時代境遇有關係，非撰著者私己能力所能支配及影響，誠如劉勰所說的：「知音其難哉！音實難知，知實難逢，逢其知音，千載其一乎！」❷而前者靈感的培育、營構的匠心、撰述的技巧，卻完全掌握在自己五指手掌及七尺肉身之中，可以憑藉夙昔的努力而臻達企及。

當然，文章的「得」確也不是一件容易的事，除了靈感、營構及撰述之外，平時才學的

❶ 見《柳宗元集》卷三十一。

❷ 見劉著《文心雕龍》〈知音〉。

儲備、氣勢的培養及涉覽的勤博，都有密切的關係。子厚在古文運動中雖然排名在韓昌黎之後，不過，子厚思想比昌黎活潑開放，他不但勤讀儒家經典，也廣覽佛經、先秦諸子、屈賦以及太史公書，涉獵既廣，用力亦深，非韓昌黎所能相比。因此，子厚論文章「得之爲難」，似乎比昌黎更深刻。

子厚文集中，論爲文之難者頗多，今試舉一二則以論之。子厚有〈答韋中立論師道書〉，說❸：

> 始吾幼且少，爲文章以辭爲工。及長，乃知文者以明道，是固不苟爲炳炳烺烺，務采色，誇聲音，而以爲能也。……本之書以求其質，本之詩以求其恆，本之禮以求其宜，本之春秋以求其斷，本之易以求其動，此吾所以取道之原也。參之穀梁氏以厲其氣，參之孟、荀以暢其支，參之莊、老以肆其端，參之《國語》以博其趣，參之〈離騷〉以致其幽，參之太史以著其潔，此吾所以旁推交通而以之爲文也。

子厚讀《書》、《詩》、《禮》、《春秋》及《易》，以增廣及提昇自己的哲學思想；讀《穀梁》、《孟》、《荀》、《莊》、《老》、《國語》、〈離騷〉及《太史公書》，以滋潤及

---

❸ 見《柳集》卷三十四。

磨鍊自己的文采情思；他在〈報袁君陳秀才避師名書〉中說❹：

> 大都爲文以行爲本，在先誠其中。其外者當先讀六經，次《論語》、孟軻書皆經言；左氏、《國語》、莊周、屈原之辭，稍采取之；穀梁子、太史公其峻潔，可以出入；餘書俟文成異日討也。

所論列的，也和前文大同小異。據此二文以觀之，子厚認爲爲文之難，除靈感、營構及撰述之外，平日才學、氣勢及涉覽的用功勤奮，更是一件很重要的工夫。

爲了達到這個目標，子厚經常勸人博覽勤讀，特別是他前文所標舉的那幾種書；集中有〈與楊誨之第二書〉長信一封❺說：

> 足下所爲書，言文章極正，其辭奧雅，後來之馳於是道者，吾子且爲蒲捎，駃騠，何可當也？其說韓愈處甚好。其他但用《莊子》、《國語》文字太多，反累正氣，果能遺是，則大善矣。

❹ 同註❸。

❺ 見《柳集》卷三十三。

文辭寫得很奧雅的楊誨之，看來似乎曾經根據子厚的勸告，博覽勤學，以致於用《莊子》及《國語》文字太多，牽累了正氣。據此可知，子厚經常勸導年輕人博覽勤讀，藉以備蓄自己的才學。

二

在子厚博覽勤習的群書中，有《國語》一種。對子厚而言，這是一部相當重要的書，子厚不是只將它當作寫文章的參考範本，而且還將它當作磨鍊思想的工具書。通過這部書的深入閱讀，子厚一方面簡鍊文筆才思，一方面砥礪腦筋，刨削自己從舊社會所承受到的落伍觀念和陳腐思想，使他成爲一位比韓昌黎更富創新、更具深度、更善開放的活活潑潑人物。因此，《國語》此書之於子厚，可說兼具了文學及思想兩方面的意義，子厚從中吸取文學情趣，也從中簡鍊思想。瞭解《國語》與子厚的關係，特別是與子厚思想的關係，有助於我們瞭解子厚其人。

今存子厚文集內有〈非國語〉兩卷，是子厚細讀《國語》後所撰成的文字。子厚從《國語》獲得文學情趣，已見引於上文「參之《國語》以博其趣」；然則子厚的思想與《國語》又有甚麼關係呢？〈非國語〉提供了很好的答案。

〈非國語〉兩卷六十七條，每條先引錄《國語》文字若干，繼以「非曰」案語，短者數句，長者二、三百字，是子厚竄逐永州後所寫的一部重要作品。〈非國語〉腹稿的孕育，也許在子厚年輕初讀《國語》之時，並非竄逐永州後才逐漸形成；〈答吳武陵論非國語書〉說❻：

> 若〈非國語〉之說，僕病之久，嘗難言於世俗，今因其閑也而書之。

子厚雖然未明言「病之久」到底有多久，不過，以子厚敏銳的腦筋及活潑的才思，恐怕在他習文讀《國語》之時，即已萌生《國語》之「病」了。陸游說❼：

> 徐敦立侍郎頗好謔。紹興末，嘗爲予言柳子厚〈非國語〉之作，正由平日法《國語》爲文章，看得熟，故多見其疵病。

子厚讀《國語》法《國語》，是在年輕習文之時，則子厚「多見其疵病」，也當在年輕之時

---

❻ 見《柳集》卷三十一。

❼ 見陸著《老學菴筆記》卷十。

矣。〈與呂道州溫論非國語書〉❽曾這麼說：

今動作悖謬，以爲僇於世，身編夷人，名列囚籍。以道之窮也，而施乎事者無日，故乃挽引，強爲小書，以志乎中之所得焉。嘗讀《國語》……輒乃黜其不臧，救世之謬，凡爲六十七篇，命之曰〈非國語〉。

據此，可知〈非國語〉這部小書，是子厚逃竄永州後，困極無聊，才將多年來鬱積胸中的想法傾瀉出來。

子厚完成〈非國語〉之後，由於抨擊非議的是左丘明所寫擁有春秋外傳的令譽的《國語》❾，心中不免鬱鬱寡歡，沉悶不樂。冷藏一陣子之後，才敢見示於至友呂溫，他說：

既就，累日快快然不喜，以道之難明而習俗之不可變也，如其知我者果誰歟？……苟不悖於聖道，而有啓明者之慮，則用是罪余者，雖累百世滋不憾而恧焉。

---

❽ 同❶。

❾ 《國語》爲左丘明所者，此從子厚之意。

道統的壓力豈止千萬斤之重而已！子厚這幾句話，就如他政壇失意被貶斥荒陬的心情一樣，自卑不安，惶恐焦慮，不知如何自處才好。試看他致吳武陵的信：「今因其閑也而書之，恆恐後世之知言者，用是詬病，狐疑猶豫，伏而不出，累月方示足下，足下乃以爲當，僕然後敢自是也。呂道州善言道，亦若吾子之言，意者斯文殆可取乎！」這幾句話，充份暴露了子厚對〈非國語〉缺乏信心，不敢示諸友人的心態；呂溫讚賞了，還必須吳武陵的首肯，子厚對〈非國語〉竟懷著這麼重的「心病」！「雖累百世，滋不憾而惡焉」，和司馬遷〈報任少卿書〉「雖累百世，垢彌甚耳」非常相似；司馬遷下文說：「是以腸一日而九迴，居則忽忽若有所亡，出則不知其所往。」子厚是否也有此感受，眞是頗費思量呀。

〈非國語〉撰成之後，子厚或鈔成帙，或另錄單篇，以便送呈友朋指正批評。呂溫、吳武陵所接到的，應該是全帙，〈與呂道州溫論非國語書〉說：「輒令往一通，惟少留視役慮，以卒相之也。」要人家批評相助，送呈全份「一通」，自是當然的事。〈答元饒州論春秋書〉說：「宗元嘗著〈非國語〉六十餘篇，其一篇爲息發也❿，今錄以往，可知愚之所謂者乎？」⓫送給元饒州的，就只有單篇了。

《新唐書》及《宋史》〈藝文志〉、《郡齋讀書志》、《崇文總目》等諸志〈春秋類〉

---

❿ 此處所云者，乃指〈非國語〉卷上最後一則「荀息」條。

⓫ 元饒州，即元藇；章士釗有說，見《柳文指要》頁九八一。〈答元書〉在《柳集》卷三十一內。

中，都著錄有〈非國語〉二卷，柳宗元撰，別立於文集之外；據此，可知這部小書當初並不見得與全集合刻，有的是以單行本的姿態流傳世間。

三

子厚似乎是借這兩卷份量不多的文字，來抨擊及非議《國語》，以便誘導初學者走上正道。誠如他在前言所說：

> 左氏《國語》，其文深閎傑異，固世之所耽嗜而不已也，而其說多誣淫不概於聖。全懼世之學者溺其文采，而淪於是非，是不得由中庸以入堯舜之道，本諸理作〈非國語〉⑫。

所謂「多誣淫不概於聖」，即〈答吳武陵論非國語書〉中的「務富文采，不顧事實，而益之以誣怪，張之以闊誕，以炳然誘後生，而終之以僻」，也即是〈與呂道州溫論非國語書〉中

⑫〈非國語〉在今《柳集》卷四十四及四十五內。吉林師範大學歷史系編譯有《柳宗元非國語譯注（選）》，一九七六年出版，選注〈非國語〉二十則。

的「其文勝而言尨，好詭以反倫，其道舛逆」；子厚認爲，像這樣的書，就如用華麗的綢緞掩護著一個陷阱一樣，耽溺而不能自拔者一定「眾矣」；所以，他有責任「爲之標表，以告夫游乎中道者焉」。

對於「誣淫不概於聖，學者溺其文采」的指責，〈非國語〉幾乎信手拈之即得，如「長魚矯」條，子厚說：「今左氏多爲文辭以著其言而徵其效，若曰矯知幾者然，則惑甚也。」子厚用「惑」字來指斥「左氏多爲文辭以著其言而徵其效」，說作者文辭淫溺，好徵驗史效，不足爲後世法。除此之外，子厚對《國語》裏重複的異文及誤載的傳聞，也多所非議，如「倉葛」條云：「於〈周語〉既言之矣，又辱再告以異其文，抑有異旨耶？其無乎則耄者乎？」如「觀狀」條云：「觀晉侯之狀者曹也，今於鄭胡言之，則是多爲誣者，且耄；故以至乎是！」前者異文重複，後者傳聞誤載，子厚怒斥作者「胡言」「多誣」及「耄」，其怒氣之盈盈，眞使人瞠目難信，怪不得子厚行文常說：「是不足書以示後世。」「不足以傳於後人。」〈非國語〉的〈後記〉說：

> 宋、衛、秦，皆諸侯之豪傑也。左氏忽棄不錄其語，其謬耶？吳、越之事無他焉，舉一國足以盡之，而反分爲二篇，務以相乘，凡其繁蕪曼衍者甚眾，背理去道，以務當其語。……越之下篇尤奇峻，而其事多雜，蓋非出於左氏。

子厚已經明白說明，他評騭《國語》，除文辭淫溺、好徵驗史效之外，也包括了《國語》篇章的繁簡、文辭的重略以及記載的正誤等等。

實際上，子厚恐怕很有意思假借〈非國語〉來表達他的政治主張和理想，試讀他送呈〈非國語〉給吳武陵時所寫的一封信：

僕之爲文久矣，然心少之，不務也，以爲是特博弈之雄耳。故在長安時，不以是取名譽，意欲施之事實，以輔時及物爲道。自爲罪人，舍恐懼則閑無事，故聊復爲之。然而輔時及物之道不可陳於今，則宜垂於後。

子厚畢竟是位經世致用的積極知識份子，當他年少可以經世之際，他只把寫文章當作博弈之類的雕蟲小技而已；如今獲罪流竄永州，經世之門被杜絕了，只好埋頭撰述，把「不可陳於今」的「輔時及物之道」，流傳給後代。子厚這段話，不是把撰述〈非國語〉的眞正意旨說得明明白白了嗎？

雖然〈非國語〉是部份量相當少的著作，不過，對研究子厚來說，卻佔著無比重要的地位；章士釗說：「以文字言，〈非國語〉在柳集中，固非極要，若以政治含義言，則疏明子厚一生政迹，此作針針見血，堪於逐字逐句尋求線索，吾因謂了解柳文，當先讀〈非國語〉，應不中不遠。」⓭說得相當不錯。實際上，〈非國語〉不但透露了子厚的政治思想，而且，從子厚非議《國語》的文字當中，我們還可以觀察出子厚在朝時爲政侍君的態度，從而透視王黨失敗的部分原因。

四

這裡，就讓我們根據〈非國語〉的文字，來討論子厚的政治理想和從政態度。

(一) 政治理想

第一、排除對天地山川的迷信，踏上埋頭力幹的積極途徑。

子厚非常痛恨迷信誣妄的事件，尤其痛恨稱引天地山川來干擾政治，進而阻礙政治的推動和發展。

〈周語〉上有三川皆震一則，記載了伯陽父預言西周之覆亡；他認爲，陰陽二氣本是相偕有序，今陽失其所而鎭陰，所以源塞民亂，國必覆亡；《國語》接著說：「是歲也，三川竭，岐山崩，幽王乃滅，周乃東遷。」應驗了伯陽父的預言。子厚非常痛恨這則文字，他大

⓭ 見《柳文指要》頁九八一。

張揖伐地猛擊說：

山川者，特天地之物也。陰與陽者氣，而遊乎其間者也。自動自休，自峙自流，是惡乎與我謀？自鬭自竭，自崩自缺，是惡乎爲我設？……且曰：「源塞，國必亡。」「人乏財用，不亡何待？」則又吾所不識也。且所謂者天事乎？抑人事乎？若曰天者，則吾既陳於前矣；人也，則乏財用而取亡者，不有他術乎？而曰是川之爲尤！

子厚認爲，陰陽、山川都是天地間的事物，與國家興亡沒有任何關係；如果說因爲陰陽失序、山川震竭，就坐而「待」亡，任其「人乏財用」，這簡直是「人事」，而不是「天事」！子厚沉重地寫道：「乏財用而取亡者，不有他術乎？而曰是川之爲尤！」明明是人事耽誤以致財用匱乏，卻偏偏歸咎於山川的震竭！在這裡，子厚不但痛責迷信天地山川的干擾政治，也表達了埋頭力幹極盡「人事」的政治哲學。

〈周語〉下有穀、洛鬭一則，大略謂周靈王三十二年，穀水及洛水暴漲激湍，宛如兩蛇相鬥，靈王有意壅防穀水，使之北流，雖經太子晉勸諫，靈王還是獨斷獨行；「及景王，多寵人，亂於是乎始生。景王崩，王室大亂。及定王，王室遂卑」，徵驗了太子晉的預言。與前則相同的，子厚在這裡大聲譴責《國語》，他說：

> 天將毀王宮而勿壅，則王罪大矣！奚以守先王之國？壅之誠是也。彼小子之譊譊者，又足記耶？王室之亂且卑，在德！而又奚穀、洛之鬥而徵之也。

如果穀、洛二水相鬥，有摧毀王宮的形勢，靈王不加以壅防，任王宮崩頹敗廢，罪過不是更大了嗎？又如何保守先王的國家呢？所謂「景王崩，王室大亂；及定王，王室遂卑」，子厚堅決地認爲，這種徵驗完全是無中生有的；王室之亂且卑，完全是「在德」，而不在壅鬥。這裡，子厚提出「在德」二字，強調了埋頭苦幹；「彼小子之譊譊者，又足記耶」，子厚怒日切齒痛責太子晉的形色，閉目可以想見。

第二、擺脫怪力亂神的困惑，走上人定勝天的務實道路。

除了痛斥對山川天地的迷信之外，子厚更譴責各類的怪力亂神；他認爲，怪力亂神不但防礙政治的進步，而且還會剝奪人類奮發圖強的鬥志。惟有擺脫怪力亂神的困惑、糾纏，暴露在炎日烈風之下，人類才會勇敢地走上人定勝天的剛強路子上去。

在所有怪力亂神的事件裡，子厚最痛恨「占夢」這件事。〈非國語〉六十七則，就有三則抨擊這件事。第一則是抨擊虢公夢見毛面虎爪執鉞的怪神，他說：

> 虢，小國也而泰，以招大國之怒，政荒人亂，亡夏陽而不懼，而猶用兵窮武以增其讎怨，所謂自拔其本者。亡，孰曰不宜？又惡在乎夢也？舟之僑誠賢者歟？則觀其政可

以去焉。由夢而去，則吾笑之矣。

虢之所以滅亡，那是因爲「小而泰，招大國之怒」及「亡夏陽而不懼，猶用兵窮武」；虢公無視於這些事實，竟然迷信怪夢，而身爲重臣的舟之僑，爲了這個夢更是舉族外遷；人類受怪力亂神的擺佈，眞是到了喪失鬥志的地步了。一身充滿「幹勁」的子厚，焉得不痛恨！第二則是批評晉侯夢見黃熊入寢門；他說：

凡人之疾，魄動而氣蕩，視聽離散，於是寐而有怪夢，罔不爲也；夫何神奇之有！

子厚的態度非常平和，不過，他也很激動地指出，疾寐而有怪夢，是沒甚麼「神奇」的。第三則見於「晉孫周」條，子厚只是簡單地說：「又徵卦、夢以附合之，皆不足取也。」

子厚也非常痛恨當政者稱引神怪以困惑世人及國君，而《國語》屢屢轉載這些故實，實在是「其知聖人也亦外矣」⑭。試讀他評料民：

吾嘗言聖人之道，不窮異以爲神，不引天以爲高，故孔子不語怪力與神。君子之諫其

⑭ 此乃〈非國語〉「骨節專車」條語。

> 君也以道，不以誣；務明其君，非務愚其君也；誣以愚其君，則不臣。

這幾句話，不但使我們瞭解子厚對天、神擁有非常正確及進步的看法，也知道子厚奉侍國君有一副非常耿直及坦誠的態度；「不窮異以爲神，不引天以爲高」，古往今來，多少當政者以神異、高天來困惑世人，愚誣國君，剝奪了我們人定勝天的鬬志，子厚認爲他們都是「不臣」。在「神降於莘」條裏，子厚說：

> 力足者取乎人，力不足者取乎神；所謂足，足乎道之謂也，堯、舜是矣。

古往今來當政者所以時時稱引神異、高天來困惑他人、愚誣國君，原來是因爲「道不足」的緣故！如果「道足」的話，根本就有足夠的勇氣暴露在炎日烈風之下，發揮人定勝天的剛毅鬥志。子厚這幾句話，眞是直刺人心，一針見血。

此外，占卜、神祭、巫祝及各種怪異的事件的記載，都是子厚憎惡批評的對象⑮。

---

⑮ 〈非國語〉內有三、二條間亦記載怪異之事，如「羵羊」條下云：「近世京兆杜濟穿井，獲土缶，中有狗焉，投之於河，化爲龍。」與子厚意相乖；章士釗以爲似此極少數之文字，乃「後人增竄之筆」，其說甚是。章說，在《指要》頁九七九。

第三、禮樂只是政治的緣飾，治國惟有依賴幹才和賢士

子厚對禮樂有很清晰正確的認識，他認為禮樂只是政治上的一種緣飾，治國斷不能依賴禮樂；如果以為憑藉禮樂就可以把政治搞好，把民生解決，那是欺民誑眾，不足相信。他在「不藉」條裏，曾經假借周宣王不藉千畝而表達了他對禮的看法；他說：

古之必藉千畝者，禮之飾也。其道若曰：吾猶耕云爾。又曰：吾以奉天地宗廟，則存其禮誠善矣。然而存其禮之為勸乎農也，則未若時使而不奪其力，節用而不殫其財，通其有無，和其鄉閭，則食固人之大急，不勸而勸矣。……彼之不圖，而曰我特以是勸，則固不可。

子厚認為禮只是一種裝飾品，只是政治的一層外衣，如果想通過禮來鼓勵人民、提高生活，那是很不實際的；情形就如藉田這種禮儀一樣，通過它來表示國君奉侍宗廟則可，通過它來加勸農耕、增進生產，那就不如「時使而不奪其力，節用而不殫其財」有實質上的功效了。

禮是緣飾，子厚在「嗜芰」條下，有更深刻的分析。楚國屈到嗜芰，臨終之際，告宗老說：「苟祭我，必以芰。」宗老如命，其子屈建不許，認為享薦在禮制上有一定的規定，不可以私情干擾禮制。到底屈建的做法對不對？在恩情與禮制相衝突矛盾之時，應該取恩情捨禮制，還是取禮制捨恩情呢？子厚有很通達的看法：

> 門內之理恩掩義。父子，恩之至也，而芰之薦不爲愆義。屈子以禮之末，忍絕其父將死之言，吾未敢賢乎爾也。苟薦其羊饋，而進芰於籩，是固不爲非也。

子厚認爲，禮制固然重要，但是，恩情卻絕不可斷；屈建竟然忍絕父子恩情，怎麼還算作賢者呢！在這裡，子厚黜禮制於第二線，與前文斥禮儀爲政治上的一種緣飾，完全如出一轍。

在音樂方面，子厚有兩條論及此事，其中無射說得最明白；他說：

> 或曰：移風易俗則何如？曰：聖人既理定，知風俗和恆而由吾教，於是乎作樂以象之。後之學者述焉，則移風易俗之象可見，非樂能移風易俗也。曰：樂之不能化人也，則聖人何作焉？曰：樂之來，由人情出者也，其始非聖人作也。聖人以爲人情之所不能免，因而象政令之美，使之存乎其中，是聖人飾乎樂也。

子厚明白地指出，只有政治清平、民淳俗厚，音樂才能自然而然「由人情出者也」；也惟有在此境地之下，聖人因之「作樂以象之」。如果棄政治不理、忽民生不顧，以爲依賴音樂就可以「移風易俗」，那完全是「怪而不信」的。音樂只是一種緣飾，與禮制正是相同。

子厚在「命官」及「左史倚相」等條，討論過政治上第一線是幹才和賢士，惟有依賴他們，政治及民生才能上軌道。如果將這些和黜禮制、退音樂合看的話，子厚的眞義就昭然若揭了⑯。

第四、推行敬、孝、忠及貞等倫理道德，藉以提高政治素質。

子厚雖然崇尚釋佛，卻更篤信儒家，讀子厚全集者，應該可以領會到這一點。在六十七則的〈非國語〉裡，子厚並沒有忘記表達他這股思想。〈晉語〉一載猛足勸申生圖謀以自我安固，申生不同意，他引述羊舌大夫「事君以敬，事父以孝」之後，說：「棄命不敬，作令不孝，又何圖焉？間父之愛而嘉其貺，有不忠焉；廢人以自成，有不貞焉。」申生要成全孝、敬、忠、貞四事。子厚很讚賞申生，他說：

申生於是四者咸得焉。昔之儒者有能明之矣，故予之辭也略。

雖然只有「予之辭也略」的三幾句話，不過，子厚重視儒家倫理道德，是可以斷言的。此外，子厚很強調義，他在「宰周公」條說：「大國，則宜觀乎義；義在焉，則往，以尊天子，以和百姓。」在「獲晉侯」條中，又說：「其言立重耳，則義而順。」都在發揮「義」

⑯ 子厚黜禮儀、退音樂，所以，頗受後人所非議；如蘇軾東坡《續集》卷八內有「屈到嗜芰論」，批駁子厚「嗜芰」條。實際上，子厚並不是一位偏極的棄禮儀、絕音樂的人，以「嗜芰」條而言，子厚說：「苟薦其羊饋，而進芰於籩，是固不爲非。」主張羊饋和芰並存，可見他是一位中庸的人物。

字的重要和價值。

(二) 從政態度

第一、篤信理想，力排眾議。

子厚對於理想，似乎相當的固執；〈非國語〉有幾條怒斥「眾言」的資料，似乎可以反映子厚這一態度。〈晉語〉三記述惠公入主晉國後，違背內外的諾言，民間乃流傳誦言說：「佞之見佞，果喪其田。詐之見詐，果喪其賂。得國而狃，終逢其咎。喪田不懲，禍亂其興。」對里克、丕鄭、秦穆公及晉惠公，多所諷諭。晉大夫郭偃聽了之後，大加讚揚地說：「善哉！夫眾口，禍福之門。」他認為，眾人的言論是禍福的徵兆，應該虛心接納。子厚很不滿意郭偃的贊語，他冷冷地批評道：

> 惠公、里、丕之為也，則宜咎，禍及之矣，又何以神眾口哉！其曰禍福之門，則愈陋矣。

為甚麼要神化輿論？輿論是那麼值得重視嗎？將輿論當作禍福的徵兆，才是淺陋之極呢！在「郭偃」條下，子厚先引述郭偃的話：「夫口，三五之門也。是以讒口之亂，不過三五。」然後，非常簡要地下評語：

舉斯言而觀之，則愚誣可見矣。

這條資料充份地告訴我們，子厚所指的「口」是「讒口」；將「讒口」當作禍福之門，怎麼不是愚且誣呢！子厚秉政時想來一定遭受到許多誹謗性的輿論，以致於「痛定思痛」，還憎恨不已。「童謠」條，子厚固執地批評道：

童謠無足取者，君子不道也。

他連被公認爲可以反映政情的民間歌謠，也完全加以抹煞；子厚心中情緒的憤激，實在令人且悲且泣；子厚當年從政的固執理想及力抗眾言，也眞令人坐立難安，心扉無主。宋王觀國說：「《詩》、《書》有曰古人，有曰夏諺，有曰周諺，此皆與童謠一體，蓋君子之言也。……苟其言有理而不悖於道，雖童謠何傷焉。」⑰吳曾說：「夫子厚以謠爲不足取，固已非矣。」⑱恐怕都沒有透徹地了解子厚此時的心境。

第二、刑法嚴明，忠誠不二

子厚對於刑法和禮儀，有很強烈的分辨能力，如果我們細讀文集內的駮復讎議、桐葉封

---

⑰ 王說，在吳曾《能改齋漫錄》卷十之內。

⑱ 同註⑰。

弟辯及其他議論禮、法的文章，就會對他細密的分析能力感到震驚和欽服⑲。在〈非國語〉裡，子厚表達了他對刑法的嚴正不阿及明達不含糊的特別見解，值得我們提出來討論。

晉悼公四年，諸侯會於雞丘。魏絳爲中軍司馬，公子揚干亂行於曲梁，魏絳乃斬他的僕人，作爲對揚干的懲罰。子厚非常不滿魏絳的做法，他抨擊說：

> 僕，稟命者也。亂行之罪在公子。公子貴，不能討；而稟命者死，非能刑也。

子厚認爲魏絳畏貴欺賤，將刑罰施在僕人身上，對於元凶揚干卻置之不理，實在是一名「非能刑」者。「逐欒盈」條，子厚如此批評：

> 當其時不能討，後之人何罪？盈之始，良大夫也，有功焉，而無所獲其罪。陽畢以其父殺君而罪其宗，一朝而逐之，激而使至乎亂也。

將刑罰延及後代子孫，也是子厚所深惡痛責的；「當其時不能討，後之人何罪」，不但是「非能刑」，而且是「失其刑」呢。

我們前文已經指出，子厚待君非常耿直和坦誠，他絕不利用各種神異、高天來困惑愚誣

---

⑲ 子厚實際上對任何事情都很有分析的能力，〈非國語〉經常反映子厚此一特點。

國君，以便神化自己並鞏固其地位。這裡，我們更指出，子厚不但對刑法、禮儀有很清楚的分辨能力，而且也致力於擁護刑法的嚴正不阿、明達不含糊。將這兩點合而觀之，子厚從政的另一面態度，就立刻展現在我們眼前了。

第三、重視實際，靈活變應

政治本來就應該重視現實，應該根據現實的情況而加以變應，因爲政治是最講求實際的一門學問；如果固執傳統，愚守詩書，實在不配談政治，更不配掌握政權。子厚雖然滿肚儒家經典，搞的是古文舊詩，然而，他卻擁有非常嶄新的腦筋，重視實際，並且善於配合實際情況加以應變，這似乎不是當時一般讀書人所能企及的。

〈魯語〉有曹劌問戰一事；對於這個故事，子厚的評語很特出：

> 方鬬二國之存亡，以決民命，不務乎實，而神道焉是問，則事幾殆矣。既問公之言獄也，則卒然曰：「可以一戰。」亦問略之尤也。苟公之德可懷諸侯，而不事乎戰則已耳；既至於戰矣，徒以斷獄爲戰之具，則吾未之信也。劌之辭宜曰：「君之臣謀而可制敵者誰也？將而死國難者幾何人？士卒之熟練者眾寡？器械之堅利者何若？趨地形得上游以延敵者何所？然後可以言戰。」若獨用公之言而恃以戰，則其不誤國之社稷無幾矣。

子厚這段話雖然略嫌累贅，然而，正惟多詞，才可以觀察出他眞正的心意。方二國交戰，君臣所當討論的是：有多少大臣的謀略可以制敵？有幾位大將可以爲國捐軀？善戰的士卒有多少？堅利的武器有多少？佔據優良地勢以便迎戰的機會有多少？子厚堅決地認爲，這些才是兩國交戰所面對的活生生的現實。君臣如果不能配合此現實而善加變應，反而大談神道、斷獄及布德等等，子厚說：「則其不誤國之社稷無幾矣。」子厚重視實際，更重視靈活變應，於此可見了。〈非國語〉〈注〉引黃（庭堅）云：「子厚非魯公君臣不知治人，而求卜於神，是矣。謂斷獄爲不足以戰，則未必然。……宗元乃曰：『以斷獄爲戰之具，吾未之信。』歷舉將、臣、士卒、地形之屬，宗元之言，皆所謂戰，而非所以戰也。」黃氏恐怕不明白子厚重點所在，故有此論耳。

晉語四有「秦伯歸女五人，懷嬴與焉」一則；對於這件有違倫常的事，子厚這樣說：

> 重耳之受懷嬴，不得已也，其志將以守宗廟社稷；阻焉，則懼其不克也。其取者大，故容爲權可也。秦伯以大國行仁義，交諸侯，而乃行非禮以強乎人，豈習西戎之遺風歟！

子厚認爲重耳實際形勢所迫，不得不變應，「故容爲權可也」。子厚重視客觀環境，舉此一例，最足以說明了。〈注〉引黃說：「國之命在禮。人倫之教化，尤嚴於有國之初。」子厚儒者，難道還不知道這些嗎？顯然的黃氏不知子厚精神之所在。

總結本節所討論的，我們可以簡單地說：在政治思想方面，子厚是不迷信傳統，更不受山川天地、怪力亂神的困惑和干擾；擺在他面前的，只有務實、人定勝天、幹才賢士及優良的倫理道德而已。在從政的態度方面，子厚忠君愛國，固執理想，他不囿於傳統，不屈於眾議；對於刑法，他嚴正不阿，明達不含糊；對於實際環境，他配合時局，靈活通變。如果要用對比的方法來剖析子厚的話，那麼，我們應該說，他是革新的，積極的，進步的，而且是勇於接受挑戰的。瞭解了這一層之後，我們才知道子厚在王黨裡所可能扮演的是甚麼角色及起了甚麼作用，也才知道王黨在永貞掌握政權時，爲甚麼能夠那麼迅速地推行了一系列改革創新的政治⑳。當我們討論了〈非國語〉的內容後，我們有理由相信，子厚在這方面的作用和影響應該相當的大。

⑳ 王黨推行一系列的政治改革，可參看清水茂著《柳宗元的生活體驗及其山水記》，在羅聯添編《中國文學史論文選集》第三冊內，臺北學生書局出版。宋陳善《捫蝨新語》卷十二云：「……然予觀順宗即位未幾，而首貶李實，次罷宮市，次禁毋令寺觀選買乳母，次禁五方小兒張捕鳥雀……。不數月間，行此數事，人情大悅，雖王政何以加此？豈非子厚等爲之歟？而世不知察，徒罪其朋黨，則亦見其不恕矣。」可謂通達之論。

五

〈非國語〉除了表達子厚的政治理想和從政態度外，實際上，也發洩了子厚貶斥後的牢騷和憤懣，千載以下的我們，細細咀嚼之後，眞爲他灑一場熱淚。

柯陵之會首引晉厲公視遠步高，三郤及國佐言語犯迂伐盡，次引單襄公斷「晉將有亂」之語；最後是「簡王十二年，晉殺三郤；十三年，晉侯弒，齊人殺國武子」。關於此事，子厚的評語是：

> 是五子者，雖皆見殺，非單子之所宜必也。……視遠步高犯迂伐盡者，皆必乎死也，則宜死者眾矣。夫以語之迂而曰宜死，則單子之語，迂之大者，獨無謫邪！

黨爭之際，雙方必定互相指斥排擠，如果因爲己黨行止高傲、言語迂犯，而就認爲必置諸死地，那麼，行止高傲、言語迂犯者應當是得勢的敵黨，他們才是「迂之大者」，爲甚麼他們偏偏「獨無謫邪」！子厚此條，似乎絃外有音。

晉語二載里克殺卓子後，使屠岸夷請重耳入主晉國，舅犯勸阻重耳；秦穆公也派人勸重耳，舅犯又再攔阻。對於此事，子厚的批評是：

狐偃之爲重耳謀者，亦迂矣。國虛而不知入，以縱夷吾之昏殆，而社稷幾喪。……使晉國不順而多敗，百姓之不蒙福，兄弟爲豺狼以相避於天下，由偃之策失也。

子厚入事順宗，時順宗已臥病不起，然而子厚竟不顧「國虛」而仍然「入」，無非是想避免「社稷幾喪」，想避免「國不順而多敗」，想避免「百姓之不蒙福」。子厚難道不知順宗病情危在旦夕嗎？然而，他還是參加王黨，以身試法，爲國奔走，最後被迫竄逃永州。寓心之良苦，天人同感。子厚臨筆評論此條時，多多少少恐怕有此感懷和悲泣。

「伐宋」條載宋人殺昭公，趙宣子請晉國出師伐宋，理由是「是天地而逆民則也，天必誅焉。晉爲盟主而不修天罰，將懼及焉」。子厚對趙宣子這兩句話似乎非常反感，他憤怒地指斥道：

盟主之討君也，宜矣。若乃天者，則吾焉知其好惡而暇徵之耶！古之殺奪有大於宋人者，而壽考佚樂不可勝道，天之誅何如也？

天根本就沒有感覺和意志，也不會有「好惡」，更不會有閒暇去驗證人間的事情！那些殺人者，還不是長壽安樂過一輩子，又那會有「天誅」呢！「積善云有報，夷叔在西山」㉑；子

㉑ 此乃陶淵明〈飲酒詩〉句。

厚爲民爲國，忠誠不二，卻被貶被辱在永州，蒼天會有「好惡」嗎？「天誅」是如此的嗎？說子厚此條不是滿腔憤懣、滿懷悲愴，誰又會相信呢？

緊接著的「鉏麑」條，子厚對趙宣子免於被暗殺的原因感到震驚，他說：

> 趙宣子爲政之良，諫君之直，其爲社稷之衛也久矣，麑胡不聞之？乃以假寐爲賢耶？不知其大而賢其小歟！使不及其假寐也，則固以殺之矣。是宣子大德不見赦，而以小敬免也。

一個社稷重臣，因小敬「假寐」而免於被暗刺；他平日的「大德」，人們「不聞之」，而且也不能使他免於此劫數，這眞是一件可悲的事情。子厚言外之意是甚麼？頗耐思量。

六

子厚撰成〈非國語〉兩卷後，因爲書中涉及爭論性的問題相當多，如恩情與禮儀、刑法與禮制等等，所以，表示不同看法的人相當多，或著專書以反駁，或撰單篇以非議，幾乎匯爲時尚。其以單篇發之者，散見於宋以下諸家筆記及文集中，爲數至夥，今略而不述；其著成專書以批評子厚者，就所知有下列數家：

㈠宋劉章著〈非非國語〉

明黃瑜《雙槐歲鈔》卷六云：「宋劉章嘗魁天下，有文名，病王充作〈刺孟〉、柳子厚作〈非國語〉，乃作〈刺刺孟〉、〈非非國語〉。」

㈡宋江端禮著〈非非國語〉

明何孟春《餘冬敘錄》卷四十八云：「江端禮嘗病柳子厚〈非國語〉，而作〈非非國語〉。東坡見之曰：『久有意爲此書，不謂君先之也。』」

㈢宋葉真著〈是國語〉七卷

此書著錄於《宋史》〈藝文志〉春秋類，在子厚〈非國語〉之後，反駁子厚無可疑。今人皆不及此書，特爲標出。

㈣宋林槩〈辨國語〉三卷

此亦見於《宋史》〈藝文志〉春秋類之內，蓋擴充子厚〈非國語〉之說耳。可知反駁子厚者固然有其人，發揮子厚之說者也有人在。

㈤元虞槃〈非非國語〉

明何孟春同上書云：「元虞槃〈讀子厚非國語〉，曰：『《國語》誠可非，而柳說亦非也。』於是著〈非非國語〉。」錢大昕《補元史藝文志》及倪燦撰、盧文弨補《補遼金元藝文志》皆補錄此書。

可惜這些書都已經亡佚了。明胡應麟知道虞槃作〈非非國語〉，擬續作〈非非非國語〉，「爲柳解嘲」，可惜虞書已不傳，胡作不成㉒。此外，近人章士釗撰《柳文指要》，卷三十一〈論與呂溫論非國語書〉及〈答吳武陵論非國語書〉，對子厚〈非國語〉多所議論，勝義頗多。

㉒ 見胡著《少室山房筆叢》卷十三乙部「史書佔畢」條。

國家圖書館出版品預行編目資料

辭賦論集

／鄭良樹著. --初版. --臺北市：
臺灣學生；1998[民87]
面； 公分

ISBN 957-15-0868-3 (精裝)
ISBN 957-15-0869-1 (平裝)

1.辭賦 - 論文，講詞等

822.07　　87000893

辭賦論集（全一冊）

著作者：鄭良樹
出版者：臺灣學生書局
發行人：孫善治
發行所：臺灣學生書局
臺北市和平東路一段一九八號
郵政劃撥帳號〇〇〇二四六六八號
電話：二三六三四一五六
傳眞：二三六三六三三四

本書局登記證字號：行政院新聞局局版北市業字第玖捌壹號

印刷所：宏輝彩色印刷公司
地址：中和市永和路三六三巷四二號
電話：二二二六八八五三

定價 精裝新臺幣三四〇元
平裝新臺幣二七〇元

西元一九九八年二月初版

82206

ISBN 957-15-0868-3（精裝）
ISBN 957-15-0869-1（平裝）